直
俺の敵だ。
「ア
テン・マリー。
アン
、宙賊狩りで名を挙げている傭兵さ。
『幸
マリー』なんて呼ばれることもあるね」
マリー
mary

ティーナ
tina
「お前らその下は？」
「穿いてないし着けてないで？　洗濯しとるし」

「ってお前、それ俺のシャツじゃねぇか」
「丁度良いから借りたで」
「す、すみません……後で洗って返しますから」
ウィスカ
wiska

メイ
may
エルマ
elma
ヒロ
hiro
目覚めたら最強装備と宇宙船持ちだったので、
一戸建て目指して傭兵として自由に生きたい

リュート

[皿] 鍋島テツヒロ

目覚めたら最強装備と宇宙船持ちだったので、一戸建て目指して傭兵として自由に生きたい

10

口絵・本文イラスト
鍋島 テツヒロ

装丁
coil

CONTENTS

プロローグ

扉の開閉音で目が覚めた。正確には開閉音ではなく、廊下と室内の気圧差によって起こる空気の音だが、今の俺にとってはこの音こそが扉の開閉音なのだ。

恐らく誰《だれ》かが俺を起こしに来たんだろう。微睡《まどろ》み、半ば夢現《ゆめうつつ》の状態でそんなことを考えていると、瞼《まぶた》越しに強い光が瞬いた。いや、強いなどというものではない。瞼越しだというのに網膜が灼《や》け付くのではないかというほどに眩《まぶ》しい。

「眩しいわぼけぇっ！」

「あう……め、目が……」

あまりの眩しさに寝起きでしょぼついている目を更にしょぼつかせながら飛び起きると、灼けた視界の中で誰かがふらつくのが見えた。咄嗟《とっさ》に手を伸ばし、今にも倒れそうな彼女をベッドへと引き寄せる。

「大丈夫か？」

「は、はい、なんとか……」

視界が回復してくると、俺がベッドに引き寄せた女性の容姿が徐々に判別できるようになってきた。濃い茶色の艶《つや》やかな長髪と、その長髪からぴょこんと横に飛び出ているエルフ特有の尖《とが》った笹穂のような耳。眩しさのせいで少し涙目になっている瞳《ひとみ》の色は少し赤みがかった栗色だ。

彼女の名はティニア。エルフの……あー、お姫様みたいなものだな。うん。正に物語に出てくるエルフのイメージそのままの美人さんだ。

「あ、ありがとうございま……す⁉」

彼女がベッドに手を突《つ》き、顔をこちらに向けた。すると、その端整な作りの顔が物凄《ものすご》い勢いで赤くなる。首筋から耳の先まで瞬間沸騰だ。

うん、俺は寝る時にはパンイチ派なんだ。つまり、今俺の上半身は裸で、ついでに言えば眩しさで叩《たた》き起《お》こされて飛び起きたので、それなりに鍛えられた胸板が惜しげもなく晒《さら》されている。

うちのクルーなら俺の裸の上半身を見たところで今更なんとも思わない子ばかりなのだが、文字通りいいとこのお嬢様である彼女はそうもいかない。

「し、しつれいしましたぁ！」

結果、彼女は慌てて俺の部屋を飛び出していくことになった。彼女にとって今の俺の格好は刺激の強すぎるものであったらしい。

そんな彼女の手によってベッドの上に置き去られた『御神木の種《全ての元凶》』が抗議でもするかのようにピカピカと光っている。

「お前が悪い」

アメフトボール状の発光体をペシッと叩いてそう呟《つぶや》くと、奴《やつ》はまたも抗議の意思を表明するかのようにピカピカと光った。本当に眩しいな、こいつは。シーツにでも包《くる》んで物置にでも放り込んでやろうか。

「はぁ……何にせよ起きるか」

本日の予定なんぞをつらつらと思い出しつつ、膝《ひざ》の上に放置されている度し難い発光体にシーツをかけて身支度を整えることにした。しつこくピカピカと光っている特級厄物は放置だ、放置。

☆★☆

リーフィルⅣことシータでエルフに歓待されたり、危険な森に墜落して死にかけたり、その森でエルフのお姫様ことティニアと野営をしたり、大規模宙賊団の降下襲撃をメイが操るブラックロータスが迎撃するのを見たり——と盛りだくさんのイベントを体験した後、俺は仲間達と一緒に宇宙へと上がり、リーフィルプライムコロニーへと移動していた。

そして一晩休んで起きるなり特級厄物の目潰《めつぶ》しである。毎日刺激的なのは結構なことなんだが、正直もう少し手加減というものをして頂きたい。

「おはよう」

部屋の中に放置していこうとしたら例の厄い物体が謎の異音を発し振動し始めたので、仕方なく小脇に抱えて食堂に顔を出すことにしたのだが……食堂に入るなり全員の視線が俺に集中してきた。なんだろう？　心当たりは……無くもない。というか、よく見ると皆でティニアを慰めているような感じだ。当のティニアは俺の顔を見るなりまた顔を真《ま》っ赤《か》にしてわたわたと慌てているな。

「大いなる誤解があるように思う。悪いのは全《すべ》てこいつだから」

そう言って俺が両手で御神木の種を掲げてみせると、奴は俺は悪くねぇとでも言うようにピカピカと光ってみせた。ええい、往生際が悪い奴め。粉々に砕いて炒《い》ってツマミにしてやろうか。

「別にアンタが悪いとは思ってないわよ。ただ、この子は箱入りなんだから、配慮しなさい」

そう言ってジト目を向けてくるのはティニアと同じピンと尖った笹穂耳がトレードマークのエルマだ。彼女は傭兵《ようへい》歴五年のベテラン傭兵で、この船のクルーとしても最古参と言っても良い古株である。

肩まで伸ばしたサラサラの銀髪と、銀髪の間から伸びる笹穂耳。ハッとするほどに整った顔立ちと正にエルフという感じの容貌《ようぼう》なのだが、オフの時にはラフな格好で酒をかっくらっている残念エルフである。そんなところも可愛《かわい》いんだけど。

「配慮と言われてもな。俺がどんな格好で寝てるかは知ってるだろ……」

「あはは……私もご一緒すれば良かったですね」

そう言ってティニアの背中に手を当てながらミミが苦笑いを浮かべる。彼女は俺がこの世界に来てから最初に俺の船のクルーになった女の子で、今では一端のオペレーターとして活躍している。低身長だが出るところは出ているトランジスタグラマーな肉体の持ち主で、なんというか凄い。どことは言わないけど。素晴らしい。うん。彼女は俺と同じいわゆる『普通の』人間で、見た目相応の年齢だ。ギリギリ成人しているのでセーフである。何がとは言わないが。

実はやんごとなき血筋であることが最近判明して色々面倒事があったのだが、最終的には『ただのミミ』として俺達と行動を共にしている。

「兄さん、おはよーさん」

「おはようございます、お兄さん」

「ああ、おはよう」

赤と青という強烈な髪色をした少女——に見える二人が朝の挨拶《あいさつ》をしてくる。赤い髪の毛の女の子の名前がティーナ。青い髪の女の子の名前がウィスカ。二人は双子の姉妹で、顔つきは瓜二《うりふた》つと言って良い程に似ている。

二人ともローティーンの少女のように見えるが、その実俺とほぼ同い年のれっきとした成人女性である。何故《なぜ》彼女達の容姿が幼く見えるのかというと、それはもう種族の違いとしか言いようがない。彼女達ドワーフはそういう種族なのだ。物語によっては女性でも髭《ひげ》が生えるとか、団子鼻のおばちゃんだとか、そういった感じに描写されたりするのだが、この世界では少女のような見た目なのである。

ちなみに、見た目は少女だが膂力《りょりょく》は凄い。単純な力比べでは俺は彼女達に歯が立たない。

「おはようございます、ご主人様」

「おはよう、メイ」

席に着いて御神木の種をテーブルの上に放り出したところでメイがタイミングよく俺の朝食を持ってきてくれた。

彼女は俺が購入したメイドロイド——メイド型のアンドロイドで、陽電子頭脳を持つ機械知性である。機械知性とは何か？　という話をし始めるととんでもなく長くなってしまうので割愛するが、要はヒトと同じように思考し、感情も持つロボットメイドさんだ。

容姿を含めた彼女の身体《からだ》は全て俺がデザインした。ついでにパーツ類は全て最高品質のハイスペック品で構成されており、つまるところ『ぼくのかんがえたさいきょうのメイドさん』である。

掃除などのメイドに求められる一般的な業務は勿論《もちろん》のこと、船の操縦や直接的な戦闘、護衛、各種スキルの指導役から電子戦までなんでもこなせるスーパーメイドだ。

ちなみに俺が食堂に入った瞬間にはどこにも見当たらなかったように思うが、いつの間に現れたのかを考えるのは無駄である。何せメイのやることなので。

「うーん、今日もメシが美味《うま》い」

本日のメニューは鮭《しゃけ》定食めいた何かだ。自動調理器から出力された食事なので色がなんか変な感じだが、匂《にお》いも食感も何もかもが塩鮭と白米、それとお味噌汁《みそしる》と漬物である。自動調理器から出力される合成食品にもいい加減慣れたな。

「朝食を楽しんでいるところ悪いけど、今日の予定はわかってるわよね」

「やめてくれ、考えるだけでメシが不味《まず》くなる……」

「ものっそい不景気な顔してんなぁ」

「セレナ中佐に会いに行くのがそんなに嫌なんですか？」

そう言ってウィスカが首を傾《かし》げる。

セレナ・ホールズ。帝国航宙軍中佐。金髪紅眼の美人さんで、帝国航宙軍士官の白い軍服が似合う凛々《りり》しい女性だ。若い女性ながらごく短い期間で大尉から中佐に昇進している新進気鋭の軍人で、対宙賊独立艦隊の艦隊司令を務めている。

「そりゃ嫌だろう。用件がわかりきってるし」

首を傾げるウィスカにそう言いながら溜息《ためいき》を吐《つ》く。

先日から俺達はエルフの母星系であるリーフィル星系に滞在しているわけだが、エルフ達は俺達がリーフィル星系に到達する前からとある宙賊達に襲われていた。

とあるも何も宙賊は宙賊なのだが、中には大規模な組織となって星系軍でも手を焼くような連中もいるのだ。運の悪いことにエルフ達の母星系であるリーフィル星系を襲っていたのはそんな大規模宙賊団の一つ、赤い旗《レッドフラッグ》と名乗る連中であった。

奴らはエルフ達の母星、リーフィルⅣ――現地ではシータと呼ばれている――に襲撃を仕掛け、まんまと大量のエルフ達を拉致《らち》し、略奪も行った。

星系軍もそれを指を咥《くわ》えて見ていたというわけではなく、猛烈な追撃をかけてその大半を撃沈。取り逃した大型宙賊艦の反応を俺達が偶然キャッチし、移乗攻撃によってこれを拿捕《だほ》した。

その後、レッドフラッグの連中は再びリーフィルⅣに襲撃を仕掛けたが、今度は星系軍とメイの操艦するブラックロータスの活躍によって辛くもこれを撃退。

当然だが、リーフィル星系の星系軍も無能ではない。自分達だけでの対処が難しいレベルの大規模宙賊に狙《ねら》われているということがわかった時点で帝国航宙軍に救援要請くらいは出すわけだ。

その救援要請でどんな戦力に白羽の矢が立つのか？　ということを考えるとセレナ中佐が率いる対宙賊独立艦隊が派遣されてくるのも自然な流れと言える。そこに思い至らなかった俺がアホだったのだろう。

セレナ中佐は使えるものがあれば何でも使う人だ。救援要請を受けて訪れた先に俺達みたいな使い勝手の良い戦力があれば、当然使う。それはそう。誰だってそうする。俺がセレナ中佐の立場でもそうする。

別にセレナ中佐を嫌っているわけではないんだが、あの人はナチュラルに無茶振りしてくるからなぁ……それに応《こた》えて結果を出してしまう俺の腕と才能が憎い。絶対また無茶振りされるぞ。

「それにしてもまぁよく会うものよね。この広い宇宙で」

「私達は基本的に帝国領内で活動していますし、あちらの任務も対宙賊活動なわけですから……バッティングしてもおかしくはないですけど」

「おかしくはないけど今回は別に宙賊狩りに来てたわけじゃないんだよなぁ」

観光のために来た星系が偶然大規模宙賊団に襲われていて、そこに偶然セレナ中佐が現れるとかもうどこかで誰かが仕組んでいるんじゃないかと疑いたくなってくる。いや、これも俺のトラブル体質によるものか。

「おかしくはないけどまぁ、縁があるんやなぁ」

「確かターメーン星系で出会ってから何かにつけ顔を合わせているんですよね？」

「そうだな」

思えばこの世界に来てから会った人の中で、ミミとかエルマに次いで縁の深い人物ではあるんだよな。だからと言って彼女の部下とかそれ以上の関係になる気はないけど。

「なんというか、運命的ですね」

「冗談でもやめてくれ。恐ろしいわ」

ウィスカの言葉に思わず身を震わせる。俺とセレナ中佐の間に運命的な何かがあるとか怖すぎるわ。プラチナランカーかつゴールドスター受勲者で、御前試合を勝ち抜いた事によって皇帝陛下の覚えもめでたくなった今、セレナ中佐から本格的にロックオンされてもおかしくない状態なんだぞ。

「なんでそこまで嫌がるん？　セレナ中佐、めっちゃ美人やん？」

「そこは否定しない。確かにセレナ中佐は美人だ。プライベートがポンコツ気味で、酒を飲むと隙だらけになるのもポイント高い。でもセレナ中佐は侯爵家の令嬢だ。しかもエルマと違って実家とのパイプが太いタイプだ。彼女と仲良くするのはかなり危険なことに思えてならんね。それに、何より……」

皆の顔を見回してから口を開く。

「俺は自由気ままな傭兵生活が気に入ってるんだ。規則に縛られた軍人生活なんて真っ平御免だね」

＃1：宙賊を狩る者達

「よく会いますね。どうも貴方《あなた》と私の間には切っても切れない縁があるようです」

「ははは、そんな畏《おそ》れ多《おお》い。俺なんてチンケないち傭兵ですよ」

帝国航宙軍対宙賊独立艦隊、その旗艦である戦艦レスタリアスの応接室でそんな言葉の応酬をしながらフフフ、ハハハと笑い合う。もう既に帰りたいんだが？

ちなみにレスタリアスに足を運んだのは俺とメイの二人きりだ。他のクルーはブラックロータスに残って機体の整備や物資の調達、それに情報収集をしてもらっている。

「ゴールドスターの受勲者であるプラチナランカーがチンケないち傭兵の筈《はず》がないでしょう」

はい、ごもっともです。

傭兵としての最高ランクであるプラチナランクに昇格し、結晶生命体との戦いで活躍したってことでゴールドスター――一等星芒《せいぼう》十字勲章――を貰《もら》ったわけだが、正直この二つを頂いたことによるメリットを実感した覚えが殆《ほとん》どない。むしろデメリットが多いような気がするのは俺の気のせいだろうか？

「どうやらここでも派手にやっているようですね。貴方の行く先々でトラブルが起こっているように見えるのは私の気のせいでしょうか」

「気のせいだと思います。気のせいだということにしといてくれ。凹《へこ》むから」

「あ、はい」

思わず滲《にじ》み出《で》てしまった俺の本気トーンにセレナ中佐が若干引きながら頷《うなず》く。

「一応反論させてもらうと、俺がこの星系に来た時にはもう第一次襲撃は終わってたからな。俺は星系軍の討ち漏らしを偶然狩っただけだ」

だから俺がトラブルを運んできたわけではないと主張する。

「つまりトラブルを引き寄せるのではなく、トラブルに引き寄せられる体質ということですね」

「嫌じゃ、そんな話は聞きとうない」

悲しい現実を突きつけてくるセレナ中佐なんて嫌いだ。

「さて、再会を喜び合うのはこれくらいにして本題に入りましょうか」

今までの会話に再会を喜び合った要素どっかにあったか？　ほぼ一方的に俺がいじられていただけだと思うんだが。

「私が貴方を呼んだ用件は当然おわかりですね？　キャプテン・ヒロ」

「わかんないです」

「その頭の悪そうな顔をしてとぼけるのを今すぐやめなさい。真面目《まじめ》な話ですよ」

ちっ、これ以上すっとぼけるのは無理か。

「アイアイマム。レッドフラッグの件だよな。今到着ってことは第一次襲撃の時にもう連絡が行ってた感じか？」

「そうですね、惑星への降下襲撃を許したとなると帝国の沽券《こけん》に関わりますから」

そういえば前に俺達が滞在したリゾート星系に宙賊が降下襲撃をかけてきた時にもセレナ中佐

――当時は少佐――の対宙賊独立艦隊が駆けつけてきたっけ。まぁつまるところ、セレナ中佐の艦隊はこういった感じで宙賊が暴れた所に急行して火消しをして回る艦隊ってことだな。

「なるほど。ところで艦隊規模、大きくなってないか？」

「中佐に昇進しましたからね。指揮権限が上がった分、船と人員が補充されたわけです」

「そいつは重畳」

　セレナ中佐に会うためにブラックロータスでリーフィルプライムコロニーまで上がってきたのだが、コロニーに駐留している船の数が随分と増えているようだった。戦艦は相変わらずレスタリアスだけのようだったが、巡洋艦と駆逐艦の数が増えていたし、何よりコルベットの数がだいぶ増えているようだった。前に俺が指摘した小惑星帯での戦闘に特化した編成というものを実践したのだろう。駆逐艦以上の船だと小惑星帯内での戦闘は難しいが、コルベットならギリギリ行けるからな。

　宙賊艦にとって正規軍のコルベットほどやりづらい相手は居ない。まずもってシールドが厚すぎて宙賊艦の火力ではまずシールドを破れないし、コルベットの火力相手には宙賊艦のシールドも装甲も役に立たない。しかもコルベットは足が速いから、逃げ切るのも容易ではない。だからって下《へ》手《た》に小惑星帯から飛び出すと駆逐艦以上の船の超火力で狙撃されるしな。

「これだけの戦力となると、単独で宙賊の拠点も攻められそうだ」

「そうですね。実際、小さいのはいくつか潰《つぶ》しました。ただ、今回の相手は大規模宙賊団ですから。外部戦力――傭兵《ようへい》も集めるつもりでした。そう考えていたら丁度良い所に貴方が居たのでこれは天啓かなと。あるいは運命でも良いですけど」

「なるほど」

「それで、討伐に参加してくれますよね？」

中佐殿がにこりといい笑顔を向けてくる。まぁうん、参加はするんですけど。

「まずはお金の話だな。高いぞ、ゴールドスターかつプラチナランカーの俺は」

そう言って人差し指と親指で丸を作ってみせる。

「……お友達価格になりませんか？」

「なりません」

ビタ一文まけないぞ。絶対だぞ。上目遣いで見ても駄目です。

「そもそもセレナ中佐の懐から出る金ってわけでもないだろうに」

そんな媚《こ》び顔晒《さら》してまで値切る意味あるんですか？　という言葉は飲み込んでおく。彼女の手の届く範囲にしっかりと剣があるので、迂闊《うかつ》な事を言うと俺の首が飛ぶかもしれない。

「キャプテン・ヒロ。軍の——というか我が艦隊の予算も無限では無いんです」

「なるほど。でも腕を安売りすると他のプラチナランカーにも迷惑がかかるんで」

真面目な顔で世知辛いことを言うセレナ中佐に俺も真面目な顔でそう返す。俺が軍——セレナ中佐から安く仕事を請けたせいで他のプラチナランカーへの報酬提示額が少なくなったりしたら、もしかしたら睨《にら》まれるかもしれないじゃないか。軍もなんだかんだ言ってお役所だからな。前例主義的なところが少なからずあるだろうから、俺が悪《あ》しき前例になるわけにはいかない。

「そもそもお上からの指示でこっちに来たなら、補給はお上持ちなんじゃ？」

最初の襲撃があった時点でローゼ氏族が中心となって編成されている星系軍からの救難要請があり、それを受けてセレナ中佐の対宙賊独立艦隊が派遣されたのだろう。リーフィル星系はエルフの自治区であるとは言え、帝国の庇護《ひご》下であることに変わりはない。偉大なる帝国の庇護下にある人々が宙賊なんぞに害されるというのは帝国の沽券に関わる。それでセレナ中佐が派遣されたのだから、セレナ中佐にはそれなりの権限が付与されているはずである。

「……最初に出会った頃《ころ》はあんなにチョr――無垢《むく》だったのに、いつの間にか擦れてしまって」

「おい今チョロいっつったか？」

「言ってませんよ？」

しれっとした顔をしてるけど間違いなく言ったよな？　聞き間違いじゃないだろ絶対。

確かにターメーン星系ではコロッとセレナ中佐に乗せられてベレベレム連邦との戦いに参加することになったからな。まぁ、単に美人の中佐殿に煽《おだ》てられて良いように掌《てのひら》の上で転がされ、最終的にできらぁ！　とか言って参加することを宣言させられたんだがな。今はもうその手は食わんぞ。

「参加するつもりがないってわけじゃないんで。妥当な金額を提示してくれればそれでいいぞ」

「そうですか。それならこれくらいで」

と、提示された額は流石《さすが》にダレインワルド伯爵家のように一日30万エネルなんてことはなかったが、普通にプラチナランカーの一日あたりの相場である20万エネルであった。それに加えて通常の賞金と更に撃破報酬付きである。条件としては悪くないな。

「もう一声、と言っても別に増額を求めるわけじゃなくてな」

「聞きましょう」

そう言ってセレナ中佐が先を促してくる。

「ブラックロータスの装備を更新したくてね。軍用グレードの兵器を回して欲しい。当然費用は払う」

「ああ、なるほど。確かにあの砲艦――母艦でしたっけ？　アレの火力が上がるのはこちらとしても助かりますね」

母艦です。火力がちょっと高くなってるけど間違いなく母艦です。

「前にもこんな話はしたけど、色々バタついてるうちに流れたからな。あと、軽量級のパワーアーマーも欲しいんだが」

「わかりました。では今回はその分も含めて義理を果たすとしましょう。軍用装備の件に関しては間違いなく手配を進めます。ゴールドスター受勲者の申し出ということであれば上も拒否はしないでしょうし」

「よろしく。スケジュールについては決まり次第通達されるってことで良いのか？」

「ええ、行動方針が定まり次第連絡しますので、いつでも出発できる態勢で待機していて下さい。然程《さほど》時間はかからないと思います」

「了解」

しかし、相手は長年帝国航宙軍の追撃を躱《かわ》し続けてきた『レッドフラッグ』だ。そう簡単に掃討できるとも思えないんだが、何か秘策でもあるのかね？

☆★☆

「というわけで、レッドフラッグ掃討作戦に参加することになった」

ブラックロータスに戻り、掃討作戦に参加することを告げると全員が一様にやっぱりなという顔をした。

「嫌がってた割にはあっさり参加するやん」

「ピンチはチャンスだからな。セレナ中佐経由で軍用装備の調達もスムーズに行きそうだし、掃討作戦で稼げば実質タダみたいなもんだ。賞金だけでなく撃破報酬と日当まで貰えるんだから、参加しない手はない」

「でも、嫌がってましたよね？」

「……セレナ中佐が関わると何かと話が大きくなりがちなんだよな」

最初は宙賊の拠点攻略だったが、それが何故《なぜ》だが隣国との国境紛争に巻き込まれる羽目になったし、それが原因で昇進したセレナ中佐に目をつけられて対宙賊独立艦隊の教導役を務めることになったし、しばらく顔を合わせなかったと思ったら今度は結晶生命体との決戦に巻き込まれることになるし、それが原因で大層な勲章を貰うことになって、帝都に行ったら今度は帝室関連のゴタゴタが起こるし……やっぱセレナ中佐がキーになって厄介事に巻き込まれるパターンが多い気がする。

「やっぱ失敗だったか……？　いや、でも逃げたら逃げたで面倒なことになりそうだしな」

「そうね。捕捉《ほそく》された時点でもう手遅れよね」

「こうなることを予測して先手を打って逃げるべきでしたかね？」

「そこまで先読みして行動するのは無理だろう……」

つまりこれも一種の運命というか予定調和みたいなものなのだろう。別に俺は運命論者ってわけじゃないけど、こっちの世界に来てからというものそういうのを感じる場面がどうにも多いんだよな。被害妄想の類だろうか？

「とにかくそういうことなんで、出撃準備を進めような」

「「「了解」」」

皆が動き出すのを見ながら、メイにも指示を出しておく。

「ブラックロータスの強化について仕様案を策定しておいてくれ。金に糸目はつけない……と言いたいところだが、予算は２０００万くらいで足りるだろう」

「はい、それだけあれば十分かと」

２０００万エネルもあれば軍用グレードの装甲とレーザー砲に換装してもお釣りが出るはずだ。

「あ、ヒロ様。今回は軍の物資輸送はどうしますか？」

「パスで。相手が宙賊なら鹵獲品《ろかくひん》が期待できるからな」

「わかりましたっ！」

食堂に残ってタブレット端末を操作していたミミが元気に返事をして作業を再開する。

さて、俺は何をしようかね……と考えたところで一人ポツンと食堂に残っていたティニアと目が合った。淡く光る御神木の種を胸に抱いた彼女は困ったような顔で首を傾《かし》げる。

「あの、私はどうしましょうか？」

「それだよなぁ」

ティニアの対面に改めて腰掛け、頭を掻《か》く。

今の彼女は微妙な立場なのだ。何がどう微妙と説明すると長い話なのだが、まず大前提として彼女はいいとこのお嬢さんである。一つの惑星を三分している大勢力のうち一つのトップの娘――言わばお姫様だ。

お姫様とは果たしてどういう存在なのか？　という話になると、つまるところ家と家を繋《つな》ぐ政略結婚の道具である——と言い切ってしまうと多方面から怒られそうなのだが、残念ながら彼女に求められている立場というのはそういったものであるらしい。

ではそういったお姫様に求められる素養とは？　という話になると、まず第一に貞操的な意味でクリーンであることなのだが……いや、わかるよ。あまりに考えが古臭くないかということは。でも仕方がないじゃないか。彼女の生家であるグラード氏族はガッチガチの保守派、その最筆頭なのだから。伝統と格式と古き掟《おきて》を尊ぶ人々のトップなのだ。

そんな由緒正しいお姫様が巻き込まれた一連の事件というのは、今まで一切の瑕疵《かし》が無かった彼女にとって大変にスキャンダラスな内容だった。

まず、婚約の儀の真っ最中に宙賊の襲撃に遭って攫《さら》われた。これでもうマイナス百点だ。宙賊と言えば金！　暴力！　セッ○ス！　の権化と一般的には思われているからな。そんな奴《やつ》らに攫われたのだから、きっとそういう目に遭っているに違いないという目で見られるわけである。事実は別として。

そして更に彼女を悲劇が襲う。今度は根無し草の傭兵——それも女を複数侍《はべ》らせている好色な奴——と二人きりで危険な森へと墜落し、共に一夜を過ごすことになったのだ。これはもう確実にマイナス一万点である。絶対に何かあったに違いないと思われる。事実は別として。

一応彼女の名誉のために言っておくが、彼女は宙賊どもに乱暴を働かれるようなことはなかったという話だし、俺も彼女に手を出してなどいない。つまり彼女は潔白である。

しかし世間はそう見ないし、グラード氏族とて一枚岩というわけではないので彼女の足を引っ張って何らかの利益を得ようという連中も湧《わ》いて出てくる。結果として、彼女の立場は大変に微妙な状況となっているわけである。

「何にせよ、俺達だけで決めるわけにもいかんだろ。親父《おやじ》さんと腹を割って話すしかないんじゃないか？」

「そう、ですよね……」

ティニアが御神木の種をギュッと抱いて俯《うつむ》く。そんな彼女の様子を慮《おもんぱか》ってか、御神木の種は彼女を慰めるかのように淡く明滅した。実際に慰めているのかどうかはわからんが、こいつには一定以上の知能があるようなので本当にそうなのかもしれない。

「立場的に微妙なのはわかってる。だから、ほとぼりが冷めるまでうちの船に乗っていたいということなら俺としては構わない。ただ、俺達はこれからレッドフラッグとバチバチやり合う予定だからな。当然だが、危険だ。運が悪ければ俺達と一緒に宇宙の塵《ちり》になる可能性もある」

無論、そうなるつもりは一切無いが。しかし、油断をすれば一瞬でそうなりかねないのが傭兵稼業というものだからな。何かの間違いで対艦反応魚雷でも直撃した日には塵も残さず消し飛ぶことになる。

「……良いのですか？」

「最大限配慮はするけど、安全は保証できないからな？　それでも良いならって話だ。ティニアは俺の命の恩人なんだから、あとは自分でなんとかしろって放り出すような真似《まね》はしないよ」

リーフィルⅣで乗った航空客車が墜落した際に、俺は致命傷を負った。そんな俺を彼女は魔法で癒やしてくれたのだ。その恩を返す前に彼女を放り出すような真似は流石にできない。俺にできる範囲で彼女が望むようにしてやるつもりだ。

「とりあえず、親父さんと連絡を取れるよう手配してみようか」

#2：ティニアの処遇

リーフィルプライムコロニーに滞在している俺が頼れるエルフ関係のコネクションはあまり多くない。その中でティニアの親父さんであるグラード氏族のゼッシュ氏とコンタクトを取れそうな人物となると、一人しかいない。

「お忙しいところお手数をおかけします、ジェム・ダー将軍閣下」

「ヒロ殿の頼みならいつでも歓迎だ。しかし将軍閣下はやめてくれ」

そう言って俺を温かく迎え入れてくれたのは綺麗《きれい》に整えられた口髭《くちひげ》が実にダンディなイケオジエルフのジェム・ダー将軍閣下だ。彼はリーフィル星系軍のトップに近い人で、先日の宙賊艦拿捕《だほ》の際に縁を結んだ。

「ジェム・ダー殿。その節はお世話になりました」

「ああ……うむ。ティニア殿の難しい立場は理解しているつもりだ。思ったよりも元気そうで何よりだよ」

俺への対応と比べると、ティニアに対するジェム・ダー閣下の態度はどうにもやりにくそうな感じである。考えてみればジェム・ダー閣下はリーフィル星系の星系軍の幹部――ということは、保守派のグラード氏族とはあまり折り合いの良くない先進派とでも言うべきローゼ氏族の出身者なのだろう。この組み合わせはあまり良くなかったか？

いや、待てよ？　考えてみれば今のティニアの複雑な状況を招いたのは星系軍がレッドフラッグの襲撃を止められなかったのが原因とも言えるのか？　となると、もしかしたら将軍はティニアに対して負い目のようなものを感じているのか？

「ジェム・ダー将軍、あまりお気になさらないでください。経緯はどうあれ、私は今とても……言葉を選ばずに言えば、楽しいのです」

「楽しい？」

ティニアの突拍子もない発言にジェム・ダー将軍が目を剥《む》いて驚きの表情を作る。

「はい。森にいては見ることも叶《かな》わなかった宇宙の景色《けしき》、外から見るシータの姿、それにヒロ様の宇宙船や、様々な機械……なんだか世界そのものが急に広がったような感覚です。こんなに刺激的な生活は初めてで……とても楽しいのです」

「そうか……コロニーで何か困ったことがあったら私に言ってくれ。お父上ほどではないが、私もそれなりに立場のある人間だ。微力を尽くさせてもらうよ」

「ありがとうございます、将軍」

微笑《ほほえ》むティニアに首肯し、ジェム・ダー将軍が俺に視線を向けてきた。

「ゼッシュ殿との通信はいつでも繋げられるようにしてある。隣の部屋に通信機を用意しておいたので、そちらを使ってくれ」

「ありがとうございます、閣下」

「その閣下というのは本当にやめてくれ……身分的な話を言うなら、星系軍のいち将官よりも帝国の名誉子爵閣下の方が上なのだから」

ジェム・ダー将軍閣下がそう言って苦笑いを浮かべる。

「そういうものなんですかね。降って湧いたような身分なんで、いまいち実感が湧かなくて……俺はしがないいいち傭兵《ようへい》なんですけど」

「少しずつ慣れていくしかないだろうな。子爵位持ちの帝国貴族といえば最低でも一つ、場合によっては三つほどの星系を治めていてもおかしくないほどの身分だぞ」

「そうやって聞くと大層な身分だなぁ」

俺みたいな傭兵にそんな地位を授けても何にもならないだろうに。一応皇帝陛下というか帝国の紐付《ひもつ》きってことにしたいからかね？　こんな身分やら勲章やらを与えられても俺は必要とあらばそんなもん放り出してどこへでも行くんだけどな。今のところそうする必要性を感じないからそんなことはせんけれども。

ともあれ、ティニアの父親であるゼッシュをあまり待たせるのも良くないか。俺とティニアはジェム・ダー将軍に礼を言って通信機を用意してあるという隣室に向かった。

「おー……なんだろう。この、世界観にそぐわないレトロフューチャー感漂う一品は」

隣室に用意されていたのは真空管のようなものがボコボコと生えている木製外装の機械であった。大昔の真空管ラジオめいた何かとしか形容しようがないな、これは。どうしてホロディスプレイを搭載した小型情報端末が使われているようなこの世界でこんなものが使われているのだろうか。

「世界観？」

「いや、気にしないでくれ」

首を傾げるティニアにそう言いつつ、通信機の側《そば》で待機していた星系軍の兵士に頼んでゼッシュに通信を繋いでもらう。すると、時折ノイズを走らせながらも機械から声が聞こえてきた。

『もしもし？　聞こえるか？　ゼッシュだ』

「あー、オーケー。感度良好とは言い難いが聞こえる。しかしなんだってこんな骨董品《こっとう》みたいなものを……」

『我々グラード氏族が使う通信魔法との相性の問題でな……いや、今はそんなことを話している場合ではないだろう』

　確かにそれはそう。気にはなるが、今話さなければならないほど重要な問題ではない。

「御神木の種を肌身離さず持っていてくれってことでティニアごと宇宙に連れてきてしまった件についてはは謝罪するべきか？」

『いや、ティニアが御神木の種に巫女《みこ》として選ばれたのであればそれは仕方のないことだ。男親としては文句を言いたい面が無いわけでもないが……グラード氏族長としてはそう判断している』

「なるほど。だが少し状況が変わってな。到着した帝国航宙軍からの依頼で従軍することになる可能性が高い。このまま連れて行くとなると種も娘さんも危険に晒《さら》すことになる」

『それはつまり、シータを襲った賊を討滅しに行くということだな？』

「そうなる可能性は高いだろうな」

　ターゲットはレッドフラッグの連中なので、自然とそういうことになる。

『ならそのまま連れて行ってくれ』

「お父様、御神木の種を危険に晒すことになりますが」

『そうだな。私の独断で決めるのは明らかな越権行為だが、危険を冒さずに成果を掴《つか》み取ることはできんだろう』

「もし御神木の種を失うようなことになればグラード氏族が」

『だが、御神木の種を守護者から引き離すわけにもいかん。どちらにせよリスクはある』

話の流れが正確には掴めないが、ゼッシュは族長連合の承認を得ずに御神木の種とティニアを送り出そうとしていて、それによってグラード氏族の長としての地位とか、彼の一族そのものに累が及ぶ可能性があるという話なのだろう。

「白熱しているところ悪いが、俺は責任は持てんぞ？　勿論《もちろん》死ぬつもりも死なせるつもりも無いが」

『どちらにせよこちらの事情を押し付けてヒロ殿をシータに縛り付けることはできんのだ。元よりこうする他に道はない。我ながら厚かましい願いだとは思うが、娘を頼む』

「ああ、全力を尽くす」

『……頼むとは言ったが、手を出すのは別の話だぞ』

「お父様。ヒロ様に失礼ですよ」

『しかしだな……』

はい。信用がないのはよーくわかってるから何も言いません。そりゃメイドロイド含めて周りに五人も女を侍らしている傭兵なんぞそっち方面の信用はゼロである。実態は別として、客観的に見て娘を預ける相手としては完璧《かんぺき》にアウトである。そりゃ釘《くぎ》も刺したくなるだろう。

「俺もティニアも子供じゃないんだからその辺りは弁《わきま》えてるさ。ただ、俺もそこまで詳しいわけじゃないが、エルフってのはそっち方面では割と難儀な身体《からだ》の仕組みをしてるんじゃなかったか？」

『それは……！　そうか、エルマ殿がいたな』

通信機から驚いたような声が聞こえてくる。

言った通りエルフというのはちょっと難儀というか特殊な……ええと、繁殖事情？　を抱えている。俺もそこまで詳しく突っ込んで聞いたわけじゃないんだが、どうにも精神的に——というか無意識的にパートナーと認めた相手以外とは子供ができにくいとかなんとか。裏を返すと、立場的にパートナーとなることが許されないような相手をパートナーとして見初めてしまうと、大変に厄介なことになるというわけで。

と、そこまで考えたところでふとティニアに視線を向けると、ちょうどばっちりと目が合ってしまった。途端にティニアの頬が紅潮し、耳まで真《ま》っ赤《か》になる。

「……一般論としてね？」

「そ、そうですね？」

『ゴホン！　ゴホンッ！』

通信機の向こうからわざとらしい咳払《せきばら》いが聞こえてくる。でも向こうは虚空と大気圏を越えた地上に居て、こっちはコロニーだからなぁ。いくら咳払いをしようが凄《すご》もうが、屁《へ》の突っ張りにもならない。

「とにかく、相応のリスクを勘案した上で俺のところに預けるって言うなら俺は受け入れるってことで。そっちとしては事が上手《うま》く運べば相応のリターンがあると見込んでいるんだよな？」

『うむ、そういうことになる。御神木を傷つけた賊どもの追討にティニアが同行し、御神木の種に選ばれた守護者がそれを成し遂げる。それは誰《だれ》にも何も言わせない程の武功で、実績だ。我らグラード氏族はそういったものを重んじるからな。それに、賊の追討を行う守護者に力を貸したということになればローゼ氏族にも利がある。最終的に二氏族が賛成することになればミンファ氏族も文句は言わないだろう』

「なるほど。ところで、連れて行くのは構わんとは言ったが、タダというわけじゃないよな？」

『勿論だ。現金というのは難しいが、相応の報酬を用意しておく』

「オーケー、なら商談成立だ」

正直、こちらにメリットらしいメリットは何も無いが……ゼッシュが報酬を用意するというなら、これは依頼だ。傭兵ギルドを通さない依頼っていうのは請けない主義なんだが、今回は目を瞑《つぶ》ろう。ティニアにはどでかい借りがあるしな。

☆★☆

「というわけで、今回の任務にはティニアも同行することになりました」

「皆様、よろしくお願い致します」

そう言ってティニアがペコリと頭を下げると、食堂に集まったクルー達からパチパチと拍手が起こった。

「何が『というわけで』なのかはさっぱりわからないけど、歓迎するわ」

「ティニアさんの生活用品を調達しないとですね」

「どうせなら服も着替えたらええんちゃう？　今の衣装は逆に目立つで」

「そうかな？　そうかも？」

　全体的に歓迎ムードのようで俺も一安心である。御神木の種もこの流れに不満はないのか、穏やかに明滅を繰り返している。最近なんとなくわかるようになってきたが、あれは機嫌が良い感じの光り方だな。

「ごく簡単に話をまとめると、グラード氏族長のゼッシュとしてはティニアを俺達に同行させることによってエルフを襲った宙賊の討伐に参加したって功績を手に入れたいわけだ。それが微妙な立場になっているティニアの汚名を濯《そそ》ぐことにもなるってことでな。ついでに言えば、この厄介な物体のために俺に同行する必要もあるってことで、二重の意味でティニアの同行が望ましいと」

「はい、そういうことになります」

　頷《うなず》くティニアの胸元で厄介な物体こと御神木の種がピカピカと光る。厄介な物体呼ばわりとは何事だとでも言いたげだが、今のところお前を起点に色々トラブってるからな？

「報酬はちゃんとあるんでしょうね？」

「確かに用意するとゼッシュが請け合っていたぞ」

「なら良いけど……甘いわね？」

「ティニアには借りがあるからな」

　俺とエルマのやり取りにティニアが首を傾《かし》げているが、さもありなん。ティニアにはわからないだろうが、プラチナランカーの傭兵を使うというのは非常に金のかかる行為なのだ。具体的な金額を決めずに向こうの言い値——多分支払われるのは金じゃないが——で仕事をするというのは大変に甘い対応と言えるだろう。

とは言え、俺も恩人から毟《むし》り取《と》るほどガメつくもないので、ここらへんが良い落とし所だとは思う。もしかしたら俺達があっと驚くような報酬を提示してくるかもしれないしな。

「でも、大丈夫なん？　その種ってエルフの大事な物なんやろ？」

「鬱陶《うっとう》しいけど悪さをするわけじゃないしな。しないよな？　もしするようなら重レーザー砲で焼き払うぞ」

ティニアの胸に抱かれた特級厄物が悪さなんてしないと示すかのようにピカピカッ、と連続で光を放つ。ああ、そう言えば否定の場合は一回、肯定の場合は二回光れとか言ってたっけ。意外と律儀に俺の言ったことを覚えてるんだな、こいつ。

「ティニアに関してはこんなところだな……何か皆の方から報告はあるか？」

「あ、はい！　物資と弾薬の補給は終わりました！　いつでも出撃可能です」

「お疲れさん。対艦反応魚雷もストックは十分あったよな？」

「はい。クリシュナに搭載している四発の他に、ブラックロータスに予備弾が一ダースあります」

「オーケー、やっぱり母艦があると便利だよな」

「一ダースって、一体何と戦うつもりなのかしらね」

腐るもんじゃなし、予備弾はいくらあっても良い。クリシュナに積んでる分も合わせて十六発もあればクリシュナ単機でも宙賊の拠点をスペースデブリにできてしまいそうだな。

「補給が終わったならいつ出撃になるかもわからんから、休んで——いや、ティニアの生活用品を買いに行く必要があるんだったか。任せていいか？」

「はい！　お任せください！」

「そうね、行きましょうか。ヒロも来る？」

「俺はパス。俺が一緒だと買いにくい物とかもあるかもしれんし」

何より女性の買い物は長いし。それが悪いというわけじゃないが、手持《ても》ち無沙汰《ぶさた》でボケっとしているのも辛《つら》い。

「うちらはもうちょいしっかりと整備やな」

「そうだね。クリシュナはともかく、ブラックロータスは全力に近い戦闘をしたから」

「それじゃあ俺は二人の監督でもするか」

「別にええけど、退屈やと思うで？」

「かまへんかまへん。それじゃ二人とも、ティニアのことは頼んだぞ」

「はい！」

「オーケー」

ミミとエルマとティニアが買い出し、俺と整備士姉妹とメイが居残りだな。さて、特に何かするわけじゃないけど二人の仕事ぶりを見せてもらうとするかね。

☆★☆

「実際のところ、整備状況はどんな感じなんだ？」

「クリシュナの整備は完璧ですよ。ブラックロータスの方も問題は無さそうなんですけど、念には念を入れてチェックしているところですね。こんな感じで」

そう言ってウィスカがタブレット型の端末を見せてくる。ブラックロータスの各種パラメータやチェックリストが表示されているようなんだが、専門的な内容過ぎてよくわからんな。

「よくわからないということがわかったぞ」

「お兄さん、あんまり真面目《まじめ》に目を通す気がありませんね？」

「ソンナコトナイヨ」

じっくりしっかり読み込めば意味を理解できそうではあるんだが、苦労して読み解いたところで俺がなにかできるわけじゃないしな。餅《もち》は餅屋と言うし、専門的なことは専門家に任せるに限る。

とはいえ、チェックリストもほとんど埋まっていて、程なく全《すべ》ての工程が終わるようだった。

「何にせよ根を詰めるのもほどほどにな。特に二人はこれから激務になりそうだし」

「やっぱりそうなりますか？」

「多分な。ああ、でもそんな頻繁に鹵獲《ろかく》した船を処分しには行けないだろうから、そこまでじゃないかもしれん。装備を鹵獲する機会は増えるかもしれんけど」

俺達が鹵獲できる船の数は最大で四隻だ。格納庫に二隻、そしてクリシュナとブラックロータスがそれぞれ曳航《えいこう》して更に二隻だな。内訳としては小型艦が三隻と、中型艦一隻が限界だろう。更に言えば、曳航するには最低限超光速ドライブとハイパードライブが生きていないといけない上、曳航したままでは即応力が落ちることになるから戦闘が完全に終了した後でないといけない。

もっと言えば俺達の儲《もう》けのために一緒に行動する対宙賊独立艦隊の進行が遅れることは許されないので、手早くやる必要がある。整備士姉妹にとっては戦闘終了後のごく短い時間が本当の戦いになるってわけだな。

「仕事おーわりー。兄さん褒めて褒めてー」

「あーはい、よしよし」

今後の動きについてウィスカと話していると、チェックリストを全て埋めてきたのか、ティーナが格納庫へと戻ってきた。子供扱いすると殆《ほとん》ど同年齢《タメ》の大人の女やで、みたいなことを言ってくるくせに、こういう時には見た目相応みたいな甘え方をしてくるんだよな。普通に可愛《かわい》いから俺も悪い気はしないし、別に良いんだけども。

「ウィスカも撫《な》でる？」

「わ、私はいいです」

「そう言わんとウィーもしてもらえばええやん。ほれほれ」

「わわっ⁉」

ティーナが強引にウィスカを引き寄せてわしゃわしゃと頭を撫で始める。そして俺も便乗しておく。うーん、撫で心地が殆ど同じ。さすが姉妹。などと考えていると、視線を感じた。

「……」

メイが物陰からこちらをジッと見ている。あれは間違いなくフリだな。私も撫でろというフリだ。だってメイならあんなことをしなくてもブラックロータスの船内センサーやカメラで俺達の様子を窺《うかが》えるし、そもそもの話として本気で隠れて俺達の様子を見るつもりならああやって俺に見つかるような場所からこちらを監視したりしない。

「……」

「……！」

整備士姉妹を撫で終え、何も言わずに両腕を広げてみせる。すると、メイは無表情ながらも嬉《うれ》しそうな雰囲気を漂わせて物陰から素直に出てきた。俺より少し背が高い彼女が腰を折って黙って頭を差し出してくるのはなんだか少しシュールだな。

「メイはほんまに兄さんのこと大好きやなぁ」

「はい、大好きです。お慕いしております」

そう言ってメイが俺に抱きつきながらティーナに顔を向ける。キツすぎず緩すぎず、適度に柔らかさが伝わって……ティーナ達を超える怪力ととんでもない頑丈さを併せ持っている筈《はず》なのに、どうしてこうやって抱きついたりする時にはちゃんと柔らかいんだろうな、メイは。本当に不思議だ。

「う、うーん……ストレート」

「ウィスカ様、大事なことですよ。好きな相手に『愛しています《I love you》』と伝えることは」

「うっ……そ、そうですね？」

なんかウィスカが動揺してるな。ティーナは……あんまり気にしてないというか「うちもうちもー」とか言いながら俺にくっついてきている。確かにウィスカはティーナに比べるとスキンシップは少なめだし、一歩引いた印象ではあるかもしれない。

「せやかて兄さんの場合はガンガン押しても引くからなぁ」

「ティーナ様はもうひと押しが足りませんね」

「もうひと押し……？」

くっついて甘えてくるティーナは可愛いが、それ以上となるともうそれは直接的な手段なのでは？　ティーナの怪力で押し倒されたら逃げられんが？

「もうひと押し……！」

「はい、もうひと押しです。もう一歩踏み込みましょう」

やめろやめろ、その気になってきてるから。抱きつく力が強い強い。

「にゃ、にゃーん？」

ウィスカまで抱きついてきたぞ。どうするんだこれ。何故《なぜ》俺達はこの広い格納庫で団子になっているのか？　これがわからない。

☆★☆

それから数日、俺達はリーフィルプライムコロニーで待機することになった。大規模宙賊の討伐ということで、近隣の星系からも戦力を集めるらしい。今は戦力の結集を待っているというわけだな。

そんな中、補給も整備も済ませた俺達はというと、やることが特に無い。まぁそれでも一日のルーチンはある程度決まっているから、完全に暇というわけでもないんだが。身体《からだ》を動かすなり、訓練するなり、勉強するなりとやることはそれなりにある。

「……毎回こんな訓練を？」

「そうだが？」

「そうですか……」

今日はセレナ中佐と彼女の部下である貴族出身の士官達がブラックロータスを訪れていた。俺がメイと剣の訓練をすると聞いてやってきたのだ。彼女達も戦力が集まるまでは暇らしい。

「ご主人様、行きます」

「見物人も居るし、控えめでお願いします」

「わかりました、強めでいきます」

「ぼくのはなしをきいて」

俺の懇願も虚《むな》しく、黒い疾風と化したメイが金属製の模擬剣を手に迫ってくる。対する俺の手に握られているのも金属製の模擬剣だ。

訓練ならもっと安全な模擬剣を使ってはどうかって？　いや、これじゃないと俺とメイの剣速と威力に耐えられないんだよ。これまでに何度安全性を謳《うた》った模擬剣をへし折ってきたことか。

メイの身体の陰から銀閃《ぎんせん》が迸《ほとばし》ってくる。コレをまともに食らうと当たった部分の骨が砕けた上に、下手《へた》すると内臓にまでダメージが入って文字通り血反吐《ちへど》を吐くことになるので、絶対にまともに食らうわけにはいかない。

摺《す》り足《あし》を使って滑るように横に動き、紙一重でメイの一撃を躱《かわ》す。それと同時に逆手に持ち替えていた左手の剣でメイの剣を持つ手の手首を狙《ねら》うが、剣撃を放ってきた時以上の速度で引き戻されてしまったために俺の反撃は空を切った。こうなるとがら空きの左脇腹《わきばら》を狙われるのがわかりきっているので、メイの次撃が放たれる前にするりと後ろに動いてメイとの間合いを取る。

その後は剣撃の応酬だ。俺の両手の剣で放たれる斬撃が尽《ことごと》くメイの持つ一本の剣によって迎撃され、逆にメイから放たれる斬撃を躱し、いなし、受け流す。

絶対にまともに受けてはいけない。これは身体で受けるなという意味でなく、剣でも受けるなという意味である。もしまともに受ければ模擬剣をへし折られるか、そうでなくとも防いだ剣ごとぶっ飛ばされるか、あるいは衝撃のあまり得物《えもの》を失うことになるか——どの結果にせよその後の展開は厳しいものになる。

「だぁっ⁉」

結局、軍配はメイに上がった。俺がメイの剣撃を受け流し損ねて右手に持っていた剣をへし折られてしまったのだ。こうなると後は詰将棋みたいなもんである。徐々に追い詰められた俺は最終的に腹に強烈な蹴《け》りを喰《く》らい、壁まで吹っ飛ばされて仕留められた。いくらなんでも鳩尾《みぞおち》を打たれた上に背中を壁に叩《たた》きつけられた際の生理的な反応までは制御できない。息を整える間もなく、頭頂に模擬剣をコツンとやられて俺の負けである。

「むりぃ……」

「そんなことはありません。ご主人様の反応速度は前回訓練時よりも凡《およ》そ8％向上しています。ご主人様にはまだまだ伸び代があります」

「そこまで徹底的にしなくてもええんやで……」

メイの手を借りて起き上がりながら蹴られた腹を擦《さす》る。とてもいたい。これは確実に内出血してますね。

「あ、希望者はメイさんによるパーフェクトに安全な訓練を無料で受けられるぞ」

「安全に見えないのですが？」

「何を言っているんだ、パーフェクトに安全だぞ。だって俺は死んでないだろう？」

そう言って胸を張って——いやお腹《なか》痛いわ。無理だわ胸張れねぇわ。

「悪いけど俺は簡易医療ポッドに入ってくるから。お客様の対応は任せた」

「はい、お任せ下さい」

メイが俺に頭を下げ、それからセレナ中佐達の方向に視線を向ける。ビクリと全員が身体を震わせた気がするが、きっと気のせいだろう。大丈夫、安全だよ。絶対に死ぬことはないからな！

☆★☆

簡易医療ポッドで治療をして訓練場と化している格納庫スペースに戻ってくると、そこで貴族出身の士官達が良い感じに疲労困憊《こんぱい》といった様子になっていた。セレナ中佐はそんなだらしがない様子の士官達を見ながら苦笑いを浮かべている。

「中佐殿は訓練なさらないので？」

「作戦開始を控えた身で負傷するわけにはいきませんからね。作戦終了後にでもお相手願います」

「はい、セレナ様」

当然ながら汗一つかかず、疲労した様子も見せずにメイが頷《うなず》く。メイドロイドだからそりゃそうなんだけども。

「んじゃ、大してお構いもできませんがこちらへどうぞ。休憩スペースがありますんでね」

そう言いながらヘトヘトになっている士官達を休憩スペースに連れて行き、適当に放流しておく。

「それで、今日は何をしに来たんだ？」

セレナ中佐とサシの席に着きながらそう聞く。

「作戦について話をしにきたのです。彼らは護衛兼物見遊山ですね」

「ウチは観光スポットじゃないんだが？」

そんな話をしていると、ミミがお盆にお茶とお茶菓子を載せて運んできてくれた。

「お久しぶりです、セレナ様」

「直接顔を合わせるのは久しぶりですね、ミミ様」

「いえ、あの、私に様付けは……」

「そうでしたね、はい。ミミさん」

「はい、それでお願いします」

セレナ中佐は俺達と帝室を繋《つな》ぐ役割をこなしたので、ミミが皇帝陛下の姪孫《てっそん》であることを知っているんだよな。

「あー、それで作戦がどうしたって？　聞かせてもらっても？」

「はい。我々が得た情報によると、宙賊どもは小規模拠点を周辺の星系に随分と多く作っているようです」

「どうやって情報を得たのかは聞かないでおく」

「それが賢明ですね」

セレナ中佐がにっこりと良い笑みを浮かべた。

宇宙空間での戦闘に比べると大気圏内での戦闘では撃破された際の生存率が大変に高くなる。生命維持装置がぶっ壊れても即死するわけじゃないからな。脱出ポッドとして機能したコックピットブロックさえ無事であれば乗員が生きている可能性は高いわけだ。

で、先日リーフィルⅣ――シータではレッドフラッグ構成員による降下襲撃が行われ、メイの操るブラックロータスの働きによってかなりの数が撃墜された。つまり、それなりの数の捕虜が発生したはずである。

帝国航宙軍は――というかグラッカン帝国は宙賊に対して一切の容赦をしない。捕らえられた宙賊は良くて終身重労働、多くは人道的とはとても言えない過酷な人体実験の被験体にされたりなんだりと碌《ろく》な目に遭わないそうな。そんな連中に対する尋問が人道的なわけもない。

「それで、小規模拠点相手にどうするって？　戦力を分散して同時に潰《つぶ》すとか？」

「近いですね。星系封鎖を行い、一星系ごとに掃除をしていきます」

「ああ、なるほど」

レッドフラッグは一つの大規模拠点を作って栄えているタイプの宙賊ではなく、複数の星系に多くの小型拠点を持ち、巨大な宙賊ネットワークを形成している。小規模拠点を一つ潰したところで奴《やっ》らにとっては大したダメージにはならない。やるなら星系内の拠点を一斉に潰す必要がある。

そこで、セレナ中佐は掃討対象となる星系のハイパーレーン突入口を制圧して封鎖し、宙賊が出入りできない状況を作り出してから星系内の小規模拠点を全滅させ、レッドフラッグの勢力圏を削っていくことにしたようだ。

「それをやるとなると、敵拠点の正確な位置と数の情報が必要だろう？」

「それを入手できたからこその作戦というわけです」

「ああ、なるほど……」

捕虜になった宙賊の中に幹部でも居たのかね？　それとも撃墜した船の残骸《ざんがい》から航行データでも

サルベージしたのか？　どっちなのかはわからんが、とにかく必要な情報は手に入ったということか。

「しかし星系封鎖と言っても対宙賊独立艦隊の規模じゃ無理だろう？　どこからそんな戦力を持ってくるんだ？」

「主に星系軍ですね。付近の帝国航宙軍で手隙の部隊も集めてますが」

「なるほど。それじゃあ攻撃は傭兵《ようへい》と対宙賊独立艦隊でやるわけか」

「そうなりますね。貴方《あなた》には遊撃をしてもらいますので」

「了解。まぁいつも通りだな」

クリシュナの機動性と火力を活《い》かすなら戦列の一端を担うよりもフリーで飛び回った方が効率が良いからな。

「ブラックロータスは後方支援に？」

「そうしてもらえると助かりますね。この船の火力は頼りになりますから。特にEMLの威力と射程は拠点攻めに向いていますし」

「違いない」

ブラックロータスの艦首に装備されている大型EMLは非常に威力が高い。通常、実体弾兵器というのはシールドによる防御に弱いものなのだが、大型EMLにはシールドを貫通する特性があるからな。当然ながら装甲や船体に対するダメージも大きいので、静止目標相手には非常に効果が高い兵器なのだ。

まぁ、レーザーに比べると弾速が遅いから、動く標的に対する遠距離での命中率が低いという欠点もあるんだけど。メイの射撃精度だとそれもかなり軽減されるからなぁ。

「拠点はどうするんだ？　問答無用で破壊するのか？」

「その予定です。今回は目標が多いですからね」

セレナ中佐は肩を竦《すく》めて言葉少なにそう言い、ミミが淹《い》れたお茶を一口飲んだ。

レッドフラッグの主なシノギ――ビジネスは違法奴隷《どれい》の販売と身代金だ。惑星上居住地やコロニー、それに商船や客船などを襲って住人や乗員、乗客を拉致《らち》し、顧客の要望に沿うよう『加工』して販売する。身代金ビジネスに関しては説明の必要もないだろう。

つまり、奴らの拠点には『商品』がそれなりの数『貯蔵』されている可能性が高い。そんな宙賊拠点を問答無用で破壊するということは、つまりそういうことだ。宙賊と通じて違法奴隷を購入するような連中がまともな趣味のはずもない。宙賊どもによって不可逆的な『加工』を施された人々が、そのようにされる前の生活を取り戻すのには相当な努力と、類稀《たぐいまれ》なる運が必要になる――らしい。

「浮かない顔ですね」

「そうか？　そう見えるならそうなのかもな。あまり気にせんでくれ」

気分が良い話ではないが、人には出来ることと出来ないことがある。助かる見込みがないのなら、終わらせてやるのもまた慈悲というものか。そもそも、俺の手には余る案件だし、セレナ中佐の手にだって余る案件だろう。帝国が本腰を上げない限りは違法奴隷に関する問題はどうにもならんだろうな。

「ふむ、意外と可愛《かわい》いところがありますね？」

「勘弁してくれ。それより、戦力の集まり具合はどうなんだ？」

「予定ではあと三十八時間で戦力の招集が完了します。フィジカルだけでなくメンタルの調子も整えておくように」

「アイアイマム」

俺の返事を聞いて満足そうに頷いたセレナ中佐は士官達を率いて旗艦である戦艦レスタリアスへと帰っていった。

やれやれ、余計なことを考えて気分が落ち込んでしまったな。ここは一つ、誰《だれ》かとイチャついて元の調子を取り戻すとしますか。俺はそう考えながら携帯情報端末に戦力招集完了予定時間をセットし、艦内をブラつくことにした。

#3：封鎖、一掃

二時間後、俺はクリシュナのコックピットで出撃の準備をしていた。

「戦力の招集完了まであと三十六時間ありますよね？」

「そうだな」

「それなのになんで私達は出撃の準備をしているんでしょう？」

「ミミ。三十六時間後に自分の家に完全武装の強盗が押し寄せてくるってわかってたらどうする？」

「えっ？　ええと、安全な場所に逃げますね？」

「そうだよな、つまりそういうことだよ」

首を傾《かし》げるミミにそう言いながら念の為《ため》にクリシュナの自己診断プログラムを走らせておく。うん、結果は良好。弾薬の補給も完璧《かんぺき》。流石《さすが》に手抜かりはないな。

「つまり、リーフィル星系内の宙賊が逃げ出そうとしているということですか？」

「そうだな。そろそろ行動を始める頃《ころ》だろうな。だからこその出撃ってわけだ」

「リーフィルプライムコロニーはエルフが多いコロニーだから余所者《よそもの》は活動が難しいけど、それでもアウトローの類がいないわけじゃないだろうし、その中には宙賊と取引をしているような連中もいるでしょうね。セレナ中佐——帝国航宙軍が宙賊に対する何らかの行動を起こそうとしていることは宙賊どもも把握しているでしょう」

「セレナ中佐はそれを逆手に取ってやろうと思っているわけだな。設定した作戦開始時間よりも早く行動して宙賊どもの虚を衝《つ》こうってところだろ」

「なるほど。でも、引っかかりますかね？　あと、戦力は足りるんでしょうか？」

「そこは何か考えているだろう。そもそも、戦力の招集が完了するっていうあの時間設定からして欺瞞《ぎまん》情報かもしれんし」

敵を欺くにはまず味方から、なんて言葉もあるしな。まぁ、つまりそういうことなのだろう。情報なんてどこから漏れるかわかったものじゃない。だからこそ欺瞞情報を流布して宙賊を嵌《は》めてやろうということなのだろうが、どこまで効果があるものかね？　後は仕上げを御覧《ごろう》じろってところだな。

「ま、何にせよ今は雇われの身だ。クライアントの命令に従うとしよう。メイ、クリシュナはいつでも出られるぞ」

『承知致しました。こちらは出港手続き中です。出港次第、僚艦と船団を組み、同期航行を開始します』

「任せた」

メイとの通信を切り、俺はメインパイロットシートに深く身を沈めた。長時間の操艦を想定してのものなのか、クリシュナのメインパイロットシートは実に座り心地が良い。

「結局のところ、実際にドンパチが始まるまでは実質的に今までと同じ、待機さ。気楽に行こう」

そう言って俺が視線を向けた先——サブオペレーターシートにはガチガチに固まっているティニ

アが座っていた。

「気楽に、というのは難しくないでしょうか。皆さんは何故《なぜ》そんなに落ち着いていられるのですか？」

ギュッと抱きしめられた御神木の種がティニアを宥《なだ》めるかのように穏やかに明滅している。何の役にも立っていないようだが。

「慣れだな」

「慣れね」

「ヒロ様を信頼しているので！」

「……そうですか」

完全にアレだ。まったく参考にならないと思われてしまっているな、これは。

「あんまりアレならブラックロータスに残っていても良いんだぞ？」

「いえ、巫女《みこ》として御神木の種と共に守護者の側《そば》にいなければなりません。戦いに赴くなら尚更《なおさら》です」

「とは言っても剣と魔法でガチャガチャやるわけじゃないし、航宙戦じゃ近くに居ても何もできないと思うけど」

「それでもです」

ティニアの意志は固いようだ。ならばもう慣れてもらう他あるまい。ああいや、まだ時間があるな。一応ミミに聞いておくか。

「ミミ、一応なんだが、ティニアはアレの用意というか着用は大丈夫か？」

「あ、確認してませんでした。ちょっとティニアさん、こっちに。エルマさんも手伝ってくれますか？」

「仕方ないわね」

「？？？」

首を傾げるティニアの背中を押してミミとエルマがコックピットから出ていく。暫《しばら》く後、顔を真《ま》っ赤《か》にしたティニアがミミ達と一緒に帰ってきた。うん、最初はどうしても必要だからね、おむつ。

戦闘中に漏らすと大変なことになるから、恥ずかしいだろうけど我慢してくれ。

☆★☆

『セクター3Cに感あり、急行せよ』

「はいはい！」

とても忙しい。いや、正直舐《な》めてたよね。

何故こんなに忙しいのかと言うと、宙賊が入れ食い状態だからだ。セレナ中佐は戦力を招集している間に宙賊どもを全滅させる準備を着々と進めていたらしい。

「軍用の偵察衛星と対FTLトラップ群とは、大盤振る舞いね」

「本来他国との戦争に使われるような装備だよなぁ。えげつない」

セレナ中佐の作戦はこうだ。

まず軍用の高性能偵察衛星を宙賊基地とハイパーレーン突入口の間にある宙域に散布し、ハイパーレーン突入口へと向かってくる宙賊艦の動きを早期にキャッチする。そしてその宙賊艦をハイパーレーン突入口近くに設置した対ＦＴＬトラップ――拠点防衛用のインターディクターだ――を使って捕獲し、対ＦＴＬトラップの効果で超光速ドライブの再起動を阻害。

混乱している宙賊艦に俺のような傭兵や麾下《きか》のコルベット、或《ある》いは駆逐艦やらを向かわせて宙賊艦を拿捕《だほ》、撃破しているというわけだ。

「目標捕捉《ほそく》、やるぞ」

「いつでも」

強制的に超光速ドライブ解除された影響で多軸回転を起こしている宙賊艦に四門の重レーザー砲を向ける。あれだけくるくる回っていると狙《ねら》って無力化することなんてのは不可能なので、爆発四散するかどうかは乗っている宙賊の運次第だ。

「ＺＡＰＺＡＰＺＡＰ！　と……お？　意外と硬いな？」

容赦なく発せられた緑色の破壊光線が宙賊艦と思《おぼ》しき船のシールドにビシビシと着弾する。しかし、意外なことに宙賊艦は重レーザー砲の掃射に耐えた。防御面が薄っぺらい宙賊艦とは思えない耐久性だ。

『や、やめろォっ⁉』

「いや、やめないが」

何か喚《わめ》いているが、聞く耳を持つつもりはない。ゆっくり拿捕している暇はないし、降伏したところでクリシュナには捕虜を取る能力もない。脱出ポッドとなるコックピットブロックを収納するカーゴスペースなんて無いからな。

そもそも、余程のことがない限り宙賊は投降なんてしないし。捕まったら下手《へた》すりゃわけのわからん実験の被験体にされて、死ぬことも出来ずに苦しみ続けることになるって話だからな。

「目標、ベイルアウトしました！」

「おや珍しい。んじゃ脱出ポッドと船体をマークしといてくれ」

「アイアイサー」

マークしておけば後で戦利品としてコックピットブロックを欠いた宙賊艦と積荷をそのまま鹵獲《ろかく》できる。脱出ポッドの方は放っておけば軍が回収してくれるだろう。貴重な情報源だ。

「セクター3Cクリア」

『了解、セクター7Dに急行されたし』

「了解、セクター7Dへ移動する」

超光速ドライブを起動し、指定ポイントへの移動を開始する。対FTLトラップの敵味方識別は今の所完璧だ。まぁ、誤って味方の超光速航行を阻害なんてしたら大迷惑も良いところだし、当たり前っちゃ当たり前なんだが。

「対FTLトラップすごいですね、これ。私達も使えないんですか？」

「あー、どうだろう。俺は知らんな」

SOL《ステラオンライン》にもFTLトラップそのものは存在していたが、実際の運用などに関しては描写されていなかった。なので残念ながら俺も詳細は知らない。

「FTLトラップ艦はれっきとした軍用艦だから、難しいと思うわ。それに普通のインターディクターよりも範囲も威力も強力だけど、小回りが利かないからあまり傭兵《ようへい》向きではないわね。偵察衛星網とか複数の観測機でも運用しない限り射程を活《い》かせないし」

「だそうだ」

「なるほどー」

エルマの説明に感心するミミと同じく俺も心のなかでエルマの知識に感心する。やっぱりこういうところでエルマの経験と知識は頼りになるな。ＳＯＬのゲーム知識内のことならともかく、ゲーム知識外の事柄に関しては俺も知らないことが多い。

「本当はもっと破壊的な兵器を作るつもりだったらしいわよ。超重力砲だかグラビティブラストだかって名前の」

「エルマさん、それはまずいですよ！」

「？　何がよ？」

「ナンデモナイデス」

ついつい突っ込んでしまったが、その名前は……いや、まぁインターディクターも元は重力だか慣性だか質量だかの操作技術だかから派生した技術らしいし、それを破壊兵器に転用するとなればそんな感じの名前になるのも致し方ないのかもしれない。

「話を戻すけど、結局射程は改善できたけどそうすると威力が減衰しちゃって破壊兵器としては役に立たなかったみたいね。ただ、元の原理が原理だから長射程、広範囲の超光速航行を阻害できるってことでＦＴＬトラップとして運用されるようになったらしいわ」

「「なるほどー」」

などとエルマの薀蓄《うんちく》を聞いている間に目標のセクターに辿《たど》り着《つ》いた。超光速ドライブを解除し、またもや多軸回転して大変なことになっている宙賊艦を発見する。

「目標捕捉、撃破するぞ」

「「アイアイサー」」

さて、この状況を見るにセレナ中佐が立てた作戦は上手《うま》くいったようだな。これだけ戦力を減耗させられたのであれば、リーフィル星系内の宙賊掃討は上手く行きそうだ。

あと三十数時間で戦力も集まりきるはずだし、そうしたら本格的な掃討が始まることになるだろう。あとはどこまで敵を捉《とら》え続けられるかだな。

☆★☆

「こういう時には本当にクリシュナの住環境が良くて助かったと思うよな」

「本当にそうね。ミミの先見の明ね、これは」

「そ、そうですか？　えへへ」

俺とエルマからの絶賛にミミがはにかんだ笑みを浮かべる。

戦力招集完了時間よりだいぶ先行した星系封鎖が始まって凡《およ》そ六時間。あれだけ入れ食い状態であった宙賊どももぱったりと来なくなり、俺達はクリシュナの食堂で小休止を取っていた。動員された傭兵艦は希望すれば帝国航宙軍の大型艦にドッキングして休息を取ることを許されていたが、俺達の乗るクリシュナではその必要もない。

「ティニア、大丈夫だったか？」

「はい、思っていたほど怖くはありませんでしたね」

「FTLトラップのせいで殆《ほとん》どただのターゲットシューティングだったものね」

FTLトラップにかかってまともに船を動かせなくなっている宙賊艦を一方的に叩《たた》くだけだったからな。動けるようになった船も戦意喪失状態で攻撃されること自体が殆どなかったし、あれじゃあティニアのおむつも出番が無かっただろう。

「まだまだ序の口です。本当の戦いはこれからですよ！」

「そうなんですね。覚悟をしておきます」

ミミが何故かドヤ顔でティニアに先輩風を吹かせている。ティニアはティニアでそんなミミに真面目《まじめ》に対応しているものだからちょっと面白いな。

『整備しなくてええんか？』

クリシュナの食堂に設置されたホロディスプレイの向こうからティーナが心配そうに問いかけてくる。向こうもちょうど一息入れるところであったので、こうして通信を繋《つな》いだのだ。

「弾薬も消費してないし、殆ど動かない標的を一方的に嬲《なぶ》っただけだったからな。問題ない」

「一応自己診断プログラムも走らせてみたけど、ヒロの言う通り問題なしよ。そっちの仕事を優先して頂戴《ちょうだい》」

『さようか、ならええけど』

「気をつけてくださいね」

『あいあいー』

なんだか気の抜けるティーナの返事の後、通信が切れる。暇になってから一時間くらいかけて夕グを付けた船から色々略奪してきたからな。向こうはブツの仕分けで忙しい筈《はず》だ。

「こっちの戦力に殆ど被害は出なかったようだな」

「そりゃＦＴＬトラップがあればね。上手くやれば常に先手を取れるわけだし、被害の受けようが無いわ」

「しかも相手は宙賊艦ですからね」

一隻だけ妙にシールドが硬いのが居たが、あれは何だったのかね？　レッドフラッグの幹部か、或いは宙賊と取引をしに来ていた逸般人《いっぱんじん》かな？　まぁコックピットブロックごとベイルアウトしてたし、タグもつけておいたから帝国航宙軍に拿捕されて今頃《いまごろ》じっくりねっとり取り調べでも受けている事だろう。南無――と思っていたら通信が入った。

なんだ？　戦艦レスタリアスから？　セレナ中佐か？

「はい、こちらクリシュナのキャプテン・ヒロ」

『おや、小休止中でしたか』

「どうも、セレナ中佐。何か？」

思った通り、通信を入れてきたのはセレナ中佐だった。今回の総指揮官はセレナ中佐だ。いくら俺がゴールドスターだのプラチナランカーだのと立派な肩書きを持っていたとしても、たかが傭兵一人に総指揮官がかかずらっている暇は無いはずだが？

『単刀直入に本題に入りますが、貴方《あなた》達が撃破した船の中にベイルアウトしてタグを付けて放置した船があったのを覚えていますか？』

「ああ、勿論《もちろん》。宙賊としては珍しく硬い相手だったんで。それが何か？」

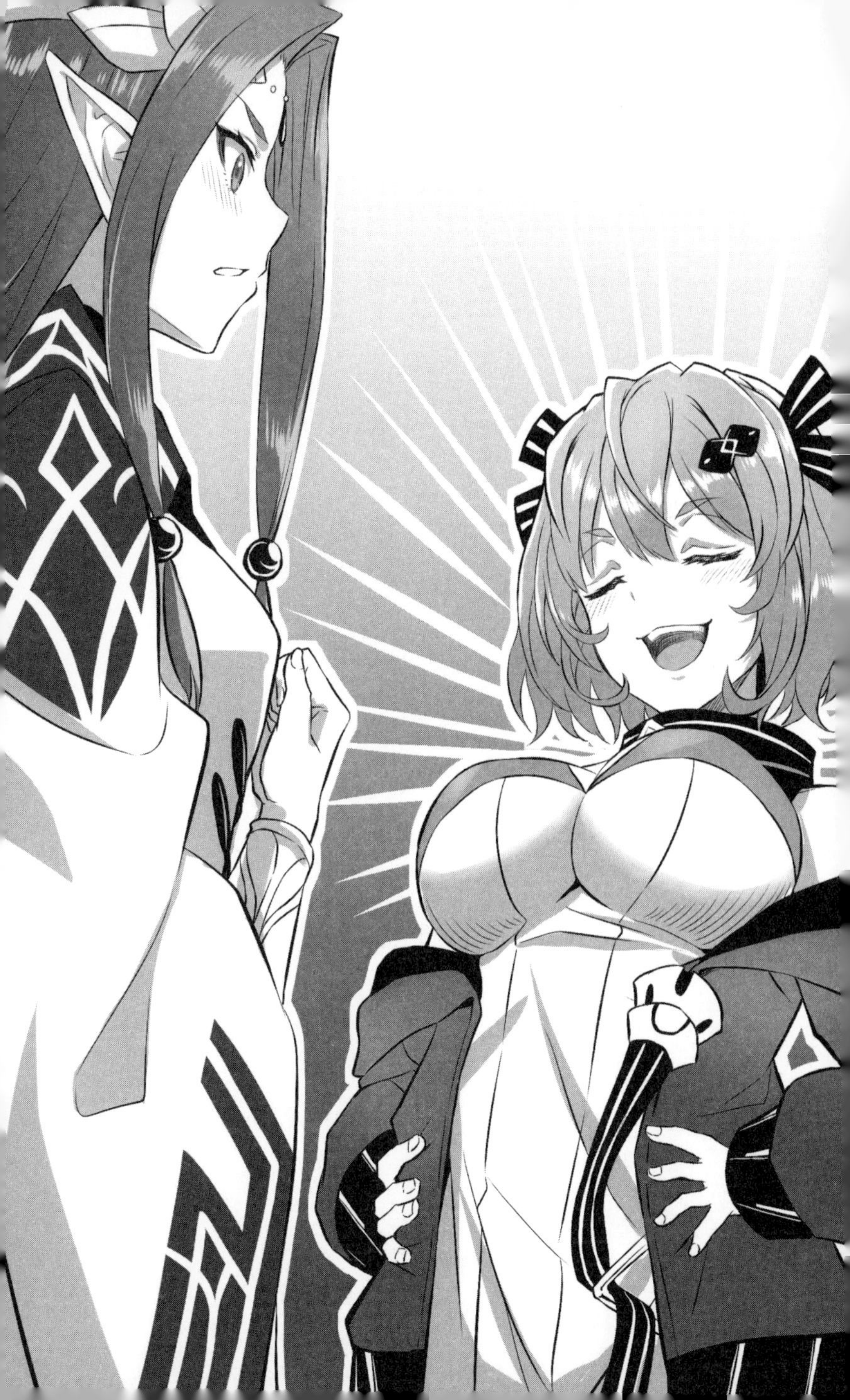

『何も聞かずにあの船とベイルアウトしたコックピットブロックの中身、私達に譲ってくれませんか？』

真剣な表情でそう言うセレナ中佐を見て少し考えてから頷《うなず》く。

「ＯＫ、俺達は何も見なかったし撃破もしなかった。ログも削除しときます？」

『そうしておいて下さい、では』

「アイアイマム」

ホロディスプレイ越しに敬礼を返すと、セレナ少佐は短く頷いてすぐに通信を切った。

「なんでしょう？」

「さてな。とにかく俺達は何も見なかったし何も覚えてないってことにしとこう。厄ネタの香りがする」

言いながら、メイにメッセージを打って例の宙賊艦の撃破ログをクリシュナのシステムから削除するように指示しておく。実は結構——いや、かなりブラックに近いグレーな処理なのだが、事が事なのでやっておいてもらおう。

「そうね、それが良さそうだわ」

相当マジな感じだったから貴族関係か、或いは軍関係のスキャンダル絡みじゃねぇかな。おお怖。そんな案件に関わるなんて絶対に御免だぜ。くわばらくわばら。

「皆さん、気にならないんですか？」

首を傾《かし》げるティニアに特級厄物も同意するように瞬く。ティニアはともかく、お前が興味を示すとより一層忘れたくなるな。

「気にならないと言えば嘘《うそ》になるけど、下手に興味を持って関わった結果どうなると思う？」

「……どうなるんでしょう？」

「有力貴族の娘で、若くして帝国航宙軍の中佐にまで昇り詰めているセレナ中佐が何も言わずに中身を寄越《よこ》せと言ってくるコックピットの中身……十中八九、軍か貴族絡みの厄ネタだな」

「関わるとそっち関連のトラブルにまっしぐらね」

「……忘れることにします」

あまり帝国の貴族事情に詳しくないティニアでさえ少し説明しただけで即座にこんな判断を下す厄ネタである。君子危うきに近寄らず、触らぬ神に祟《たた》りなし……関わらないのが一番だ。

「ところでヒロ、今回の作戦どう思う？」

「んー、そうだな。なんとも妙だな。いや、効率的ではあるんだがなんと言えば良いのか、こう……策動の気配を感じる」

「と言うと？」

「今回の作戦の主目的はレッドフラッグの撃滅だ。でもなーんかなー……裏の目的がありそうな気がするんだよなー」

別に何か確証があるわけではない。ただ、なんとなくセレナ中佐の動きがきな臭いんだよな。予定より早い星系封鎖とか、見た事自体を忘れてくれという件とか。

予定より早い星系封鎖に関してもなんかわざわざ欺瞞《ぎまん》情報を流したっぽい雰囲気あるし。考えてみればこのリーフィル星系の惑星防御、短期間に二回も破られて降下襲撃を受けてるんだよな……本当にきな臭さがプンプンしやがる。

「というのが俺の見解」

「なるほどー……そう言われると確かになんだか嫌な感じがしますね」

「やはり惑星への降下襲撃というのはただごとではないのですね」

「それはそうよ。宇宙を行き交う交易船が宙賊に襲われるのとはわけが違うからね。コロニーや惑星上居住地なんかのいわゆる人が住む場所っていうのは皇帝陛下の御威光の下に民の生活が保障されている場所なのよ」

「そんな場所が宙賊に襲われると帝国の面子《メンツ》は丸潰《まるつぶ》れってことになっちゃうんですね」

「そういうこと。だから、普通は大規模宙賊団といえども惑星上居住地への襲撃なんかはあんまりしないものなんだけどね」

エルマがそう言って肩を竦《すく》める。

そう、普通はあまりあることではない。個人や企業の交易船が襲われる程度の宙賊被害は帝国にしてみれば『些細《ささい》な』事柄に過ぎないが、惑星上居住地やコロニーが襲われるというのはちょっと大事だ。即座に対宙賊独立艦隊が差し向けられる程の大事なのである。

「とにかく厄介事に巻き込まれないように粛々と仕事をこなすしかないわね。望みは薄いけど」

「そりゃ俺達は使い勝手が良すぎるからな……どんな危険な任務に放り込んでも大体敵を壊滅させて悠々と戻ってくる手駒とか便利過ぎる。俺だって使い倒すわ」

「しかもヒロは生身で白刃主義者の貴族にぶつけても対等以上に渡り合える戦闘能力も持ってるからね。航宙戦闘も白兵戦もできるフリーで小回りの利く駒《こま》って使う方からすると便利よね」

「そんな評価は聞きとうなかった。俺のメインは航宙戦闘なのに……」

将棋で言えば桂馬《けいま》とか銀将くらいには使い勝手の良い駒なんだろうな。詰めの一手で最前線に放り込まれる予感しかない。

「あーやめやめ、考えても気が滅入《めい》るばかりだ。ひとつ風呂《ぶろ》浴びてコックピットで待機しよう」

「そうですね。誰《だれ》から入ります？」

「ミミからで良いわよ。ついでと言っちゃなんだけど、ティニアにも使い方を教えてあげて頂戴」

「えー。そう言ってエルマさん、後でヒロ様と入るつもりじゃないですか？」

「……何のことかしらね？」

ミミの指摘にエルマが明後日《あさって》の方向に目を逸《そ》らす。ほう、それは素晴らしいな。実に素晴らしい考えだ。俄然《がぜん》やる気が出てきたな。

「じゃあお風呂は譲るので、仮眠は譲ってくださいね？」

「OK、それで手を打つわ」

それじゃあ行ってきまーす、と元気に言いながらバスルームのある居住区画の方向へと去っていくミミと、それに引っ張られていく耳まで真っ赤《まっか》なティニアの後ろ姿を見送りながら何か適当な話題を探す。エルマの場合、ここで先程のミミとの話し合いの件を蒸し返してからかってはいけない。

「ところでヒロ」

「何かな？」

「ティニアはどうするつもりなの？」

「どうするって……なぁ？」

ジッと見つめてくるエルマから視線を逸らし、コックピットの天井を見上げる。もしティニアが全《すべ》てを捨てて俺達と共に行きたい、というなら迎え入れるのも吝《やぶさ》かではない。ティニアは箱入り娘かもしれないが、大人だしな。大人がそう決断したなら受け容《い》れるくらいの度量はあるつもりだ。

「でも、多分だけどティニアは俺達と一緒に来ようとはしないんじゃないか？」

「そうかしら？」

「俺はそう思うね」

あくまで俺がそう思うだけだが。相応に外の世界への興味を持っているようではあるが、軸足はちゃんと自分の故郷に置いているように感じるんだよな。

「ま、あの子のことはヒロが一番よくわかってるか……アンタがそう言うならそうなのかもね」

「多分な。焚《た》き付《つ》けたりするなよ？」

「しないわよ。それこそ面倒事でしょ？　だとしても、アンタなら受け容れるんでしょうけど。アンタは女に甘いから」

「特に美人にはな。エルマみたいな」

「はいはい、おだてても何も出ないわよ。でも後で少しだけサービスしてあげようかしら？」

「やったぜ」

ミミ達が戻ってきた後、エルマと一緒にお風呂で滅茶苦茶《めちゃくちゃ》イチャイチャした。約束通り、少しだけサービスが良かったので俺はもう大満足である。

しかしエルマと一緒にお風呂に行く時と戻ってきた時のティニアの視線がなんというかこう……興味津々だったたな。実は結構なむっつりさんなのかもしれない。

☆★☆

凡《およ》そ三十時間後、予定通りの戦力を集めた帝国航宙軍——というかセレナ中佐率いる対宙賊独立艦隊はリーフィル星系内に存在するレッドフラッグの複数の拠点へと同時に攻撃を開始した。

「私達の目標は敵拠点ブラボーですね」

「同じ星系内に二つも宙賊拠点があるとはなぁ。奴《やつ》ら、一体どのタイミングから襲撃を企てていたんだか」

宙賊の拠点と一口に言っても色々あるが、比較的多いのは大きめの小惑星を改造したものだ。内部をくり抜き、そこに構造体を収めて居住区画とする。拡張が必要な場合は他の小惑星を持ってきて構造体で連結する。

何故《なぜ》わざわざ小惑星を改造するのかと言うと、それは勿論宙賊を付《つ》け狙《ねら》う俺達傭《よう》兵《へい》や星系軍、帝国航宙軍の目から自分達の基地を隠すためだ。小惑星を改造した基地は普通の人工的な構造体で作られた基地よりも発見が難しい。なんせ星系内に無数に存在するものなので、一つ一つ精査するわけにもいかない——いや、でも機械知性ならできるんじゃないだろうか？　何か対策があるのかね。少なくとも、SOL《ステラオンライン》ではそういう理由で小惑星を改造した基地が多いという設定だった。

ちなみに、普通ではないステルス性の高い特殊な構造体を使った宙賊基地なんかも無いこともない。かなり特殊だけど。SOLのイベントで目撃したやつは何面体かわからんが、とにかく多面体のいかにもSFチックな外観で、ステルス性が高くレーダーに捕捉されにくいというものだった。

最終的にはプレイヤー達による対艦反応魚雷やらEMLやらミサイルの雨やらに晒《さら》されて見事爆発四散してたけど。

「基地をこさえるのもただじゃないし、時間もかかるからね。それでも二つあるってことは、相当前からエルフを狩るつもりだったんでしょう。大口の買い手でもついたのかしらね？」

「買い手、ですか？」

ティニアが不快そうな声を上げる。そりゃ自分を含めた同胞が商品として扱われるのが嬉《うれ》しいはずもないわな。

「結局のところ宙賊も商売だ。拠点を二つ作るくらい本腰を入れてるってことは、つまりそれだけ投資しても資金が回収できると踏んだってことだろう。エルフを捕まえれば捕まえるだけ金を払ってくれる大口の顧客が存在していると考えるのが妥当だな」

とは言え、エルフは見目も麗しい者が多いし、寿命も長い。それに潜在的なサイオニック能力者でもある。別に大口の顧客が居なくても違法奴隷《どれい》としては引く手数多《あまた》だろうか？

「いや、考えすぎかもしれん。エルフは高く売れそうだしな」

「美人さんが多いですもんね、エルフって」

「褒められてるんでしょうけど、奴隷としての価値みたいな話の流れで言われても微妙な気分だわ」

「まったくです」

俺とミミの言葉にエルマとティニアが憮然《ぶぜん》とした表情を浮かべる。まぁそうだよな。お前高く売れそうだな、可愛《かわい》いし。とか言われても微妙だわな。

「裏事情に思いを馳《は》せるのはこれくらいにしときましょう。そろそろよ」

「そうだな、そうしよう」

間もなく同期航行が完了し、宙賊拠点ブラボーに到着する。こちらの攻撃部隊の主力はセレナ中佐率いる対宙賊独立艦隊で、それに俺を始めとした傭兵達が同行している。ちなみに宙賊拠点アルファを強襲しているのはリーフィル星系の星系軍——星系軍にはローゼ氏族の人々が多いらしい——と、他星系から招集された帝国航宙軍の混成部隊である。リーフィル星系の星系軍は汚名返上の機会にだいぶ熱が入っていたらしいという話を聞いている。

「緊張しますね」

「そうか？　気楽に構えていても良いと思うけどな。油断するのはＮＧだが」

「どうしてですか？」

「星系封鎖で入れ食い状態だったろ？　恐らく宙賊基地の戦力は半分も残ってないと思うぞ」

「あ、なるほど」

「ヒロも言ったように油断は出来ないけどね。追い詰められた奴らは何するかわかったもんじゃないから」

「それは言えてるな。やぶれかぶれになって歌う水晶をぶっ壊したりするかもしれん」

「それは面倒ですね……」

俺の例え話にミミが頬を引《ひ》き攣《つ》らせる。歌う水晶というのは、破壊するとその場に大量の結晶生命体を呼び寄せる厄介なアイテムだ。ＳＯＬでは使用することによってレイドイベントを発生させるアイテムだった。この世界では所持禁止の特級危険物である。

よく考えてみるとアレは一体何なんだろうな？　破壊することによって時間も空間も飛び越えて

大量に結晶生命体が発生するとかよく考えると物凄《ものすご》いアイテムなんじゃないか？　上手《うま》く解析できれば新しいＦＴＬ航行技術のヒントになりそうだが。

「ほら、集中しなさい。ワープアウトするわよ」

「おっと、すまんすまん。じゃあ始めるとするか」

ドゴォン！　と轟音《ごうおん》が響き、光る矢のように後ろに流れていた星々がその動きを止める。

『コマンダーより各艦へ。敵拠点の抵抗を排除する。大型艦は精密砲撃で敵拠点の防衛モジュールを破壊せよ。中、小型艦は直掩機《ちよくえんき》の排除。艦載機は大型艦の防衛を』

「了解。さぁ、始めるぞ」

「アイアイサー。センサーレンジ、戦闘モードに変更します」

「ジェネレーター、巡航出力から戦闘出力に。ウェポンシステム起動、サブシステムスタンバイ。いつでもいけるわよ」

「ＯＫ、無理をする必要もない。手堅く行こう」

「あら？　一番槍《いちばんやり》は頂きだ、とか言って突貫しないの？」

「俺達だけならそうしたかもな。流石《さすが》にティニアを乗せた状態でそれはできないだろ」

「なんだか足を引っ張っているみたいですみません……」

「足を引っ張っているというよりは、良い感じのブレーキになってくれている感じだと思いますよ」

そんなことはない、とは言えないな。敵の数も少ないことがわかっているわけだし、ティニアがいなければ突っ込んでいたのは間違いない。

「ヒロの手堅い手ってどんなのかしらね？」

「ヒロ様の手堅い手ってあんまり想像つきませんね」

「君達……俺と言えば敵陣に突っ込んでヒャッハーみたいなイメージついてない？」

「違うの？」

「違うんですか？」

「ＯＫ、俺が悪かった。今までそういう戦いしかしてこなかったもんな！」

思わず頬を引き攣らせる。確かに突貫！　乱戦！　大勝利！　みたいな戦いしかしてこなかったが、それで突っ込むしか能が無い猪《いのしし》武者《むしゃ》だと思われているのは心外だ。見せてやりますよ、知性派の戦い方ってやつを。

「今回みたいな静止目標に対するまっとうな艦隊戦の流れとしてはだな、まずは射程の長い大型艦――今回の場合は対宙賊独立艦隊の主力艦やブラックロータスの射線を遮らないようにしつつ、他の船とある程度足並みを揃《そろ》えて前進する。クリシュナの機動性とシールド容量の高さを考えればとっとと突っ込んで宙賊基地の防衛モジュールに配置されている対空砲の気を引いて、その間に他の船を宙賊基地に取り付かせてしまうのが手っ取り早いんだけどな」

「今回はそうしないんですね」

「宙賊基地のヘボ対空砲火くらいならすり抜ける自信はあるけど、後ろ弾が怖いからな。味方の砲撃で退路が塞《ふさ》がれて対空砲火に真正面から飛び込むことになったりしたら目も当てられん」

宙賊艦のレーザー砲やマルチキャノンの火力は正直大したことはないんだが、流石に宙賊基地の防衛モジュールに設置されている対空砲に関しては馬鹿にできない。当たるかどうかは別の話だが、威力だけは高いからな。

「ほら、砲撃が始まるぞ」

『こちらコマンダー、砲撃を開始する。各艦は射線に注意せよ』

クリシュナのメインスクリーンに砲撃の予告ゾーンが真っ赤になって表示される。下手《へた》に突っ込んでいたらあの予告ゾーンに退路を塞がれてまともに対空砲火に晒されることになっていたかもしれんな。

後方の巡洋艦から戦艦、対宙賊独立艦隊旗艦のレスタリアス、それにブラックロータスからも大口径のレーザー砲や大型ＥＭＬなどの砲撃が飛び、宙賊基地の表面が爆《は》ぜる。

大口径、高出力のレーザー砲は対象の表面を一瞬で蒸発させて爆発的な衝撃波と破壊を齎《もたら》す。レーザーと言えば溶断するだとか貫通するだとかそういうイメージが強いが、実際には一瞬眩《まぶ》しく光った後に爆発を起こすという感じになる。低出力レーザーだと溶断とか焼き貫く感じになるんだけどな。レーザービームエミッターによる攻撃がそれに近い。

え？　ブラックロータスのＥＭＬはどうなのかって？　そりゃアレだ。弾体が突入する側には相応の穴が空いて、内部を衝撃で滅茶苦茶に破壊しながら、貫通する時には対象の後ろ側にドカンと大穴が空く感じだよ。

正直、構造物の破壊って意味ではレーザー砲よりも貫通して内部破壊を引き起こすＥＭＬの実体弾の方が向くんだよな。レーザー砲が発生させる爆発と衝撃も強力は強力だけど、構造体の内部まではなかなかダメージが通りにくいことが多いから。

それもまぁ、最新型の重レーザー砲だとちょっと事情が変わってくるんだが……今はそんなことを考えている場合でもないか。

「よし、宙賊基地に近づくぞ。砲撃でだいぶダメージを受けてると思うけど、対空砲に注意していこう」

「「アイアイサー」」

ある程度の足並みを揃えるのは大事だが、慎重に進み過ぎてまとめて対空砲火で吹き飛ばされるのは本末転倒でもある。

「こちらクリシュナ。前に出て宙賊基地の攻撃を引き付ける。その間に突入してくれ」

傭兵艦と対宙賊独立艦隊所属のコルベットで構成されている前衛艦隊の共通チャンネルでそう宣言し、スロットルを解放して加速を始める。当然、突出して射程に入ったクリシュナに宙賊基地からの対空砲火が集中することになるのだが――。

「流石セレナ中佐。制圧射撃の精度が高いな」

弾幕は張られているが、密度が薄い。それに、大口径のレーザー砲は殆《ほとん》ど潰《つぶ》してあるようだ。今のところシールドを大きく削られるようなレーザー砲撃は飛んできていない。セレナ中佐が危険度の高いターゲットを砲撃で的確に排除してくれたおかげだな。

「確かに対空砲火は緩め……ん？」

「トラブルか？」

「いや、トラブルではないけど……おかしいわね。シールドの減衰が遅い――いえ、リチャージが早い？　クリシュナのジェネレーター出力が上がってる……？」

「なんだそりゃ」

珍しくエルマが困惑しているが、とりあえず悪いことではないようだ。しかし、原因不明の出力増加とかちょっと怖いな？　調子が良い分には構わんが、逆に言えば出力が不安定化しているという見方もできるわけだし。後でティーナとウィスカにチェックしてもらうか。

「ティニアさん、なんだかその種光ってませんか？」

「というか、ヒロからなんか吸ってない？」

「ええと、私にも何が何だか……」

「おい、吸ってるって何を吸ってるんだよ。戦闘中に変なことを言うのはやめてくれ」

　こちとら操縦に集中しているのだ。コックピット内で何かが起こっていても注意を向ける余裕がないのである。

「もしかしたら御神木の種がヒロ様の力を利用してこの船を強化しているのかもしれません」

「なにそれ怖い。というか強化できるものなのか？　超精密機械ぞ？　この船」

「まぁ、魔法だから何が起こってもおかしくはないと言えばそうなんだけど……神聖帝国では魔法、というかサイオニックパワーを使って船を動かしてるらしいわね」

「クリシュナにそんな機能はねぇよ！　いや、あながち絶対に無いとも言えないのか……？　ブラックボックスになってる部分にそういう機構がないとも限らないか」

　ＳＯＬ《ステラオンライン》ではそのような機能は存在しなかった――というかサイオニックパワー関連も仄《ほの》めかしがあったくらいで、実際にそのようなものが関わるコンテンツは無かった。しかし、この世界にはエルフなどの異種族を含めＳＯＬには存在しなかったものが多数存在している。クリシュナにそのような機能が備わっている可能性が絶対にないと言い切ることもできない。

　そんなことを考えている間にもガンガン撃たれ続けているわけだが、確かにシールドの減りが遅いような……いや、それよりもそろそろ攻勢に出たいところだが。

「ヒロ様、対空砲のマーク完了しました！」

「よし、友軍にデータリンクを送ってくれ。攻勢に移るぞ！」

クリシュナが宙賊基地の攻撃を引き付けている間に味方の船も十分に宙賊基地に近づくことが出来たようなので、クリシュナも転舵《てんだ》して宙賊基地へと肉薄する。こうすれば宙賊基地の構造体そのものが盾となって多くの対空タレットからの射線を切ることができる。後は端からジワジワとタレットを削っていくだけだ。対空タレットを全部潰して反撃能力を奪ってしまえば宙賊基地なんぞただのサンドバッグだからな。バラバラになるまで攻撃を叩《たた》き込《こ》むもよし、帝国海兵を送り込んで制圧するもよし。如何様《いかよう》にでも好きにできる。

「単騎駆けしてたなら対艦反応魚雷を撃ち込むところなんだがな」

「今そんな事やったら大顰蹙《ひんしゅく》ね」

他の船の獲物を奪うことになるのは勿論《もちろん》のこと、単純に爆発に巻き込んでしまう可能性も高いからなぁ。流石にこの手は打てない。

「仕方ない。地道に端から潰そう」

クリシュナを宙賊基地の表面を這《は》わせるように駆けさせながら、真正面に捉《とら》えた対空砲台を散弾砲で粉砕し、左右に配置されている対空砲台を重レーザー砲で爆散させていく。

「ち、近いと迫力が……ひっ⁉」

「慣れると怖くないいんですけどね」

「仮に衝突してもシールドが削れるだけだから大丈夫よ」

「そんなヘマはしないぞ」

宙賊基地の表面を這うように飛行するのは確かに若干ジェットコースターめいているかもしれない。地面というか俺の操縦技術とクリシュナのシールドが合わされば下手なジェットコースターよりも安全なので安心して欲しい。たまに対空砲台に撃たれたり、味方の艦砲射撃が近くを掠《かす》めたりするけど。

「宙賊艦が出撃してきました！」

「お、ボーナスタイム継続だな。たんと稼ぐとしよう」

撃墜スコアを稼ぐためならこのキャプテン・ヒロ、一切の手加減はせんぞ。

え？　大人げない？　知ったこっちゃないな！

#4：ブラックボックス

程なくして宙賊基地に配置されていた全《すべ》ての対空砲台と航宙戦力が排除され、それを受けたセレナ中佐は帝国海兵を宙賊基地へと送り込んだ。

最初は破壊するって話だったのに帝国海兵で基地を制圧する方針に変更したわけだな。俺をはじめとした傭兵《ようへい》達とセレナ中佐指揮下のコルベット部隊が彼女の予想を超えた速さで宙賊基地を無力化したのが彼女の心変わりの理由だろうか？

まぁ、基地をまるごと爆発四散させるよりも救われる命やら物資やら何やらが増えたのは悪いことではないんだろうな。

「問答無用で破壊するかと思っていました」

「情報の確度を高めるために拠点から更なるデータを得たいんじゃないか？　欺瞞《ぎまん》情報を掴《つか》まされないと良いんだが」

そう言いながら回収ドローンを操作し、撃破した対空砲台と宙賊艦——迎撃のために拠点から出撃してきた奴《やつ》だ——から使えそうなもののサルベージを進める。

「そこまで頭の回るやつがいるかしら？」

「大宙賊団ともなればそれくらいやってのける人材はいるんじゃないか？　知らんけど」

今にも自分のステーションが破壊されそうって状態で逃げるよりもそういう妨害工作を優先させ

るような忠誠心の高い宙賊が居るかどうかと言うと、まぁ普通は居ないと思うんだが……大規模宙賊団ともなればそういった人材も居るかもしれない。当然、その程度のことはセレナ中佐も考えているだろうから、俺がわざわざ忠告する必要なんて無いと思うが。

というか、忠告するまでもなく頭の中から直接情報を引っこ抜くならあまり関係がないか。

え？　非人道的？　宙賊に人権は認められてないからなぁ、帝国では。一度『加工』された犠牲者達を見たら宙賊に対する慈悲の心とか消《う》え失せるよ。

『余計なもの』を取り除いた上で内臓を弄《いじ》って『有益な』化学物質を生み出し続ける上に『使う』こともできる『インテリア』にされたヒトとかな。思い出しただけで虫酸が走るわ。

「あの基地にはエルフの同胞も捕らえられているのでしょうか……」

「さぁな。何にせよ帝国航宙軍に任せておけば良いさ」

もしエルフが捕らえられていたとしたら、どんな『商品』に加工されているのか想像したくもない。万が一にもそんな状態になっているエルフの同胞をティニアの目に触れさせるわけにもいかないので、全部帝国航宙軍に押し付けておくことにする。こう言っておけば自分の目で確かめようだとかそういうことを考えたりはしないだろう。

そうして破壊した対空砲台や宙賊から有用なパーツなんかを引っこ抜いている間に宙賊拠点の制圧が完了し、攻撃艦隊は一旦《いったん》リーフィルプライムコロニーへと帰還することになった。

とりあえず、戦利品の船は引き上げて臨時でリーフィルプライムコロニーの近くに設けられたシップヤード――という名のただの宇宙空間――に保管されることになった。

一応は盗人《ぬすっと》……というかスカベンジャーの類がパーツ漁《あさ》りなどを行わないようにリーフィル星系

の星系軍が警備をしておいてくれるらしい。

「高価なパーツは引っこ抜いておいたけどな」

「せやな。気密も何も保たれてない状態で宇宙空間に放置してたら劣化しかねないわけやし」

タブレット端末を操作して引っこ抜いてきた船のパーツをチェックしながらティーナが頷《うなず》く。

クリシュナも既にブラックロータスのハンガーに入れてある。そしてエルマとミミには初戦闘の体験を終え、気が抜けてヘロヘロになってしまったティニアの面倒を見てもらっている。

俺？　俺はもう慣れたものだからこれくらいは疲れもせんよ。

「船体フレームや装甲はともかく、他の装備は基本的に精密機器ですからね。劣化すると修理が面倒になりますから」

そう言いながらウィスカもタブレット端末を操作している。二人のこの操作によってメンテナンスボットやメンテナンスドローンが倉庫内を忙《せわ》しなく動き回り、パーツの運搬やスキャン、そして必要に応じて修理を行っているわけだ。

「どうだ？　やっぱ外と比べて品質高めか？」

「んー、気持ち高めってとこやね。まぁ大体平均以上の品質に整備程度ってとこやろ。宙賊レベルとしては、って話やけど」

「傭兵や正規軍レベルの装備とは比べものにならないよね」

「もうちょいええ装備使ってもおかしくないと思うんやけどな。装備運んでる民間船とか、護衛の船とかもそれなりに拿捕《だほ》してるはずやろ？」

「そうだよね。不思議」

「あー、それはな。そういう装備はボスとかその側近の船に優先的に回されるからだ。余程のことがない限り、下っ端宙賊にはそういう装備は行き渡らないのさ」

「なるほどなー……ところで疑問なんやけど」

操作の手を止めてティーナが俺の顔を見上げてくる。

「宙賊ってなんで居なくならんのやろね？　船だってそう安いもんとちゃう。傭兵だって軍だってそれなりに狩ってるやろ？　なのに一向に根絶できんのが不思議やわ」

「そりゃ元コロニストが結構多いんだよ。それも最下層のスラムの連中とか、所謂《いわゆる》アウトロー連中とかかな」

グラッカン帝国の政治の腐敗度は暗躍している機械知性のおかげで然程《さほど》高くはないようだが、それでも様々な理由でドロップアウトする連中は一定数出てくる。俺がこの世界に来て最初に立ち寄り、エルマやミミに出会ったターメーンプライムにもそういった連中が住んでいる区画はあった。

ああいう区画に住んでいる――というより押し込まれている連中の未来は暗い。一度落ちこぼれるとなかなか這い上がれないのが世の常というものだからな。そんな連中が集まって徒党を組み、生活をするために悪事を働く。その延長線上にあるのが宙賊への転身だ。

「どう足掻《あが》いても這い上がれない。なら奪う側に回ってやろうって連中が絶えないのさ。宙賊もそこに目をつけて少量の金を握らせてコロニー内の情報を流させる。こいつは使えそうだと思ったら引き抜いていく。スラムにいる連中やアウトロー連中が宙賊に手引されて密航していなくなっても誰《だれ》も気に留めない」

「あー……なるほど。そういやうちの古巣でもおったわ。宙賊と付き合いがあるって連中の中で、いつの間にか顔を見なくなる奴が」

「引き抜かれて宙賊になったのか、それともそう騙《だま》されて売り飛ばされたかのどっちかだろうな」

「それも酷《ひど》い話ですね……」

「宙賊になろうなんて奴にはお似合いの末路だと思うけどな。船に関しては知っての通り奴らの船は全部拿捕した船の改造船だ。品質も知っての通り、民間船に毛が生えた程度だ。元手は殆《ほとん》どタダさ」

奪った船の積荷で儲《もう》けて、その船を更に略奪に使う。どうせ改造や修理だって拿捕した船からパーツを取って賄っているんだろうしな。それに、監獄コロニーの中には宙賊と通じてこっそりと収監された宙賊を死んだことにして釈放しているようなところもあると聞く。稀《まれ》にそれが発覚して粛清されるなんて事件もあるそうだしな。

「ま、そういうわけでな。世の中全ての人間が完璧《かんぺき》に管理されて、落ちこぼれを一切出さないユートピアかディストピアにでもならない限り宙賊は絶えることはないってわけだ。一時的に撲滅しても空白になった縄張りに他の宙賊勢力が進出してくる。ただ、それだけじゃ説明がつかないくらいに宙賊が尽きる気配がないのは確かではあるんだよな……どこから湧《わ》いてくるんだか」

ゲームのモブよろしく無から突然湧いたりしているわけではないだろうけど、それを疑いたくなるくらいにどこにでもいるんだよな。

「根深い問題なんですねぇ」

「せやなぁ。あ、そう言えばもう一つ聞きたいんやけど」

「次はなんだ?」

「クリシュナってなんか特殊なシールドシステムとか積んどるん？　整備してるうちらの記憶では無いはずなんやけど」

「ブラックボックスになってるジェネレーター周りに隠されてるとかあります？」

そう聞いてくる二人に俺は首を傾《かし》げる。俺の知る限り、そんなものは無い。そんなものは無いはずなんだが。心当たりはあるな。

「無いはずだが、エルマも戦闘中に変なことを言ってたんだよな。シールドの持ちが良いとかリチャージが早いとか。やっぱり変なデータでも出てたか？」

「変なデータも何も、基地からの対空砲火めっちゃひん曲がってたやん」

「……？　なんて？」

ひん曲がってた？　対空砲火が？

「多分レーザー砲撃だけだったと思いますけど、クリシュナを避けるように曲がってましたよ。レーザー偏向シールドとか組み込まれてるんですか？」

「何それ知らん……こわ」

「知ーらんのかい！」

「痛ってぇ！　知ってたら前から使ってるわ！」

「それはー……そうですよね」

地味にティーナのツッコミが痛い。俺のケツが二つに割れたらどうしてくれるんだ。

「んー、何やろな。アレ。ブラックボックスが関係してるんやろうけど、なんで今になって動いたんやろ？」

「考えられるのはティニアと御神木の種だな……なんか戦闘中に俺から吸ってたらしいぞ」

「吸ってたって……何をですか？」

「知らん。サイオニックパワー的な何かじゃないか？」

「ちゅうことは、あのレーザー偏向シールドみたいなのはサイオニックテクノロジー由来か……他には何かなかってん？」

「ジェネレーター出力が上がってたらしいな。エルマ曰《いわ》く」

それでシールドのリチャージも早くなってたとか言ってた気がする。

「うーん、なるほど……もしかしてなんですけど、クリシュナってお兄さんのサイオニックパワーを利用して性能を底上げする機能とかついているんじゃないですか？」

「その可能性はあるが、俺は知らんぞ。俺も偶然手に入れたようなものだしな」

「そもそも、どこで手に入れたん？」

「それを話すとなるとなかなか事情が複雑なんだよな……」

ＳＯＬ《ステラオンライン》内で発生した突発的な高難度のランダムクエストの報酬として手に入ったものなんだよな。向こうの世界のゲーム内で偶然手に入りましたって言ったところで考察の役に立つとも思えないし。

「とにかく偶然手に入れたとしか。そもそもの話、俺がこっちの世界に来た時に一緒に現れたものだからなぁ……出自からしてかなりオカルティックな品と言える。俺がこの世界に出現したプロセスも何もかも不明だし」

「考えてみたら兄さんの存在そのものが不思議の塊やったな……一見普通のメカに見えるこのクリ

シュナも、実はそのように見えるだけでよくわからん何かってことか」

「ある意味未知の技術の塊だよね。もう一回クリシュナを一から調べ直してみようか」

「せやな。整備がてら調べてもええよね？」

「ああ、それは構わんけどいつ出撃するかわからんからバラすなよ」

「任しとき」

「ありがとうございます」

そう言って二人はクリシュナが駐機してあるハンガーへと向かっていった。

未知の機能、レーザー偏向シールドねぇ……果たしてそんな『常識的』な機能なのかね？　ああいや、物体を一瞬で蒸発させて破壊するような出力のレーザーを捻《ね》じ曲げるなんて機能はそれだけで非常識というかとんでもない能力だと思うんだが、なんというか……そういう科学的な視点で説明できる能力なのかどうか。

なら何なんだ？　と言うならそうだな……命中したという結果をキャンセルすることによって結果としてレーザー砲撃が捻じ曲がったように見えたとか？　そうなると一体何を操作したことになるんだろう。確率とか運命とか？　いや、もっと単純に空間を捻じ曲げたのかもしれんが。

単純……単純ってなんだ？　哲学的な問いだな、これは。

☆★☆

哲学的な問いに関して考えを巡らせながらブラックロータスの食堂に行くと、何やらミミ達が騒いでいた。なんじゃらほい？　心の中で首を傾げながら彼女達に近づいたのだが……。

「なぁにそれぇ」

「あ、ヒロ」

「ヒロ様」

　俺の声に気づいて振り返ったエルマとミミが困り果てたような表情を見せる。その原因はすぐにわかった。彼女達の後ろ、食堂の席に座っているティニアが原因だろう。

「……どういう状況？」

　ティニアは焦点を失った目でただ正面だけを見つめていた。表情も抜け落ちており、まるで能面のようだ。そして、その視線の先にあるのは今までとは違う虹色《にじいろ》の光を発している御神木の種である。なんだ？　確定演出でも入ったのか？　いや、ふざけている場合でもないか。

「なんか洗脳的なサムシングでもしてないか？　これ」

「いや、流石《さすが》に洗脳はしないでしょ……トランス状態というかなんというか、何かしらの精神的な干渉を受けているのは間違いないと思うけど」

「やはり邪悪なのでは？　真っ二つにしない？」

「だ、だめですよヒロ様」

　剣の柄《つか》にかけた俺の手をミミの手が慌てて掴《つか》んでくる。えー？　なんかこう、エルフには適当に言い訳してさ。真っ二つにした上でクリシュナのレーザー砲で焼いて無かったことにしたほうが良くない？　絶対こいつろくでもない呪物だぞ？

「もしや二人もこいつに精神干渉を……？」

「受けてない。受けてないから。急に疑心暗鬼に陥るのはやめなさい。というか、アンタ妙に御神木の種に当たりが強いわね？」

「優しくする理由が欠片《かけら》も無いんだが。今のところ迷惑しか被ってない……いや、一応サイオニック能力を開眼させてもらったんだっけ？　自覚が無いが」

それ以外は大体エルフに面倒事を押し付けられる理由を作ってるだけだからな、こいつ。ティニアに関してはこいつが居なくても船に乗りたいってことなら乗せてたし。

「それよりもティニアだ。大丈夫なのか、これは」

「う、うーん……私達もどうしたものかと。揺すって起こしてみますか？」

「どうしたものかな……こいつがティニアを害する理由はないと思うんだが、悪気なく不可逆的な何かよろしくないことをやらかしそうな気もするんだよな」

「信用無いわね……一応シータのエルフの信仰対象なんだけど」

「俺の世界では神様とかそういう類の超自然的な存在に深く関わると碌《ろく》なことにならないってのが定番なんだよ」

しかもこいつはシータのエルフにとって選定の剣——英雄を見出《みいだ》して栄光と破滅を齎《もたら》すもの——のような存在でもあるようだし。俺だってそこまでオカルトを信じる訳では無いが、そういった『謂《いわ》れ』というのは案外馬鹿にできなかったりするからな。

と、ティニアを心配した俺達がそんなやり取りをしている間に御神木の種が発する光の放射が収まり、ティニアの瞳《ひとみ》に焦点が戻ってきた。

「……？　皆さん、どうされたのですか？」

「どうされたのですじゃないが……こいつに何か変なことされてない？　処す？　処すか？」

虹色に発光するのをやめた御神木の種を鷲掴《わしづか》みにして力を込めながらティニアの顔を覗《のぞ》き込む。うん、表情も平常通りに戻ったな。さっきの能面みたいな無表情は見てて痛々しかった。

「や、え、あの？　ち、近いです」

「すまん」

顔を真《ま》っ赤《か》にして慌てるティニアから離れると、彼女は赤くなった頬に両手を当ててホッとしたような溜息《ためいき》を吐《つ》いた。ごめんて。ちょっと心配になっただけなんだよ。

「で、こいつの行なった明らかに胡乱《うろん》で邪悪な精神干渉めいた行為についてなんだが。もうこいつリーフィルⅣに向かって船から射出しない？　頑丈っぽいし、宇宙空間の真空とか放射線とか寒暖とか大気圏突入時の断熱圧縮とかも耐えるんじゃないかな？」

御神木の種が俺の手の中で激しく明滅を始める。

「おいやめろ馬鹿とでも言いたげだが、この船は俺の船だ。そしてこの船に乗っている人間は誰であろうが俺が守るべきクルーだ。てめぇが好き勝手しようってんなら、俺はキャプテンの権限でてめぇを宇宙空間に放り出す。御神木の種？　エルフの信仰対象？　そんなもんは俺には関係ないんでな。それとも手っ取り早く今すぐ真っ二つにしてやろうか？　え？」

全力で握り締めてもまったくビクともしないが、俺の本気度はそれなりに伝わっているようで明滅がかなり弱々しくなった。

「反省したか？」

俺の問いに御神木の種がピカピカと二回光る。前に肯定なら二回、否定なら一回光れと言った覚えがあるので、反省したらしい。

「次に似たようなことをしたらただじゃおかんからな」

御神木の種がピカピカと二回光る。その素直さに免じて今回だけは許してやるか。

「で、実際のところティニアはこいつに何をされたんだ？　内容次第じゃ次を持たずに今すぐこいつをリーフィルⅣに送還するが。宇宙空間直送便で」

「いいえ、それは私も困るのでやめていただけると……ええと、それで何をされたという話なのですが。新しい魔法体系？　に関して色々とやり取りをしたと言いますか？」

「？？？」

今ひとつ要領を得ないティニアの説明に俺達は揃《そろ》って首を傾げる。

「ヒロ様の船、クリシュナと共鳴したことによって魔力の新しい使い方――つまり魔法体系を開眼することに成功したそうで、それを確立するために私と魔力と精神の経路を繋《つな》いで色々と実験？をしていたんです」

「クリシュナと共鳴ぃ……？」

いきなり胡散臭《うさんくさ》い話になったが、何らかの要因でクリシュナのブラックボックスが作動してジェネレーター出力が上がったり、宙賊基地からのレーザー砲撃が曲がったりしていたのは事実だ。

作動した原因がクリシュナと御神木の種の『共鳴』だというのであれば、タイミング的には説明がつくか？

「つまりこいつはクリシュナと共鳴した結果機能の一部を学習して、新しい魔法を思いついたからティニアを利用してその魔法の運用実験をしていたと」

「ええと、はい。そのような感じです。実際に魔法を使っていたわけではありませんが。御神木の種は大量の魔力を貯蔵することには向いていますが、繊細……というか細かい魔法の運用には向いていないそうで。私が身体《からだ》をお貸ししたんです」

「身体を貸すって……大丈夫なの？　それ」

「特に不調などはないですね。むしろ、なんだか調子が良いような……？」

「いくら相手が信仰対象でも身体を明け渡すとかやめとけよ……知らんうちにとんでもないことになるかもわからんぞ」

「とんでもないことですか？」

「身に覚えのない子供を身籠《みごも》ったりとか」

神話とかでよくある話だ。特にギリシャ神話の某主神はあちこちの地上の女の腹を膨らませては妻の女神にキレられるまでが様式美みたいなところあったしな。

「えっ……えぇっ⁉」

俺の言葉を聞いたティニアが顔を赤くしながら席から飛び上がり、御神木の種から距離を取る。距離を取られた御神木の種はそんなことせんわ！　とでも主張するかのようにピカッ、ピカッと強い光を放っている。いくら抗議しても俺は信じんぞ。

「まぁ、ものの例えだ。でも、身体を明け渡すってのはそういうことだろ？　生殺与奪の全《すべ》ての権利を相手に与えるも同然だ」

「し、しかしですね、御神木の巫女《みこ》として選ばれたからには御神木の求めに応じるのが務めというものです」

「務め、務めねぇ……それなら仕方ないか」

「あ、そこは引くのね」

「こんな胡乱な物体にティニアが身体を預けるような行為はまったく賛成できないが、それを彼女自身が務めとして受け入れているならそれ以上はなんともな……まったく賛成できないが」

大事なことなので二回言ったが、信教の自由は大切だからな。何事も押し付けは良くない。しかし、御神木の種野郎はいたくお怒りのようで、それはピカピカと光りまくっている。謝罪と賠償を要求するとでも言いたげな光り方だ。

「わかった。俺がお前のイメージを損ね、貶《おとし》めるような発言をしたことに関しては謝罪し、発言を撤回しよう。ただし、今までお前が面白半分で特に結婚を望んでいない男女をお告げだの神託だのの類でくっつけたことが一度もない、と断言できるならだが」

急に御神木の種の明滅が弱々しくなったな。やっぱ似たようなことしてんじゃねぇかオメーよぉ。

「見ての通りだからあんまり気を許すなよ。スナック感覚でとんでもねぇ迷惑をかける類のヤツだぞ、そいつは」

「ええと……気をつけます」

「ヒロ様、どうしてそこまで見抜けるんですか……？」

「知識と経験からくる推理だ」

あと、ミミには言わないが俺がアイツなら絶対似たようなことをやってニヤニヤするからだな。もしかしたら俺が奴《やつ》に抱くこの敵愾心《てきがいしん》の根源は近親憎悪なのかもしれん。

いや、そんなわけないか。きっとそう。多分そう。

などと考えていると、スピーカー越しのメイの声が食堂に響いた。

『ご主人様、セレナ中佐からディナーへの招待が入っております』

「あー……ドレスコードとか無しの気軽なやつならお受けするってことで伝えてくれ」

『承知致しました』

メイとの通信が切れる。わざわざ堅苦しい正装に着替えてディナーとかは勘弁だ。

「一人で行く？」

「まさか。付いてきてくれ。ミミもティニアもな」

「はい！」

「私もですか？」

「政治的な観点から言えばそうした方が良いんじゃないのか？　エルフ的、というかティニアとしては」

故郷を襲った宙賊の掃討に同行し、掃討終了後に帝国航宙軍の指揮官と会食をしたっていうのは政治的にはプラスのポイントになるだろう。

「でも、私は何もできずにただ船に乗せてもらっていただけで……」

「戦場に同行して生きて帰ってきただけでも功績だろ。意図したものではないにしろ、クリシュナへの攻撃を防いだわけだし」

そう言いつつ、俺は御神木の種に視線を移す。ティニアが意図したものではないが、結果として御神木の種がクリシュナのブラックボックスに干渉して未知の機能を発現させたのは間違いない。それによって多少なりともクリシュナの戦闘行動に貢献したのだから、戦闘行動を支援したと言っても過言ではないだろう。

「その点についてはセレナ中佐から話を聞かれるかもしれないから、今のうちに口裏を合わせておこうか」

「口裏を合わせる、ですか？」

「クリシュナに特別な機能があるってのはオープンにしたくないんだ。丁度世にも珍しい偉大な魔法の力を秘めた物体があるんだから、役に立ってもらおう」

俺に視線を向けられた御神木の種がピカピカと光った。

☆★☆

「この度はお招き頂きありがとうございます」

「今回の制圧戦で味方艦の被害を抑えるべく動いて下さった貴方達《あなた》に対するささやかなもてなしです。お気になさらず」

どうぞ、と席を勧められたので素直に席に着く。

ここは対宙賊独立艦隊の旗艦、戦艦レスタリアスの艦長用の食堂だ。正確には、艦長と船内における最高級士官達――例えば副艦長だとか砲雷長だとか通信長だとか、艦内で様々な軍務についている軍人達のまとめ役達が利用する食堂であるらしい。前に何かの拍子にセレナ中佐からそんな話を聞いた覚えがある。

「リーフィルⅣ産の新鮮な肉や野菜を使った料理ですよ。まぁ、調理したのは腕利きのシェフではなく自動調理器ですが」

　料理を運んでくる軍人に目を向けながらセレナ中佐が本日のメニューの説明を始める。

「リーフィルⅣに滞在していた貴方達には物足りないかもしれませんが、これが私の用意できる精一杯なので」

「ご高配痛み入ります」

　そう言って軽く頭を下げると、セレナ中佐は俺が連れてきた面々をちらりと一瞥《いちべつ》し、配膳《はいぜん》を担当していた軍人達が食堂から退出したのを確認してから呟《つぶや》いた。

「また増えたんですか？」

「会う度に周りに女性が増えているみたいな言い方はやめないか？」

「実際に増えているのですが？」

　そう言うセレナ中佐の視線はティニアに向けられている。それを言われると辛《つら》い。実際に増えているので。

「のっぴきならない事情があって同行しているだけで、クルーってわけじゃない。彼女はティニア。リーフィルⅣの……あー、お偉いさんの娘さんだ」

「あの、ヒロ様。侯爵令嬢のセレナ中佐にそのように紹介されるのは……」

「いくら帝国貴族と言えども種族自治政府の有力者は無下にできるものではありませんから、お気になさらず。特に、リーフィル星系は政治的にも特殊な場所ですからね……というか、キャプテン・ヒロ。レディーの紹介としては少々雑すぎませんか？」

「俺に繊細さを求めるのが間違いではないだろうか」

今回はごく個人的な気軽な会食——つまり無礼講ということで事前に話をつけてある。なので他人の目が無くなったところで『いつもの』調子に戻させてもらった。

「良ければ私が説明するけど」

「それでは食事を頂きながらゆっくりと伺わせて頂きましょう。きっと貴方達のことですから、面白おかしいことになっていたのでしょうし」

「まったく否定出来ないのが悔しい……」

敗北感に苛《さいな》まれながらエルマが話すティニアの事情——を説明するために始めた俺達の近況報告という名のドタバタ劇めいたものを聴き、時に補足や茶々を入れながら新鮮な食材を使った帝国風のディナーに舌鼓を打つ。

「ところで貴方の機体……クリシュナでしたか。何か妙な装備でもつけたのですか？」

ティニアの話題——というかリーフィルⅣでの話が一段落したところでセレナ中佐がそう聞いてきた。ほら来たぞ、と内心で考えながら事前に口裏を合わせておいた内容を話すことにする。

「ああ、レーザー砲撃がひん曲がっていた件だろ？　俺達もブラックロータスに戻ってから把握したところで実は詳しくはわかっていないんだが、話に出てきた御神木の種があるだろう？　あれが戦闘中に光っていたから、何かサイオニックパワーの影響であなってたんじゃないかって考えている。御神木の種は無二の存在らしいし、エルフ達の信仰対象だしってことで今後も安定して使えるとは思えないってのが俺とうちのメカニックの見解だな」

「……なるほど。確かに。しかし、随分と饒舌《じょうぜつ》ですね？」

「そうやって揺さぶっても何も出てこないぞ。本当に俺達だって何が何だかわかってないんだからな。状況からみてそうじゃないかと推測しているだけで、本当にそうなのかどうかもわからないし。うちのメカニックもサイオニックテクノロジーはお手上げでな」

　この程度の揺さぶりは想定していたので、軽く流して肩を竦《すく》めてみせる。実際のところ、強化された感覚を持っているセレナ中佐にどこまで通じるものかはわからないが、嘘《うそ》の範囲は極めて狭い。クリシュナのブラックボックスの件を伏せて原因が御神木の種じゃないか？　と言っているだけだからな。完璧《かんぺき》に嘘を言っているわけでもないので、まぁ嘘を見抜かれるようなことはあるまい。

「……いつまで経《た》っても貴方は私に懐きませんね」

「いきなりなんだよ。普通に怖いんだが」

　しかも懐かないとはなんだ、懐かないとは。俺は犬や猫じゃないぞ。

「酷《ひど》いと思いませんか？　ティニアさん。この男、私に優しくするくせに私の方から歩み寄ると距離を取るんですよ。今日もそうです」

「は、はぁ……」

　絡まれたティニアが困り顔で生返事をする。おいやめろ、真面目《まじめ》なティニアに絡むんじゃない。

「何か隠してますよね？」

「そう思うのは勝手だな」

　ジト目を向けてくるセレナ中佐に俺も同じような目つきを向けてやる。俺だって彼女のことは嫌いじゃないが、仲良くなり過ぎるのは些《いささ》かリスクが高いんだよな。これはもう彼女が帝国航宙軍の中佐だったり、ホールズ侯爵家の令嬢だったりするという立場の問題なので、如何《いかん》ともし難い。

「折角こうやって仲良くしようとしてもこれです。まったく、甲斐《かい》がないったら……」

「甲斐がないとまで言われるのは心外だ。セレナ中佐には感謝してるし、普通の友人以上に親愛の情も持ってるよ。もし今後何かあって軍や貴族社会から追われるようなことがあったら、つまらないことで命を落とす前に俺が攫《さら》っていってやろうと思うくらいには」

「えっ……なんですかそれは。プロポーズですか？」

「何言ってんだこいつ」

いや、解釈のしようによってはそう取られてもおかしくはないのか？　別にそういうつもりは無いんだが。帝国航宙軍の中佐という立場と侯爵令嬢という身分がなくなって、それで困り果てていたら船に乗せて……うん。確かに取りようによってはそう聞こえなくもないか。

「お二人はどう思います？」

「プロポーズと取られてもおかしくはないわね」

「なんだかんだ言ってヒロ様は……そういう人なので」

エルマの反応はともかく、ミミの反応は胸に刺さる。なんだ、そういう人って。どういう評価なんだよそれは。

「こうやって女を誑《たら》し込むわけですか。ティニアさんも気をつけた方が良いですよ」

「え、ええと……はい。気をつけます」

「もうなんとでも言ってくれ……」

一度吐いた言葉は戻せるものではないし、否定するのも具合が悪い。こうなったら沈黙を貫くしかあるまい。

「そこまで想《おも》ってくれるなら私の部下になってくれれば良いじゃないですか」

「それは嫌だ」

「なんでですか⁉」

「給料安いから」

「それは……それを言ったらおしまいじゃないですか！」

酒が回ってきたのか、それとも照れ隠しなのかセレナ中佐が賑《にぎ》やかになってきたな。

実際のところ、軍人としての教育を受けていない俺がセレナ中佐の部下になったところでやれることなんて鉄砲玉か護衛くらいだろうし、どっちにしろ部下になるって選択肢はナシだな。何より給料安いし。

しかし教育、教育か。これから暫《しばら》く帝国航宙軍と行動することになるわけだし、帝国航宙軍の戦術についてはちょっと復習しておいた方が良いかもしれない。船に戻ったらメイに頼んでその辺の資料を集めてもらおう。

そんなことを考えながら、ウザ絡みしてくるセレナ中佐をいなし続ける俺であった。

#5：忙《せわ》しなくも甘い一時

俺の信用とか尊厳とかそういう類のものを少しばかり犠牲にした会食は無事に終わり、俺達は船――ブラックロータスに戻ってきた。

帝国航宙軍が態勢を整え、戦力の再編成を終えるのには少し時間がかかる。戦力に被害が出ていなくとも、大きな組織というのは動くのにそれなりの準備を要するものなのだ。何せ補給の規模が俺達とは段違いだからな。

一つ間違えれば数十人から数百人単位の人間が飢えることになったり、病気でダウンして動けなくなったりしてしまうのだから、疎《おろそ》かにすることは出来ないわけだ。

「で、帰ってくるなり何見てるの？」

「今回の宙賊拠点掃討のレポート。あとメイに頼んで帝国航宙軍が過去に行なった宙賊基地への攻撃、及び固定目標への攻撃のレポートも集めてもらってる」

「なんでまたそんなものを……？」

食堂のテーブルに着いてレポートに目を通している俺にエルマが気味の悪いものを見るような視線を向けてくる。なんだよその視線は、失礼なやつだな。

「不勉強なのはいけないからな。あと他に帝国航宙軍の戦術教本なんかも手配してもらった」

「……急ね？」

「さっきセレナ中佐と話している時に思い立ってな。この先帝国航宙軍と行動を共にするとなると、連携するためにもある程度知っておく必要があるかなって」

「アンタってたまに変なとこで真面目よねぇ……」

そう言いながらエルマが俺の向かいの席に座って手酌でちびちびと酒を呑《の》み始める。そうすると、程なくして整備士姉妹が食堂に現れた。彼女達はセレナ中佐に呼ばれる謂《いわ》れもないということで、船に残って残務の処理をしていたのだ。

「おーっす……ああっ、姐《ねえ》さん呑んでるっ！」

「いいなぁ……」

「もう上がりでしょ？　奢《おご》るわよ」

そう言ってエルマが酒瓶を揺らすと、整備士姉妹の顔がパァッと輝いた。

「さっすが姐さんや！　話がわかる！」

「シャワー入ってきますね」

実に嬉《うれ》しそうな様子で二人は揃《そろ》ってシャワールームの方向へと歩いていく。二人で入るんだろうか？　まぁ、あの二人なら余裕で入れるか。俺とエルマとかミミとかが二人でもなんとか入れるし。と、そんな事を考えながら姉妹を見送ると、それと殆《ほとん》ど同時にミミとティニアが食堂に入れ替わりで入ってきた。一緒にシャワーに入っていたのだろうか？　随分と仲良くなったもんだ。

「ヒロ様、何を見てるんですか？」

「今日の戦闘レポートとか色々。まぁ帝国航宙軍の戦術とかを勉強しようと思ってな」

「……軍に入るんですか？」

「絶対に入らん。単に奴《やっこ》さん達と仕事をする時のことを考えて、色々勉強しとこうってだけだ」

「なるほど。私も一緒に見ていいですか？」

「良いぞ。今はレポート斜め読みしてるだけだけど」

そう言うとミミが俺の隣に座り、身を寄せて俺が手に持っているタブレット型端末の画面を覗《のぞ》き込んでくる。お風呂上《ふろあ》がりだからか、なんだかふわりと良い匂《にお》いが漂ってくるな。寝間着の薄い生地越しに感じられる体温も温かくてなんだかホッとする。

「そうだ。ティニアとちょっと話したい事があったのよ。じっくりと」

「話したいことですか？」

「そう。ちょっとね。ヒロ、このお酒置いていくから、あの二人が戻ってきたら呑んでいいわよって言っておいて」

「あいよ」

俺が返事をすると、エルマがウィンクをしながらティニアを食堂から連れ出していった。

なるほど？　もしかしたら気を遣ってくれたのかもしれんな。クリシュナでのシャワー休憩はエルマと一緒だったし、その時に次はミミに譲るとか言ってたような気がする。

「気を遣ってもらっちゃいましたね」

「そうだな。まぁ埋め合わせが必要なほどじゃないだろ」

本当にいい女だよな、エルマは。今度良さげな酒でも見つけたら買って贈ってみるか。俺は酒の味はわからんけど。店員に聞けば大外れってことはないだろう。

「あ、兄さんがイチャついとる」

ミミとくっつきながら帝国航宙軍のレポートに目を通していると、ティーナが食堂に帰ってきた。その後ろには姉の身体《からだ》に隠れるように付いてきているシャワー上がりでしっとりとしたウィスカの頭も見える。

「素晴らしいだろ？　ってお前、それ俺のシャツじゃねぇか」

「風呂から上がった後にジャンプスーツを洗おうと思ったら洗濯機の中に入ったままだったんよ。丁度良いから借りたで」

「す、すみません……後で洗って返しますから」

「いや別に良いけども」

なんだかやたらと顔を赤くして恐縮しているウィスカに首を横に振ってみせる。

姉妹揃って俺のTシャツを着てきてまぁ……でかすぎてワンピースみたいになってるじゃないか。まぁ似合っているというかグッとくるというか若干犯罪臭が……ん？　洗濯？

「お前らその下は？」

「穿《は》いてないし着けてないで？　洗濯しとるし」

「お前それはちょっとアカンやろ」

道理でウィスカが挙動不審なわけだ。ウィスカに視線を向けると、彼女はTシャツの裾《すそ》を下に引っ張って俯《うつむ》いてしまった。うん、恥ずかしいなら姉の口車に乗らないで欲しい。というか、君の力でそんなに引っ張るとTシャツの裾が伸びるからやめてくれ。

「ほれほれ、この下は素っ裸やで？　流石《さすが》の兄さんもこれにはグッとくるやろ？」

そう言ってティーナがTシャツの裾をぴらぴらとさせながらくるくると回ってみせる。うーん、身長は低いけど太ももとか腰回りの肉付きは良いんだよな。

「まぁ、うん。目のやり場には確かに困るな」

「えっ？　あっ、せ、せやろっ⁉」

「恥ずかしがるならやるなよ」

急に赤くなられても困る。こっちとしてもティーナ達のことは憎からず思っているわけだし、女性としてまったく意識していないというわけでもないんだから。

「エルマがその酒は奢りだって言ってたぞ」

「む、むぅ……なんか話をそらされた気ぃするんやけど」

「別に逃げやしないから酒でも呑んで落ち着け。ウィスカもな」

「は、はい……」

俺に促された整備士姉妹がエルマが置いていった酒のボトルを俺とミミが座っているテーブルへと持ってきてチビチビとやりはじめる。

「なぁなぁミミ、なんで兄さんはうちらのことちゃんと意識しとんのに手を出してくれないんやろな？」

「ヒロ様は優しいですから。あと、私達ヒューマンと比べるとドワーフはその……身体が小さいですから。心配なんじゃないかなって」

「生々しい話はやめないか」

女の子同士って結構生々しい話をするって聞くけど、目の前でするのは勘弁して欲しい。

実際のところ、ミミが言うようにそういう部分が心配なのは確かなんだが。体格差があまりにもじゃないか。俺とティーナ達とでは。

「せやかて人間もドワーフもナニの大きさはそんな変わらんらしいし、大丈夫やと思うけど」

「女の子がナニとか言うんじゃありません」

あまりにストレート過ぎる物言いに思わず頬を引《ひ》き攣《つ》らせる。ウィスカも無言で「多分大丈夫ですよ！」みたいな顔をするんじゃない。

「どうしてそこまで……ってのは野暮としても、どうしてまたこのタイミングで？」

「思い立ったら吉日って言うやん」

「それに、もたもたしているとティニアさんに先を越されそうですし」

「先を越されそうって……」

ここで「もっと自分を大切にしろ」だとか「焦ることはない」だとか言うのは簡単だが、二人にここまで言わせて逃げるのはあまりにもヘタレに過ぎるなぁ。

「オーケー、そこまで言うなら俺も覚悟を決めるけど……良いんだな？」

「そ、そうやって改めて聞かれると……その、ウィ、ウィー」

「そ、そこで私に振らないでよぉ……」

二人が顔を赤くしてモジモジし始める。うーん……逆にこう、色々と煽《あお》られる絵面だな。

「というかミミ的にはどうなんだ、この件は」

「どうも何も、歓迎ですよ。ティーナちゃんとウィスカちゃんはもう私達のファミリーじゃないですか」

「ファミリー……家族ね。となると、さしずめ俺達の船団名はキャプテン・ヒロ一家とか？　母船名がブラックロータスだから、ブラックロータス一家とか、ブラックロータス士族《クラン》とか？」

「こう言うのもなんやけど、兄さんの名前よりはブラックロータスの方が通りはええかもしれんな」

「やっぱ俺の名前で名乗るのはちょっと微妙だよな」

そう言ってティーナと笑い合っていると、ウィスカがティーナの服——というか俺のTシャツ——の裾を引っ張り、ティーナの耳元で何かを呟《つぶや》いた。赤い顔で俺の方をチラチラと見ながら。

「なんて？」

「あー、えー、そのー……兄さんの部屋が良いか、うちらの部屋が良いかって」

「ド直球ッ……！」

なんかウィスカが涙目でティーナをポコポコ叩《たた》いてるけど、どういう反応なんだ。それは。というかポコポコがボコボコになりそうだからやめてやりなさい。

「ウィスカが待ちきれないみたいだから——痛い痛い！　わかった！　わかったから大人しくしろ！」

ウィスカのポコポコが俺にも襲いかかってきた。手加減してくれているのかもしれないが、ドワーフの腕力でやられると普通に痛い。仕方がないので、暴れるウィスカを抱っこして無力化することにした。あんなにポコポコしてきたのに抱き上げた瞬間固まるの可愛《かわい》いな。

「あ、ええなぁそれ。うちもうちも」

「……頑張る」

正直二人も抱き上げるのはキツいんだが……見た目以上に重いからな、ドワーフは。まぁ、でも俺の部屋までならなんとかなりそうか。

「あー……なんだか申し訳なさが」

「私のことはお構いなく。でも、今度いっぱい甘やかしてくださいね！」

「オーケー、約束だ」

微笑《ほほえ》むミミに頷《うなず》いて返し、ティーナとウィスカを抱き上げたまま俺の部屋——ではなく二人の部屋へと向かう。

「ちょっと色々必要なモンがあんねん」

「深くは聞かないでおく」

「そうしていただけるとありがたいです」

俺も覚悟を決めよう。手を出すと決めたからにはな。

☆★☆

翌朝、足腰がガタガタになっている姉妹を抱っこしてバスルームへと連れて行き、三人でゆっくりと入ることにした。俺とミミやエルマ、メイが二人で入るとちょっと狭い風呂も、小柄な整備士姉妹とであればなんとか三人一緒に入ることが出来る。

「兄さん楽しそうやなぁ」

「そりゃ楽しい。最高だな」

絵面は完全に犯罪的だが、慣れてしまえば——というか一度受け容《い》れてしまえばなんてことはない。二人とも文句なく可愛いし。

「ウィーは今更そんな赤くなってどうすんねん」

「だ、だってぇ……んっ、お兄さんお腹撫《なかな》でないでぇ……」

「お肌がすべすべで触り心地が良いんだよなぁ」

湯船に浸《つ》かり、膝《ひざ》の上に抱っこしているウィスカのお腹を触っているとウィスカがやたらと色っぽい声で抗議してくる。

「兄さんもその辺にしときや……またおっ始めるつもりかいな」

「たまにやるなぁ」

実際、ミミやエルマ、メイと仲良くした翌朝にこうして一緒に風呂に入ってもう一戦なんてのは珍しくもない。

「ただ、流石に昨日《きのう》の今日でそこまでするほど鬼畜じゃないぞ、俺は」

「その手を止めてから言わんと説得力皆無やぞ。あと、昨晩うちにしたことをよぉく思い出してもろてええかな?」

「際どいところにはタッチしてないからセーフ。昨晩のアレに関してはまぁ……その場の流れで?」

「うちとウィーの扱いに差があったように思うんやけど?」

「つまりティーナは昨日のウィスカみたいな感じにして欲しいと」

「そ、そうは言って——ないこともないけどぉ……」

今度はティーナが顔を赤くしてごにょごにょと言いながら俺から視線を逸《そ》らす。なんだこいつ可愛いな。

「あっ……」

俺の膝の上でもじもじしていたウィスカが何かに気がついたような声を出す。いや、ウィスカさん。それはな、ちゃうねん。いや、違わないんやけどな。そんなにもじもじして刺激されると自然とな？　そしてティーナもウィスカの反応から察したらしく、顔を赤くしたまま挑発的な笑みを浮かべた。

「昨日は良いだけ兄さんにやられたんやから、次はうちらの番でええよな？」

「おうやろうってのか、かかってこいよ。経験値の違いってのを見せてやるよ」

「その言葉、忘れんなや」

この後滅茶苦茶《めちゃくちゃ》イチャイチャした。

☆★☆

「で、二人は？」

だいぶゆっくりとしたお風呂タイムを終え、ティーナとウィスカを俺の部屋のベッドに放り込んでから食堂に行くと、エルマにジト目で迎えられた。そんなに見るなよ、照れるだろ。

「今日は一日休んでもらうことにしたぞ」

今日明日辺りで再編成は終わるはずだが、再編成が終わっても即出撃とは行かない。まずは戦力を次の星系に大移動させなきゃならないし、移動させた後にも色々と調整が要る。まぁ行動プランは既に立てているのだろうから、これから向かう先々で既に用意は始まっているのだろうし、そこまで時間はかからないかもしれないが。

何せ単艦で飛び回る身軽な傭兵《ようへい》と違って軍ってのは動きが鈍い。足並みを揃《そろ》えないと戦力を集めた意味がないから仕方のないことではあるのだが。せっかく百の戦力を集めても、足並みが揃わず一の戦力を百回ぶつけるのでは何の意味もないからな。

何にせよ今日明日くらい整備士姉妹が使い物にならなくなっていても何の問題もない。

「一日休む……」

俺達の会話を聞いたティニアが顔を赤くしながら布巾《ふきん》のようなもので御神木の種をゴシゴシと磨いている。それが気持ち良いのか、御神木の種は満足そうに明滅して——磨かれて気持ち良いと感じるのか？　種が？　本当に種なのか、アレは。

「休暇を満喫してるわねぇ」

「生活にメリハリをつけるのは大事だぞ」

「ヒロ様、じゃあ今日は一日暇なんですか？」

「そうだな。まぁ、今日一日は二人についていてやろうかなと思ってるが」

「……次は私ですよ？」

「約束は忘れてないさ」

「えへへ……楽しみです」

俺の返事を聞いたミミがにんまりと実に嬉《うれ》しそうに笑みを浮かべる。

その様子を見たエルマも「私は？」と言わんばかりの視線を向けてきたので、俺は頷き返した。

「時間の許す限り頑張らせていただきます。丸投げで悪いが、そこら辺は上手《うま》くシェアしてくれ。ティーナとウィスカも増えたわけだし」

しかしアレだな。これまでも大概だったが、これで俺も名実共にハーレム野郎の仲間入りだな。この世界の傭兵の在り方としては正しいのかもしれんが、ついに一線を越えてしまった感が強い。

「オーケー、それで手を打ちましょう。その辺はメイに管理してもらえば良いでしょ」

「そうですね、メイさんなら安心です」

エルマの言葉にミミも頷く。メイはいつの間にか女性陣から謎の信頼を得ているよな。一体俺の知らないところでどんな話を――ああいや、あまり知らないほうが良さそうだな。知らなくても良いことを知ってしまって心にダメージを負いそうだ。

「それで、今日の予定は？」

「何か命令が下るまで待機だな。昨日の今日じゃまだ動きはないだろうと思うが、いつでも動けるようにはしておくべきだろう」

「これだけの規模の艦隊となると、調整だけでも結構時間がかかりそうよね」

「そうすると、今日一日はまだ動きは無さそうですかね？　でも、セレナ様なら如才なくパパッと段取りつけちゃいそうですよね」

「そうか？　まぁそうかもな」

彼女はあの若さで帝国航宙軍の中佐まで昇りつめている女傑だ。迅速に宙賊どもを駆逐できるよう先を見越して艦隊の運用計画を練っていてもおかしくはないか。

「何にせよ俺達にできることは待機だな。勝手に出撃するわけにもいかんし」

「それもそうね。ま、今日のところはあの二人に譲ってあげるわ。お世話してあげなさいな」

「そうですね。何かあったら呼びますから、ごゆっくりどうぞ！」

「ごゆっくりと言われるのもなんかなぁ……まぁうん、お言葉に甘えて二人をケアしてくるよ」

二人とも朝食を取っていないので、腹ペコの筈《はず》である。とりあえずまた二人とも動けなくなってしまったので、今日は一日二人の世話を焼くとしようか。

え？　宙賊とのドンパチの最中だってのにこんなにのんびりしてて良いのかって？　命の危機を感じる状況だからこそ日常を大事にしないとな。平和で充実した生活は健やかな精神を保つための大事な要素だよ。

ちなみに、ティニアは「お世話……お世話？」などと呟きながら顔を赤くしてひたすらゴシゴシと御神木の種を磨いていた。初心《うぶ》な彼女にはちょっと刺激の強い会話だったのかもしれない。

☆★☆

朝風呂《あさぶろ》の件でまた足腰の立たなくなってしまった姉妹に食事を運んでお世話をしたり、俺の部屋のベッドの上でシップカタログをああだこうだ言いながら三人で眺めたり、三人でくっついたままうたた寝をしたりと至極ゆっくりとした時間を過ごしていたのだが、俺が思っていたよりも帝国航宙軍の動きは早かった。次の目標星系への移動命令が発令されたのである。

「忙《せわ》しないなぁ」

「仕方ないよ、お姉ちゃん。でもお兄さん、本当に休んでいて良いんですか？」

「クリシュナとブラックロータスの整備は終わってるんだろ？　なら大丈夫だ」

　俺達が昨日セレナ中佐とゆっくりと会食をしている間に二人はクリシュナとブラックロータスの整備を終わらせてくれていた。宙賊基地や宙賊艦から剝《は》ぎ取ってきた装備品やパーツの整理やレストア作業はまだ残っているようだが、そちらは急ぐ必要もない。

　まぁ、次の戦場への移動だけならメイに任せていれば良いので俺が何かする必要はない。次なる戦場への移動もセレナ中佐率いる帝国航宙軍にくっついていくだけだしな。

　ただ、軍の動きが予想よりも早いとなると目標の星系に到達次第即時軍事行動に入る可能性がある。目標星系へと繫《つな》がるハイパーレーンに入ったら俺もクリシュナのコックピットで即応態勢に入ったほうが良いだろうな。

「タブレットはここにあるから、戦利品の回収とかボットとかドローンの操作もできる。ここにおってもやれることはあるから、そっちこそ気ぃ遣い過ぎんでもええで。ティーナちゃんにおまかせや」

「私もね。お兄さん、気をつけて」

　そう言ってウィスカが俺に抱きつき、頰にキスをしてくる。俺もウィスカの頰にキスを返しておいた。

「あー、ずっこい。うちもうちもー」

「はいはい。ありがとよ」

　騒ぐティーナと笑いながらハグとキスを交わす。これが漫画やアニメなら死亡フラグになりそうな気もするが、そういうフラグというか展開に関して言えば色々と今更だからな。ま、死なないように精々頑張りますかね。

☆★☆

移動命令の発令後、艦隊は星系封鎖部隊と攻撃部隊に分けられてそのまま行動を開始した。リーフィル星系の隣に位置するシノスキア星系に到着後、俺達は攻撃部隊と共に宙賊の拠点へと真っ直《ます》ぐに向かうことになる。

「今回はどうですかね？」

「どうかな。多分大した抵抗は無いと思うが」

「そうですか？　リーフィル星系の様子はなんだかんだ伝わってそうですし、手ぐすね引いて待ち構えているんじゃ？」

「俺は多分殆《ほとん》どもぬけの殻なんじゃないかと思うけどな。エルマはどう思う？」

首を傾《かし》げるミミにそう言ってエルマに話題を振ると、エルマは「そうね」と言って少し考えてから口を開いた。

「完全にもぬけの殻ってことは無いと思うけど、抵抗は少ないんじゃないかしら」

「エルマさんもヒロ様と同じように考えているんですね」

「いくらレッドフラッグの連中が宙賊としては大勢力だとは言っても、数を揃えた軍隊とまともにぶつかりあえるほどじゃあないからな。攻めてくるのがわかっているなら引き上げるべき物資を大急ぎで引き上げて逃げ出すさ」

「なるほど。それじゃあ今回も楽勝ってことですかね？」

「それはまた別の話だな。俺が宙賊なら嫌がらせを仕掛けていく」

「嫌がらせですか？」

ミミが首を傾げる。今まで無言で話を聞いていたティニアも興味深げな顔をしているな。そりゃ奴《やつ》らも考える頭は一応あるんだから、敵が来るとわかっていれば小細工くらいはするさ。

「基地に軍が突入してきたら自爆するようにしておくとか、軍が布陣しそうな場所に予《あらかじ》め機雷を大量に仕掛けておくとかな。まぁ、それは隣か、もう一つ隣の星系じゃないかと思うけど」

「そうね。いきなりそんなことやろうって言っても人手も資材も準備が要るしね。多分すぐに使える嫌がらせの手段を実行しておくくらいでしょ」

「すぐに使える……？」

「ミミ、宙賊基地には違法な品がいくらでもあるのよ。ヤバいものがたんまりとね」

「あ、嫌な予感がしてきました」

「歌う水晶は激レアアイテムだからそう手に入らんと思うが、何が出てくるかわからんのがなぁ」

突入部隊には同情する。通常の化学・生物兵器くらいならなんとでもなるだろうが、この世界にはもっとヤバいもんがいくらでもあるからなぁ。俺がSOL《ステラオンライン》内で培った知識の範囲内でも枚挙に暇《いとま》が無いし、俺が知らないもっと危ないものが存在する可能性だってある。

具体的にどんなヤバい物があるのかと言うと、人間やその他の一定以上の知能がある生命体の死体に寄生して身体《からだ》をグロテスクに改造してどんどん増えていくエネルギー生命体とかだな。

死体に寄生して身体を改造、その身体で他の生命体を殺して更に増えるっていう映画のゾンビも真っ青のやべぇ生命体なんだよね、アレ。多分某有名ゲームのオマージュとして登場させたんだろうが、あまりのクソ難易度にプレイヤー達は最終的に白兵戦で制圧することを諦《あきら》め、イベントの舞台となった大型採掘船を丸ごと消し飛ばすことで決着とした。

他にもやたらと殺傷能力の高い宇宙クモとか、体液が航宙艦の船体と装甲を溶かすほど強い分解能力を持っている殺人エイリアンとか色々あったな……ああ、ゾンビもあったなそういや。流石《さすが》にレーザー兵器とパワーアーマーの物理的・生物化学的防御能力の前に為《な》す術《すべ》もなく掃討されてたけど。

「普通に生物兵器の類とかはありそうよね。あと最悪なのは被害者がブービートラップにされてる場合かしら」

「被害者が？」

「あいつらの『商品』にされた人達に爆弾だの毒ガスだののもっと危ないものだのを仕掛けて、救助後にボンッ、とかね」

「酷《ひど》い……」

そう言いながらエルマが手をパッと開いてみせる。

ティニアが不快そうに整った形の眉《まゆ》をしかめる。

「えげつないよなぁ」

あいつらときたら何でもアリだからな。奴らに凡《およ》そ理性とか倫理観といったものを期待してはいけない。見つけたら駆除あるのみである。

「兵隊さん達は大変ですね」

「それな。俺はセレナ中佐に何を言われても今回は絶対白兵戦はやらん」

宙賊艦ならともかく、宙賊の拠点なんて何が飛び出してくるかわかったもんじゃないからな。何があっても突入はしたくないね。まぁ大概はちょっとした生物兵器が出てくるくらいで済むんだけどさ。


およそ二時間後。


「汚《きたね》え花火だなぁ……」

「案の定というかなんというか」

「うわぁ」

コックピットのメインスクリーンには凄《すさ》まじい砲火でガンガン消し飛ばされていく宙賊基地の映像が映っていた。

うん、バッチリ俺達の予想通りだったんだ。

今回の宙賊基地攻略戦は航宙戦闘に関してはすぐに完了した。宙賊艦は殆ど引き上げていて、宙賊拠点に設置されている自動制御のタレットくらいしかまともに反撃してくるものがなかったからな。小型艦や中型艦の出る幕も無く、大型艦の砲撃だけでほとんど片がついた。

問題は帝国航宙軍の海兵部隊が突入した後で、彼らは宙賊基地に突入して早々に人間やその他の種族が何らかの要因で変異したものと思《おぼ》しき生物兵器と遭遇。分析のために一時間ほど突入地点で防戦を行い、最終判断としてセレナ中佐は海兵部隊の即時撤退と遠距離砲撃による基地破壊という選択肢を選んだ。特に得るものが無さそうな突入作戦で、いたずらに兵力を損耗させるわけにはいかないという判断であったようだ。

まぁそんなものをブービートラップとして用意していくらいの余裕があったなら、データを保管している機器とかは念入りに破壊したか、データを引き上げるかしていったことだろう。セレナ中佐の判断は妥当だと思う。

で、その結果として開催されているのが目の前の静止目標射撃訓練である。小惑星を改造した宙賊基地が大口径レーザー砲の照射を受けて眩《まばゆ》い光を放ちながらバンバン爆発していく光景はなかなかに圧巻だ。

「おっ、派手に爆発したぞ。酸素か燃料か弾薬にでも誘爆したのかねぇ」

「あんなに派手にやって大丈夫なんですか？　中で繁殖してたのがそこら中に飛び散るんじゃ」

「レーザー砲撃に晒《さら》された上に宇宙空間に飛び散ってまだ感染能力を有してるような生物兵器って存在するのかしらね？」

「さぁ？　あったとしてもシールドに阻まれて近くを通った航宙船に取り付くのは不可能だろうな。巡航出力のシールドに接触した時点で消し飛ぶんじゃね？」

「そう言われればそうですね」

コロニーに寄港する時——あるいは地上の宇宙港に降下した時などに張るセキュリティ出力のシールドなら生身で接触しても痺《しび》れたり、精々大火傷《やけど》したりする程度で済む。しかし、宇宙空間を航行する時に展開する航行出力のシールドに生身で接触したら無事ではいられない。

例外は結晶生命体とかの一部の宇宙航行生物くらいだろう。ああ、メイならワンチャンあるかもしれん。多分服と外装――メイを人間らしい外見にしている人工皮膚の類は全部剥がれることになると思うが。

「しかし今回は美味《おい》しいとこなしだな」

「宙賊艦も殆ど出てきませんでしたから、賞金も鹵獲品《ろかくひん》も稼げてないですね」

「随伴艦として拘束されてる分の時給は入ってくるけどね。まぁ良いじゃない、楽してお金が転り込んでくると思えば悪いことじゃないでしょ？」

「それはそうなんだけどなぁ……」

と、そのように俺達が爆発四散していく宙賊基地を眺めながら呑気《のんき》に会話をしていると、ティニアが遠慮がちに声を上げた。

「あの、加勢しなくて良いのですか？」

「この規模の艦砲射撃となると、クリシュナの重レーザー砲じゃあまり役に立たないからなぁ。ブラックロータスのＥＭＬなら有効打になるだろうけど、弾薬費だってタダじゃないし。加勢したところでボーナスが出るわけでもないし」

「つまり、お金にならないから加勢しないと？」

「俺達は傭兵《ようへい》だからな」

正義や名誉のために戦うのは古《いにしえ》の戦士や騎士の範疇《はんちゅう》だ。俺達のような傭兵は即物的な金のために、セレナ中佐のような軍人は国家利益のために戦う。もっとも、セレナ中佐のような軍人貴族にとっては正義や名誉というのも重要な要素なのだろうが。

「要は名より実を取って余計なことはしないということですか……」

「そういうこと。無駄なリスクを背負う単騎駆けとかは頭のおかしい馬鹿のやること……なんかこれブーメランになってないか？」

「おもいっきりなってるわね」

「なってますね」

そういえば俺はベレベレム連邦艦隊とか結晶生命体の群れとかに単騎駆けしてたわ。

「こうやってヒロは発作的に悪ぶるというか、偽悪的に振る舞ったりするけど根はお人好《ひとよ》しよ」

「今は単に自分が出るまでもないとわかっているからこうしているんですよ。逆に他の誰《だれ》にもできなくて、自分であればできる、ということであれば傍《はた》から見ると無謀にも思える状況でも鼻歌交じりに突っ込んでいきますから」

「いや違うから。本当にそんなんじゃないから。そんな与太話よりも次に備えよう」

エルマとミミが寝言みたいなことを言い出したので、話の矛先を逸《そ》らすことにする。そういう身に覚えのないヨイショをされても居心地《いごこち》が悪いだけなので本当にやめて欲しい。

「何か心配事が？」

「今回楽ってことは、次の星系が心配でな。宙賊だって馬鹿じゃない。何かしらの手は打ってくるだろう。やられっぱなしの舐《な》められっぱなしってわけにはあっちもいかないだろうしな」

「なるほど。それはそうですね」

問題は、宙賊がどんな手を使ってくるかだな。正規軍同士の戦争じゃ絶対にやらないような手を使ってきても何もおかしくない。

「ヒロ様が宙賊ならどうやって対処しますか？」

「俺なら逃げの一手だが、それだけじゃ宙賊仲間にビビって逃げたと思われるだろうな。それが最適解だとしても、大規模宙賊団という立ち位置がそれを不可能にすることだってある。せめて何か軍に一泡吹かせてやる必要があるわけだが……」

とは言ってもレッドフラッグが航宙戦で正規軍と真っ向からやりあったところで勝ち目はない。そうなると当然搦手《からめて》で来るだろうが、さて。

「俺なら前にベレベレム連邦軍にやったみたいに歌う水晶とかを使って強大な第三勢力を呼び込むが、都合よくそんなものを持っているとは限らないしな」

「それもそうだけど、あの手の危険物は敵集団のど真ん中で使わないと意味が無いわ。ヒロみたいに単艦で帝国航宙軍の布陣の中枢まで飛び込めるようなパイロットと機体が揃《そろ》わないと難しいと思うわよ」

「確かに。そうなるとヒロ様が言っていた機雷とかですかね？」

「反応弾頭を使った機雷を山程散布してたりする可能性はあるな。或《ある》いは反応弾頭を積んだシーカーミサイルで飽和攻撃とか仕掛けてくるかもしれん」

反応弾頭そのものは所謂《いわゆる》枯れた技術というやつらしいからな。とっくにその製造方法やら何やらは広まっているし、ちょっとした工作機械——この世界の技術基準のもので——があれば、製造そのものは容易《たやす》いと聞く。

反応弾頭の材料となる物質は表では販売規制があってそう簡単に手に入るものではないらしいが、宙賊なら取引そのものが違法となるような物質も入手は難しくないだろう。やろうと思えば地球の紛争地帯に蔓延《はびこ》っていた世界一製造されたアサルトライフル並みに生産することだって可能だと思う。

それでも宙賊が反応弾頭を用いたミサイルや魚雷の類を乱用しないのは、威力が強すぎて戦利品ごと獲物を吹っ飛ばしてしまうからである。俺が宙賊艦相手に反応弾頭魚雷を滅多に使わないのと同じ理由だ。

だが、宙賊も強大な敵――例えば帝国航宙軍などの正規軍――に追い詰められた場合にはその使用を躊躇《ためら》わなくなる可能性は十分にある。そうなると安価なシーカーミサイルが超強力な兵器と化すわけだ。こんなに恐ろしいことはなかなかない。

「まぁ、反応弾頭搭載のシーカーミサイルなんて大っぴらに大量運用したら帝国航宙軍も黙っちゃいないだろうからな。そこまではやらんと思うが」

無論、そんな手を使えば帝国航宙軍も本腰を入れてレッドフラッグを殲滅《せんめつ》することになるだろう。セレナ中佐が率いる対宙賊独立艦隊を中核とした寄せ集め軍団などではなく、正規の軍団を派遣してくるはずだ。そうなったらレッドフラッグに生き残る目は無い。見せしめとして全構成員の首が柱に吊《つ》るされる事となるだろう。比喩《ひゆ》表現的な意味で。いや、実際に吊るされたりもするかもしれんが。

「とにかく今回はこれで終わりとしても、次の星系では注意が必要だろうな。帝国が本気を出さない程度にセレナ中佐に一杯食わせる。そういう微妙なラインを狙《ねら》って何か手は打ってくるだろ」

「そうね。宙賊だって馬鹿ばかりってわけじゃないし」

「普段はなんかもうヒャッハーって感じのパッパラパー集団にしか見えないんですけどね」

「パッパラパーというかラリパッパというか……でもまぁ、大規模宙賊団ともなれば悪知恵の働く連中もそれなりにいるわよ。じゃないと大規模な宙賊組織なんて運営できないしね」

「そういうものなのですか」

「そういうものなのです。とにかく、油断しないように気をつけていこうな」

ゲームのSOL《ステラオンライン》と違って、この世界の宙賊はれっきとした知性を持つ――多分持っている――人間だからな。何か狡猾《こうかつ》な罠《わな》を仕掛けてくるかもしれんから、警戒を強めておこう。少なくとも俺達が引っかかって即死だけはしないようにな。

☆★☆

シノスキア星系の掃討も終え、今度は即日で出発である。シノスキア星系での掃討が予定よりも早く終わったから半日ほど休めたが、苦戦して時間がかかっていた場合は碌《ろく》に休息も取らないで次の星系――ショア星系に移動する予定であったらしい。

「本当に忙《せわ》しないな」

『セレナ中佐は宙賊に時間を与えたくないのでしょう。時間をかければかけるほど碌でもないことをするのは目に見えていますから』

「納得の判断ですね」

センサー系のチェックを終えたミミが頷《うなず》く。何時間か前にシノスキア星系にあった宙賊基地内での戦闘の様子が映像データとして回されてきたんだよな。半分くらい人の形が残ってる変異生物が理性を無くして突っ込んでくるのを海兵隊がバンバン撃って倒すような内容のやつが。

無理して見なくても良いって言ったんだが、結局ミミだけでなくティニアも最後までちゃんと見た。まぁ俺も強くは止めなかったんだけども。あまり心臓に良い内容ではないが、目にしておけば何か同じような事態に巻き込まれてしまった時に冷静に動けるかもしれないからな。

結果として二人とも「やっぱり宙賊はどうしようもない奴《やつ》らですね」みたいなことを言っていたので、まぁ宙賊にかける慈悲の心とかは順当に磨り減ったようである。実際、宙賊には恩を売ってもどうせ仇《あだ》で返されるだけなんだろうから、それはそれで良いことなんだけど。

「ショア星系への到達予定時刻は？」

『凡《およ》そ十五分後にワープアウトします』

「了解。それじゃあすぐ動けるように用意しとくか。今のうちにトイレとか済ませておこう」

「私は大丈夫です！」

「私も」

「私も大丈夫です」

「それじゃあワープアウトまで小休止だ」

俺も今は何も出そうにないからな。

ちなみに、整備士姉妹は完全に復活した。まぁ簡易医療ポッドに入ったら一発だったんだけども。風情がないとか言って二人ともすぐには入らなかったんだよな。今思えばミミもエルマもそうだった気がする。もしかしたら俺の知らないこの世界独自の暗黙の了解とか常識とかがあるのかもしれない。

＃6：抵抗

　宙賊達も馬鹿ばかりではない、と言ったのは確かエルマだったか。俺もその意見には同意するが、それと同様に帝国航宙軍も馬鹿ばかりではない。というか、基本的に軍人――それも作戦を指揮したり立案したりといった人間というのはエリートと呼ばれる人達である。

　当然、頭が切れる。中には所謂頭でっかちと言われるような人も居るのだろうが、少なくともセレナ中佐はそういったタイプの軍人ではなかった。

「その結果がこれである」

　ショア星系の宙賊基地の近くまで超光速航行で移動した対宙賊独立艦隊は、そのまま宙賊基地に最大戦速で向か――わなかった。

「まぁこうなるわよね」

「派手にやりますねー」

　戦艦や重巡洋艦などの特大型艦、大型艦が出力を絞った速射モードのレーザー砲で大量の機雷を容赦なく掃討していく。ああいった船の主砲や副砲の射程は小型艦や中型艦のそれよりも遥《はる》かに長く、出力を絞った速射モードで撃っても十分に機雷を破壊することが出来る。更に言うと、機雷などの異物を発見するスキャナーの性能も高いし、そういった装備から得た情報を基に正確な射撃を行って障害物を除去する能力にも優れる。

つまり、宙賊どもは基地への攻撃艦隊がワープアウトするであろう場所に事前に大量の航宙機雷を散布していたわけだが、セレナ中佐に見事に見破られてこうして罠を食い破られているわけだ。

当然こんなことをすれば宙賊どもに今から襲うぞ！　と大声でがなり立てているようなものだが、奴らの逃げ道はとっくに友軍が星系封鎖によって塞《ふさ》いでいる。

「急造の機雷なんてこんなもんだよな。弾頭が通常弾頭なのか反応弾頭なのかまではわからんけど、それならスキャンして怪しいものは全部ぶっ壊せば良いじゃないというこのパワープレイ」

「このやり口は帝国航宙軍ならではって感じよねぇ」

「漏れとか無いんですかね？」

「あったとしても前に出てるのが戦艦とか重巡洋艦だからなぁ。急造の機雷に対艦魚雷みたいなシールド中和装置がついているとも思えないし、万が一触雷しても大したダメージにはならんと思う。反応弾頭だとしてもシールドで受けるならクリシュナでもギリギリ一発くらいは受けられるくらいの威力だしな」

戦艦や重巡洋艦のシールド容量はクリシュナよりも遥かに高い。ギリギリ大型艦に分類されるかどうかというブラックロータスでもシールドの総容量はクリシュナの三倍を超える。正規軍の戦艦や重巡洋艦はそれすらも遥かに超える容量のシールドを装備しているのだ。俺の使っている対艦魚雷や散弾砲のようにシールドを無効化、或いは貫通して打撃を与える武器でもないとダメージを与えるのは非常に難しい。

「これ、今回も私達の出番は無しでしょうか？」

「どうかな」

結局のところ、戦艦や重巡洋艦といった特大型艦や大型艦ってのは数が揃うと凶悪に強いんだよな。足も遅いし小回りも利かないから、まともに相手をせずに逃げるなり小惑星帯に引き籠《こ》もるなりしてしまえばそうそう脅威にはならないんだが、拠点とかの固定目標に侵攻するとなるとそれはもう極悪に強い。小型艦や中型艦とは射程と火力が違いすぎる。

そもそもがアウトレンジから回避の難しい大口径レーザー砲をバンバン撃ち込む。相手は死ぬ。という設計思想だからな。え？　やってることが海で大砲撃ちまくってた頃《ころ》と変わらない？　そんなもんだよ。結局のところ、どれだけ遠くから正確に敵を破壊するかって話だし。

航宙戦でミサイルの類が廃れている理由は弾速の遅さと射程の短さ、それにシールド装置を積めないからレーザー砲による迎撃に極端に弱いっていう三つの点がネックになっているからなんだよな。

射程でも弾速でも動標的に対する命中率でもミサイル系の武装はレーザー砲には勝てない。単発の威力は高いし、シーカーミサイルみたいに撃ちっぱなしで誘導してくれる能力があるから小型艦同士の戦い——それも至近距離の乱戦みたいな状況だと使い勝手は悪くないんだけどな。少なくともこういう超長距離からの撃ち合いじゃどうにも使い物にならんのだよな。

SOL《ステラオンライン》には超光速ドライブを積んだ超光速ミサイルなんてのも存在したけど、あれはイベントでNPCが使う戦略・戦術兵器みたいな立ち位置だったからなぁ。

あれってこの世界にもあるんだろうか？　サプレッションシップに反応弾頭を積んだような兵器だったから、無いこともないんじゃないかと俺は睨《にら》んでるんだが。

「宙賊側がセレナ中佐の用意した大型艦攻勢に対抗できるだけの飽和攻撃か何かを仕掛けて来れば

出番はあるかもしれんが……」

　と言いつつ、実は左舷《さげん》方向に見えている小惑星帯がさっきから気になって仕方がないんだよな。あそこなら伏兵を隠しておくことは出来なくもない。これは出番が来るかもしれんな。

「あれ？　前衛の副砲が左舷方向に向いてますね」

「おっと、これは早速か？」

「機関停止して隠れていたのかしら。この距離だと魚雷抱えて突撃してくる奴も居そうね」

　まだクリシュナのセンサーで敵反応は捉《とら》えていないが、前衛を担っている戦艦と重巡洋艦の動きからするとあっちは何か掴《つか》んでそうだな。

「防空戦闘になりそうだな。同士討ちに気をつけよう」

「はいっ！」

「アイアイサー」

　ミミとエルマの返事と同時に前衛を務めている重巡洋艦から敵発見の報が入り、迎撃戦闘を開始するよう命令が下された。

　防衛戦はあまり得意じゃないが、まぁ頑張るとしようかね。

☆★☆

『ヒィ――――ハァ――――ッ！』

『ぶっこめぇぇぇぇっ！』

何かヤバい薬でもキメてるのか、宙賊どもがオープン回線で奇声を上げながら突っ込んでくる。小惑星帯から雲霞《うんか》の如《ごと》く――とまでは流石《さすが》に言わないが、かなりの数の宙賊艦が飛び出してきた。

「センサーに引っかからなかったってことは、パワーを完全に落として待ち伏せしていたんでしょうか？」

「じゃない？　なんかキメてそうな奇声を発してる割には冷静よね」

「ギリギリ理性を失わないレベルに興奮させて、恐怖を忘れさせてんのかね？　えげつないなぁ」

そうやって使い捨てられる宙賊の命、流石に安すぎないか？　宙賊側にも色々と事情はあるんだろうが、こんな突撃なんてのは自殺も同然だ。ここで鉄砲玉になってる奴らは宙賊団の中でどういう立場の連中なんだろうか。

『コマンダーより各艦へ。セクター3方面から接近中の敵艦に対処せよ。小型、中型艦は大型艦の射線に入らないよう注意せよ』

セレナ中佐の声が言い終わるかどうかというタイミングでレスタリアスの副砲が火を噴き――実際には砲火ではなく破壊光線の類だが――小惑星帯から湧《わ》き出してきた宙賊艦を迎撃し始める。他の大型艦もそれに続いて迎撃を始めた。

「何度見ても凄《すご》いですよね、これ」

「これにまともに突っ込むのは御免被るな」

大型艦の副砲というのは基本的に軍用中型艦の主砲と同じものだ。つまり、何発か直撃すればクリシュナのシールドでさえ容量が飽和しかねない威力を持っている代物であり、それが防御の貧弱な宙賊感に振るわれるとどうなるか？　というのは想像に難くない。

「んー、やっぱり完全な奇襲になってないと厳しいか」

宙賊達はチャフやフレアを使って大型艦の攻撃を撹乱《かくらん》しようとしているようだが、焼け石に水だな。確かにチャフやフレアを使えば各種センサーを使った自動照準をある程度撹乱することはできるが、それなら手動で直接照準すればいい。ああいった欺瞞《ぎまん》装置は便利ではあるが、決して万能ではないのだ。

「しかしどうにもあからさまだな」

「そうね。ミミ、大型艦が応戦しているのと逆方向にアクティブセンサーを使って。レンジ最大でね」

「へ？　わ、わかりました……あれ？」

「やっぱり何か近づいてきてるか。戦闘用意、あと観測データと警告をレスタリアスに送れ」

「あ、アイアイサー！」

よくある手だ。右手の拳《こぶし》を大きく振りかぶって「ぶん殴るぞ」と相手の注意を引いて、本命の左手で致命打を与える。今回の場合は機雷原と小惑星帯から押し寄せてくる宙賊艦の両方を囮《おとり》にして本命の奇襲部隊が忍び寄ってきたわけだな。

ミミがレスタリアスに通信を入れているのを意識の外で聞きつつ、不審な反応があった方向にクリシュナを走らせながらサーマルセンサーを起動してメインスクリーンに投影する。

「いるな」

「いるわね」

極端に温度の低い物体が艦隊へと接近してきている。恐らくは緊急冷却装置を作動させて機体温度を大きく下げた後、パワーを完全に落として慣性で接近してきているんだろう。前に俺がベレベレム連邦軍に使ったのと同じ手だ。サーマルステルスだな。

「火器管制システムの調整は任せるぞ」

「任されたわ」

クリシュナの火器管制システムは光学センサーやレーダー以外のセンサーにも対応している。つまり、火器管制システムの設定にちょっと細工をしてやればサーマルステルス中の機体をロックオンすることも不可能ではないということだ。

「設定完了、目標ロック。数は十二隻。敵味方識別《IFF》反応なし」

「OK、なら敵だな」

まだ敵集団はパワーを落として接近中だ。シールドは勿論《もちろん》展開していないだろうし、耳も目も殆《ほとん》ど塞がったような状態である。恐らくこちらの接近はおろか、ロックオンされていることにすら気づいていまい。

「ヒロ様、セレナ中佐からは自由に迎撃してくださいとのことです」

「了解。仕掛けるぞ」

そう言うと同時に操縦桿《そうじゅうかん》のトリガーを引き絞り、四門の重レーザー砲を発射する。シールドを展開していない小型艦がこの斉射をまともに浴びれば——。

「まず一隻」

重レーザー砲の斉射を受けた所属不明の不審船が呆気《あっけ》なく爆発四散する。残り十一隻。

「所属不明艦、ジェネレーター起動しました」

「シールド展開前にできるだけ食うぞ」

ジェネレーターを起動してすぐにシールドを起動しても、実際にシールドが完全に展開されるまではタイムラグがある。その前に叩《たた》き落《お》とす。

「装甲が普通の宙賊艦より硬いわね。動きも良い」

「レッドフラッグの実行部隊かもな」

宙賊艦というのは基本的に民間船を無理矢理戦闘艦に改造した粗悪なものが多いが、レッドフラッグのような大規模宙賊団の中核戦力ともなると流石に話が変わってくる。どこから手に入れるのかわからんが正規軍が使うような軍用艦を引っ張り出してくることもあるし、撃破した傭兵《ようへい》の船を鹵獲《ろかく》、修理、改造して使っていることもあったりする。

なんて話しているうちにもう一隻。慌てて回避機動を取ろうとしたようだが、あえなく散弾砲にズタズタにされて爆発四散した。

「こいつらの船、見覚えがないな」

「帝国系のシップメーカーの船じゃないわね。連邦製かしら」

「ティーナさん達ならわかるかもしれませんね」

「記録しておいてくれ」

所属不明艦は見覚えのない流線型のフォルムが目立つ船で、俺もSOLで見かけたことのないタイプの船だった。全機に赤い塗装が施されている。赤いのはなんとなく強そうとか速そうってイメージがあるが、こいつらはどうかね？

一斉射、耐える。二斉射、カス当たりだがシールド消失。はい、散弾砲で詰みと。

「やっぱこういう時は先手必勝だな」

何が飛び出してくるかわからない奴《やつ》を相手にする時に様子見は悪手だ。ガンガン攻撃してこっちのペースで戦闘を進めたほうが良い。わからん殺しされる前にとっとと叩き落とすに限る。

「大型艦を落とす算段がついてる連中よ。気をつけて」

「わかってる」

大きさとしては小型艦に分類される船だろう。小型艦が戦艦や重巡洋艦などの特大型、大型艦にダメージを与えられる方法なんてのは限られている。そして、そういった手段の殆どは同じ小型艦相手には大変に使いづらい。俺だって対艦反応魚雷を小型艦相手のドッグファイトでぶち当てろとか言われると難しい。

できないとは言わないが。

「味方の増援が来る前に片付けるぞ」

折角の獲物だ。どうせなら全部頂いてしまうとしよう。

☆★☆

折角の獲物だと勢い込んで狩り始めたのは良いんだが、四隻目を食ったところで敵の動きが変わった。

「こいつら、逃げる気だな？」

「これは逃げられるわね」

残り八隻のうち三隻がこちらに向かい、五隻が戦場から離れる方向へと舵《かじ》を切っている。この戦場から逃れたところで他の星系への道は閉ざされているが、星系封鎖も永遠に続くものではない。人が滅多に来ない場所に潜伏して星系封鎖が解けるまでやり過ごせば逃げ出す目も十分にあるだろう。

「どうするんですか？」

「残念ながらどうしようもない。向かってくる連中を無視すれば逃げていこうとする連中のうち何隻かを仕留められるかもしれんが、ケツに対艦反応魚雷を突っ込まれたら困るからな」

流石のクリシュナもシールドなしで反応弾頭の爆発に巻き込まれたら無事では済まないからな。

「それは困りますね」

「これは増援も……間に合わないわね」

ミミとエルマの会話を聞きながら、向かってくる三隻の宙賊艦のうち、一隻に狙《ねら》いを定めて突っ込む――フリをして急速回避。

「わぁっ⁉」

「あっっっぶな……！」

正面の一隻を含めて三方向から飛来した対艦魚雷らしき発射体の間をすり抜ける。うん、こいつらなかなかに練度が高いな。連携が上手《うま》い。集団戦を前提とした動きに見えるし、こりゃ軍隊式の戦い方か。

「もしかしたらレッドフラッグの実行部隊というか戦闘部隊には軍関係者がいるのかもな」

「ええっ？　それって……」

「退役軍人か脱走兵かもしれないけどな」

ここらへんにセレナ中佐が忘れろといっていた例の件が絡んでくるのかね。まぁどっちでも良い。目の前の敵を叩き落とすのが先決だ。

「あらよっと」

回避機動中に航行アシスト機能を切り、回避方向に滑るように移動しながら機体を捻《ひね》るように反転。追撃をかけようとしていた宙賊艦に散弾砲を叩き込み、即座に航行アシスト機能をオンにしてアフターバーナーに点火。今まで動いていたのとは真逆の方向に跳ねるように艦を動かす。

「うぅっ！」

「くっ！」

「きゃあっ⁉」

急激にかかるGにミミとエルマが呻《うめ》き、ティニアが悲鳴を上げる。だが、相手が連携して対艦魚雷を叩き込もうとしてくるのであれば配慮している余裕はない。散弾砲を叩き込まれた宙賊艦は行動不能になったようだ。コックピットに当たったかな？

瞬く間に一隻の仲間を失った残りの二隻に動揺が窺《うかが》えるが、ここで攻めの手を緩めるような俺ではない。折角至近距離のドッグファイトになっているので、遠慮なく散弾砲を撃ち込んでいく。

この距離で発射される散弾砲の威力は大変にえげつない。シールドを貫通して装甲と船体を容赦なく破壊していく。少し離れるとシールド貫通特性を失い、シールドに簡単に阻まれてしまう残念武器になってしまうんだがな。至近距離以外ではシーカーミサイルの迎撃くらいにしか使えない。まぁシールドがない宇宙怪獣には十分効くけど。

「二つ、三つと。やっぱ残りにゃ逃げられたか」

囮の三隻を撃破したところで五隻の宙賊艦は轟音《ごうおん》と共に逃げ去っていた。超光速ドライブを起動したな。航跡を追跡する方法はあるが、それは今俺がすべき事ではない。

「ミミ、超光速ドライブの航跡をマークしておいてくれ。セレナ中佐に後で報告する。彼女が必要と考えれば追手を差し向けるだろう」

「アイアイサー！」

超光速ドライブの航跡は追跡することができる。ＳＯＬではその航跡――ＦＴＬリークをスキャンすることが出来、スキャンを行うことでその船の航路をかなりの広範囲で追跡することが可能だった。同じ技術はこの世界にも変わらず存在する。

「戦況は？」

「宙賊の航宙戦力はほぼ掃討されたみたいね」

「あの突っ込んできてた連中か。ほぼ艦砲で仕留められただろ？」

「そうみたいですね。あ、レスタリアスから通信です」

「繋《つな》いでくれ」

俺がそう言うとミミが頷《うなず》き、すぐにクリシュナのメインスクリーン上にセレナ中佐の姿が映し出された。すぐ隣にはロビットソン大尉の姿も見える。

『奇襲を迎撃してくれたようですね』

「給料分は働かないとな。一隻だけだが、派手に爆発しないで残ってるのがあるぞ」

『こちらで引き取らせてもらっても？』

「それなりのお代を頂けるのであればご随意に」

そう言って親指と人差し指で輪を作ってみせると、セレナ中佐は苦笑いを浮かべた。

『わかりました。後で戦闘データも提出してもらっても？』

「それは契約の範囲内だから勿論」

作戦行動中の戦闘データ・行動ログに関しては帝国航宙軍に提供するという契約に元からなっているので、それに関しては構わない。

「一応言っておくが、こいつら動きが軍隊っぽかったぞ」

『……そうですか。それでは後ほど回収班を向かわせます』

「了解。目標をマークしておく」

通信が切れる。ふむ、動きが軍隊っぽかったと言ったら若干動揺してたか？　やはりレッドフラッグと軍には何か関係があるのかもしれない。

「ヒロ、あまり妙なことに首は突っ込まないほうが良いんじゃない？」

「それはそうなんだがな、見えてると突《つつ》きたくなる」

あの見覚えのない機体は気になるが、引き渡すのは爆発せずに行動不能になった一隻だけだ。他の四隻に関しては俺達の取り分だから、是非持ち帰ってティーナ達に見せてやるとしよう。

☆★☆

「んー、これは珍しい船やね」

クリシュナが曳航《えいこう》して持ち帰ってきた爆発した中でも比較的マシな赤い宙賊艦の残骸《ざんがい》を見上げながらティーナがそう言った。珍しいとは言いつつも知ってはいるような雰囲気だな。

「俺も見たことが無いんだが、知ってるのか？」

「これはビルギニア星系連合の方で展開しているシップメーカー製の船ですね。確かルテラカンパニーだったかな」

「ビルギニア星系連合？」

「ベレベレム連邦の同盟国ね。帝国とは国境を接していないし、連邦を挟んで向こう側の宙域を支配している銀河連合国だから、普段あまり関わることは無いでしょう」

「連邦の同盟国だから、帝国とは没交渉やしな。全く情報が入ってこないっちゅうわけでもないんやけど」

そう言いながらティーナはタブレット端末を操作し、作業用ボットやドローンに解析を始めさせたようだ。

「残骸、まだあったよな？　ちょっと掻《か》き集《あつ》めてくれへん？　もしかしたらパーツを継《つ》ぎ接《は》ぎして船を復元できるかもしれん」

「へぇ？　そうする価値があるのか？」

「何せ製造元が遠い場所で国交も殆どないから、なかなかモノが入ってけぇへんのよ。復元できるくらいにデータを集めればこれはちょっとした功績になるかもしれん」

「なるほど？」

「もしかしたら復元した機体をスペース・ドウェルグ社が高く買ってくれるかも……」

「そりゃ良いな。やってみるか」

著作権――じゃなくて特許権とかどうなってんだ？　とか気になる部分はあるが、まぁそこはスペース・ドウェルグ社ほどの企業であれば何か抜け道なりなんなりあるのだろう。

「しかし、きな臭いわねぇ……」

「ですね……軍が関わってる可能性に、敵国の同盟国から入ってきたと思われる戦闘艦ですか……戦闘艦ですよね？」

「せやね、ちょっと型番とかは忘れたけどれっきとした戦闘艦だったはずやで。普通の宙賊が使ってる民間船を無理矢理改造したようなのとは全くの別モンや」

ミミの確認にティーナが頷いてみせる。その横でウィスカが微妙そうな表情をしていた。

「あの、軍が関係って……帝国のですか？」

御神木の種を胸に抱いたティニアが不安げに聞いてくる。

「確証は全く無いけどな。聞き流しといてくれ」

「そうします……傭兵というのは知らなくて良いこと、知らないほうが良いことを知る機会が多いのですね」

「ウチは多分特別だと思うわよ」

ティニアの独白に心底嫌そうな顔をしながらエルマが返事をする。俺もそう思うが、それって暗に俺のせいって言おうとしてないか？　俺は悪くないと思うんだが？

「お兄さん、これって本当にこのままレストアして大丈夫ですか？」

「特別な何かがない限り、撃破した宙賊からの戦利品は傭兵のものだし、その戦利品をどうしようが傭兵《ようへい》の勝手だ。問題があるようなら向こうから何か言ってくるだろうし、気にすることはない」

「本当に大丈夫かなぁ……」

ウィスカは不安げである。まぁ、セレナ中佐としてもこれは俺達からスペース・ドウェルグ社に流して闇《やみ》から闇へと葬ってもらったほうが安心なんじゃないか？　スペース・ドウェルグ社がこの機体からリバースエンジニアリングした技術を活《い》かすって話になると、パクリ元の機体の存在については大っぴらにはできなくなるだろうし。

戦ってみた感じ、結構バランスの良い小型の高速戦闘艦って感じだったからな。スペース・ドウェルグ社も同じ小型の高速戦闘艦を開発しようとしていたようだし、大いに参考になるんじゃないかね。

「武装とか機能とか全体的なスペックとかわかったら教えてくれよ」

「任しとき」

「任せて下さい」

二人が揃《そろ》ってそう言いながらビシッと親指を上げる。うん、そういうところ姉妹だよね、君達。

「そういや随分早く引き上げて来たけど、もう戦闘の方は終わりなん？」

「俺達の出番はな。今頃《いまごろ》宙賊基地の中はレーザーが飛び交う戦場になっているだろうよ」

「あー、制圧戦かぁ。そんなことせんでも宙賊基地なんてふっ飛ばしてしまえばええのに」

「そうもいかない事情があるんじゃないかね、お上にも」

レッドフラッグに帝国航宙軍が関与しており、それが敵国であるベレベレム連邦に繋がっているなどということがあったとすればこれは大問題だ。完全にアウトである。そんなことがあれば大変なことになるだろう。

「ま、兵隊さん達は大変だが、俺達はゆっくりさせてもらおう」

「ゆっくりって言ってもいつでも出られるようにしておく必要はあるけどね」

エルマの小言に肩を竦《すく》めて応《こた》え、クリシュナへと向かう。なにはともあれ撃破した宙賊艦の残骸を引っ張ってこなきゃな。

☆★☆

撃破した宙賊艦の引き上げも終わり、整備士姉妹はなんだか難しい表情であーでもないこうでもないと相談しながら船の修復作業を開始した。

「ぜんっぜんなんもわからん」

「私もです」

「そりゃそうでしょ」

クリシュナのタラップの上から撃破した宙賊艦の残骸と、その周りを飛び回るドローン、そして忙《せわ》しなく動くメンテナンスボットとそれを操るティーナとウィスカを眺めているのだが、本当に何をしているのかなんもわからん。

「でも、色々な機械が飛び回り、動き回っているのを見るのはなんだか楽しいですね。グラード氏族領では絶対に見られない光景です」

「それはそうかもしれん。なんだかわからんがずっと見ていられそうな感じするよな」

ちなみに今回はまともな白兵戦になったようで、宙賊基地の制圧にはそれなりに時間がかかった。とはいえそれも今は落ち着いたらしく、残敵の掃討に入っているようだ。俺達は宙賊の増援が来た時に備えて緊急発進ができる態勢を整えて待機中ってわけだな。

「前々から思っていましたけど、軍の行動ってなんだか思ったよりものんびりですよね？」

「こんなもんだろう。集団の規模が大きくなればそれだけ色んな調整が必要になるし、行動するための準備を整えるのに時間がかかるもんだ。今だって残敵掃討とはいえ海兵部隊がまだ宙賊基地内で戦っているわけだしな。彼らを置いて俺達だけ先行するわけにもいかないし」

「足並みを揃えないと戦力の逐次投入になっちゃうからね。百の戦力をちゃんと百ぶつけるのと、一を百回とか五を二十回ぶつけるのとでは結果が全然違ってくるでしょ？」

「それは確かに。百人がいっぺんに襲いかかってきたらどうしようもないでしょうけど、一対一が百回ならヒロ様なら余裕でなんとかしちゃいそうですもんね」

「……ヒロ様なら百人がいっぺんに襲いかかってきてもなんとかなるのでは？」

「流石《さすが》に百人にいっぺんに襲いかかられたら無理じゃねぇかなぁ……？」

意外となんとかなるかもしれないが、試したいとは思わないな。そもそも、俺は白兵戦とかはあんまりやりたくないんだよ。殺傷出力のレーザーなんて食らったら痛いじゃ済まないし。

一応俺の着ている傭兵服やアンダーウェアは対レーザー防御性能のある特殊繊維らしいが、どの程度の効果があるかはわからんからな。実際に撃たれて確かめるのは絶対に嫌だし。

「まぁとにかくそういうわけでな。規模が大きくなれば大きくなるほど身軽さってのは失われるもんだ。集団であることで得られるアドバンテージってのもあるけどな。その辺はトレードオフだ」

「そうですよね。頭数が多ければ多いほど沢山の戦利品を運べますし、いざという時のカバーも利きますし」

「そうね。例えば今の私達だとクリシュナが落ちたら殆《ほと》ど詰みね。ブラックロータスも優秀な船だけど、やっぱり小回りは利かないから」

「それはそうだな。そろそろエルマ用に小型艦でも用意するか？」

そう言うと、エルマは驚いたような表情をこちらに向けた。いや、実際に驚いているんだろう。

「え、でも、それは……」

「俺が船のオーナー。エルマが雇われ船長。船のオーナーが俺である以上、取り分は俺の方が有利になるが、今よりもっと稼げるようになるぞ」

「えっと……」

「自分の船を手に入れたら俺から離れるか？　俺は行って欲しくないし、そう言う権利もあるんじゃないかと思っているんだが」

エルマにはこっちの世界に来て以来ずっと世話になってるし、逆に色々とお世話もしてきた。つまり、支え合ってきた。俺は少なくともそう思っている。いや、俺の方が寄っかかり気味かな？

ついつい甘えてしまうんだよな、エルマには。

「も、勿論《もちろん》今更どこにも行くつもりなんて無いけど……」

「なら考えておいてくれ。エルマになら俺の背中を任せられる」

「ええ、わかったわ」

そう言ってエルマは笑みを浮かべた。本当に嬉《うれ》しそうに。そして視線を感じたのでミミの方を見てみると、ミミもなんだか期待の眼差《まなざ》しを向けてきている。

「ミミもサブパイロットにステップアップだ。できるか？」

「がんばります！」

ふんす！　と鼻息を荒くしてミミが胸の前で拳《こぶし》を握ってみせる。ミミもオペレーターとしての経験はもう十分だからな。そろそろステップアップの時期だ。

ちなみに、俺もエルマもオペレーターとしての働きは勿論できる。というか、ＳＯＬだと船の操作は一人で全部やってたからな。センサー系やサブシステムの掌握も全部。ＮＰＣを雇ってある程度オートにすることもできたけど、俺は全部手動でやっていた。

「それじゃあ今後はそういう方針で行こう。機体の選定も進めなきゃな」

クリシュナの他にもう一隻、逃げようとする連中を足止めできる船がいればもっと稼げるようになるだろう。やはり機動戦力がクリシュナ一隻だけではどうしても取り漏らしが出る。これまでにも追撃が間に合わなくて獲物に逃げられたことはあったしな。

「私はスワンを」

「それは却下だ。お前懲りてないのかよ」

「ぐぬぬ……」

かつてエルマが乗っていた機体――ギャラクティックスワンはマシンスペックが非常に高いものの、あんまり調子に乗ってブン回すと暴走の末に爆発四散するというクソみたいな隠し機能がある機体だ。

明らかにリコール対象の欠陥機なのだが、何故《なぜ》かこの世界でも普通に流通して……いや、殆ど見た覚えがねぇな？　考えてみればアレってやたらと高い機体だし、もしかしたらこの世界では殆ど流通していないのかもしれない。エルマは一体どんなルートでスワンを手に入れたのだろうか。

「あくまでも船のオーナーは俺だからな。どんな機体を導入するかは俺が決めるぞ」

「仕方ないわね。オーナー様に従うわよ。でも、良いの？　目標から遠ざかるわよ？」

「良いんだ。俺もミミも一等市民権を得たし、エルマだって持ってるだろ？　まぁ姉妹の分は何か考えなきゃならんが、頼る伝手《つて》は複数あるしな」

「それはそうね」

ダレインワルド伯爵家に頼ることもできるし、あまり頼りたくはないがセレナ中佐の伝手もある。なんならミミ経由で皇帝陛下に頼るなんて方法も無くはない。禁じ手に近いが。

とはいえ、今のペースで稼いでいればエルマが乗る船を用意するだけの資金を稼ぎ直すのにもそんなに時間はかからないだろう。クリシュナとブラックロータスの他にもう一隻運用できるようになれば、できることの幅も広がる――つまり受けられる依頼の幅も広がるしな。

「とにかくそういうことで、今の仕事が終わったらエルマの機体も見繕うとしよう。どうせ軽量級パワーアーマーやらを入手するためにハイテク星系に行くつもりなんだから、丁度良いだろ」

「そうですね。ゲートウェイが使える今、シップメーカーの本拠地まで赴くのもそんなに手間ではないですし」

最先端技術を開発しているハイテク星系に行けば、最先端技術に関する情報も入手しやすい。つまり、最新鋭の船に関する情報も集めやすいってわけだ。シップメーカーのディーラーもあるだろうしな。

「今回の仕事を終えて目的地に向かうのが楽しみになってきました」

「そのためにも今の仕事をまずは終わらせないとね」

「そうだな。まぁ、このペースでもう一つか二つ基地を潰《つぶ》せばお開きだろう。気合いを入れ直していくぞ」

「はいっ！」

「ええ」

ミミとエルマの返事を聞きながらふと横に視線を向けると、ティニアが眩《まぶ》しいものを見るような目を俺達に向けていた。決して手が届かないものを見るような、そんな眼差しだ。

結局、そんなティニアにかける言葉を俺は一つも思いつけないのであった。こんな時に気の利いた言葉の一つでも捻《ひね》り出せれば俺も二枚目の仲間入りができるのかね？　まだまだ精進が足りんな。

☆★☆

その後、二つの星系を掃討したがこちらは空振りだった。宙賊基地はあったが、完全にもぬけの殻で抵抗らしい抵抗も無かったのである。

無論、星系封鎖は行なっていた。どんどん宙賊の反応が早くなるだろうと考えていたセレナ中佐は本隊到着よりもかなり早い段階で該当星系の星系軍だけでなく、帝国航宙軍の手も借りて早々に星系封鎖を行なっていたのだ。しかし、星系封鎖の網にかかることなく宙賊——レッドフラッグの連中は忽然《こつぜん》と姿を消していた。もぬけの殻となっていた宙賊基地からも行方《ゆくえ》に関する有用な情報は見つからなかった。データストレージ関係の機材は念入りにデータ消去後、物理的に破壊されていたのだ。

「なんだか拍子抜けですねー。もっとこう、決戦みたいなのが起こるんじゃないかと思っていたんですけど」

ブラックロータスの食堂でミミがぐんにゃりとテーブルに突っ伏したまま呟《つぶや》く。サブパイロットへのステップアップを前に肩透かしを食らってしまい、感情のやり場がないらしい。

「ないない。まぁ肩透かしだなとは俺も思うけど、妥当な結末ではある」

そう言って俺は若干ぬるくなりつつあったお茶を飲み干した。

そもそも真正面から戦うなんて選択肢は奴《やつ》らには無いのだ。船や装備の質も搭乗者の練度も違い過ぎる。所詮《しょせん》は碌《ろく》に武装も積んでいない民間船を襲うことを生業《なりわい》としている連中である。ガッチガチの軍隊相手に戦ったら自分達が負けるなんてことはちゃんとわかっているのだ。

「レッドフラッグ、どこに逃げたんやろなぁ?」

「星系封鎖に引っかからなかったんだよね?」

作業用ジャンプスーツを着たままの整備士姉妹も休憩に来ている。まぁ、休憩中でも整備ボットとドローン達は働いているようで、休憩しながらも二人はチラチラとタブレット端末をチェックしているが。

「深宇宙に逃げたんでしょうね」

「深宇宙、ですか?」

あまり聞き覚えのない言葉なのだろう。ティニアが首を傾《かし》げる。

「一口に深宇宙と言っても指す範囲が広過ぎるんだが、この場合の深宇宙ってのはハイパーレーン突入口の存在しない恒星系外の宇宙空間って意味だな」

「なるほど……？」

俺の説明ではまだピンとこないらしい。

「つまり、レッドフラッグの連中は超光速ドライブとコールドスリープポッドを使った古式ゆかしい恒星間航行で追い詰められた現状から脱出したんじゃないかってことさ」

「それは……どうなるのでしょうか？」

「恒星間の平均距離は凡《およ》そ3光年くらいだったはずだ。宙賊艦の超光速ドライブの性能にもよるけど、最寄りの星系を目標として移動したなら早ければ一年から二年以内に辿《たど》り着《つ》くことになるかもな」

「ほとぼりが冷めるには丁度良いくらいの時間ね。もっと遠くの星系を目指したかもしれないけど」

「そうなると十年後とか二十年後とか、忘れた頃《ころ》にひょっこりと戻ってくるかもしれんな」

かといって、既に深宇宙へと旅立ったレッドフラッグの連中を追撃するのは現実的ではない。仮に奴らの移動経路を完全に把握したとしても、追撃部隊が追いつくのには下手《へた》をすれば数ヶ月から数年単位の時間がかかる可能性が高いし、追撃を成功させても戻ってくるのにまた同じだけの時間がかかる。いくら帝国航宙軍が強大でも、レッドフラッグを追撃するためだけにそんな長期の間、貴重な戦力を遊ばせておくわけにはいかないだろう。

「スッキリはしませんけど、捉《とら》えようによってはレッドフラッグを深宇宙へと追放することができた、ってことになるんですかね？」

「だな。超光速ドライブを使った恒星間航行には危険も多いし、果たしてどれだけの宙賊が無事に目的の恒星系に辿り着けることやら」

恒星間航行中に超光速ドライブやシールド、コールドスリープポッドや生命維持装置が故障したらそれだけで大事である。どれが故障してもそのまま二度と目覚めないという事態に陥りかねない。奴らにとっては過酷な旅になることだろう。

「レッドフラッグの壊滅を目指していたセレナ中佐としては不完全燃焼な結果でしょうが、この周辺の恒星系から大規模宙賊団を撤退させたという事実は十分な実績になるでしょう」

俺の座る席の斜め後ろで控えていたメイが静かな声でそう言いながら、空になった俺のカップに新しいお茶を注いでくれる。

「セレナ中佐と帝国航宙軍、そして星系軍の皆さんはこれで無事軍功を得て、俺達は報酬を受け取って依頼完了。みんな幸せになってハッピーエンドってわけだ」

「ハッピーエンドなぁ……アンハッピーなのは宙賊――つまり悪党だけっちゅうことか」

そう言いながらティーナがなんとも言えない顔をしている。まぁ、みんなハッピーといった裏で宙賊達は多数の被害を出して住処《すみか》も追われているわけだからな。確かにそういう意味では関わった全員がハッピーってわけじゃないだろう。

「気に入らないか？」

「なんとも言えんわ。うちかて昔はどっちかっちゅうと悪党側やったわけやしな。悪党は悪党なりに色々と事情も抱えとる。好きで悪党になったわけやない連中もぎょうさん見てきたしな」

「お姉ちゃん……」

「でもまぁ、それとこれとは別やしな。宙賊殺すべし慈悲はない、やったっけ？」

「だな。まぁ世のため人のためになるって考えれば道義的に正しいのはこっちだし。ただ、宙賊を問答無用で殺すのが絶対正義かって言うと……うーん、絶対正義な気がしてならないんだよなぁ」

「そこで梯子《はしご》外すんかい」

「だって宙賊だし……」

「だって宙賊だしねぇ……」

ティーナがずっこけて突っ込んでくるが、俺とエルマからすればこんなもんである。宙賊がどれだけ卑劣で残酷な連中なのかって話をし始めるとキリがないしな。生まれから何から宙賊で、宙賊としての生活しか知らずに宙賊行為を働いていた。彼にはその道しかなかったんだ。とか言われてもな。

『左様か。来世は宙賊以外として生まれてくるが良い』

って言いながらぶっ殺す他ないし。いやその生活しか知らんかったからって無実の民間船襲って、積み荷奪って、乗員乗客を好き勝手に加工して顧客に売り払う生活してちゃアカンでしょ、としか。

「うん。それはそう。それはそうなんやけどね？」

「それくらい割り切らないと傭兵《ようへい》業なんてやっていけないさ。だからこそ傭兵は宙賊に最大限の警戒を払っているわけだし」

「そうなのですか？」

首を傾げながらティニアがそう聞いてくる。

「実はそうなんですよ。だからヒロ様やエルマさんですら基本的に独り歩きはしませんし、船を降りてコロニーに足を踏み入れる時にはメイさんを護衛につけることが多いんです。まず最初に傭兵ギルドや軍の詰め所に行くのも、コロニーの治安情報を仕入れるためですし」

「実際、船に乗っている時よりも船を降りた時のほうが危険なのよ、傭兵ってのは。宙賊に恨みを買ってるからね。油断してると宙賊と繋《つな》がってるコロニーギャングとかマフィアに路地裏に連れ込まれてコレよ」

そう言ってエルマが人差し指で自分の首を掻《か》き切るような仕草をしてみせる。

「え、こわ……そう言えば外に出る時は大体兄さんか姐《ねえ》さんかメイが付いてきてくれてたな？」

「同じ船に乗ってる貴女《あなた》達もターゲットになりかねないからね。そこらへんはかなり気を遣ってるのよ、ヒロは。セキュリティ強化のためにメイを購入したり、戦闘ボットを購入したりね」

「最近は外に出る時には護衛兼荷物持ちって言って戦闘ボットを連れて行くように私達に言っていましたよね」

「……めっちゃ過保護やん？」

姉妹の視線が俺に集中する。過保護ですが何か？　だって君達が妙な連中に捕まって酷《ひど》い目に遭わされたりしたら嫌じゃないか。だから俺はできるだけの手を打ってるよ。当たり前だろう？

「なんや兄さん。うちらになかなか手ぇ出さんかったのにそんなにしてくれとったん？」

「そうだよ」

「お兄さん……」

ティーナはなんだかニヤついた表情を、ウィスカは熱っぽい表情を向けてくる。なんだろう、このこそばゆい気分は。

「はい、やめ。この話終わり。今後の方針について話し合おうじゃないか」

「露骨に話題を逸《そ》らしたわね」

「逸らしましたね」

「アーアーキコエナーイ。とにかく、依頼が完了次第報酬を受け取って一旦《いったん》リーフィル星系に戻る。んで、ティニアと御神木の種を返しに行く」

そう言って俺はティニアに視線を向けると、彼女はビクリと身体《からだ》を震わせた。

「その後はまぁ、どこかしらのハイテク星系に行く予定だが……まだリーフィル星系で済ませるべき用事もあるし、もう暫《しば》く滞在することになるだろう」

ゼッシュから受け取るものもあるし、ティニアをこの状態で放置していくのもあまりに無情というものだろう。どういう形になるにせよ、何らかの決着というか、ケジメはつけていきたい。

「それが妥当かもね。ミンファ氏族の族長とか、かなりヒロに入れ込んでたし」

「そうだな。またウィルローズ本家に行って可愛《かわい》い可愛い在りし日のエルマちゃんの思い出話を聞くのもいいいな」

俺の切り返しをまともに食らったエルマが頬を引《ひ》き攣《つ》らせる。ふっ、勝ったな。

「それは楽しみですね」

ミミに悪気はないんだろうが、小さい頃のアレコレを掘り出されることになるエルマとしては気が気ではないだろうなぁ。

「リーフィル星系での用事を済ませた後に行くところは決まってないんよね？　ならうちの会社の支社があるとこにして欲しいなぁ」

「そうだね。修理した船を引き渡したり色々手続きをしたりとやることがいっぱいあるし……それで良いんですよね？」

「そういう方向でいい。性能が抜群に良いってんならエルマの乗機にするのもアリなんだが、そこまでじゃなさそうだしな」

宙賊が使う船としてはなかなかに高性能なように思えたが、第一線で戦う傭兵の船としては少々物足りない。それに遠方の見知らぬメーカー製の船だから、グラッカン帝国内でカスタマイズするのも限界があるだろうしな。

「それじゃあミミはティーナ達とも相談して行き先を選定しておいてくれ」

「わかりましたっ！」

「んじゃそういうことで解散。俺らは万が一の緊急発進に備えて待機だ。メイは引き続きブラックロータスの管理と運営を頼む」

「承知致しました」

これでとりあえず宙賊騒ぎには一区切り着くはずだ。そうしたら悠々自適な自由業の再開だな。

□■□

『不満そうだな？』

「力不足を実感しているだけです」

レッドフラッグ掃討作戦の主目標は広範囲にわたるレッドフラッグの影響力を限りなくゼロにす

るというものだった。それに関しては概《おおむ》ね成功したと言っても良い。奴らの拠点を根こそぎ破壊し、主要な戦力を深宇宙へと放逐することに成功したからだ。

今暫く経過観察が必要だろうとは思うが、周辺星系のハイパーレーンは押さえていたので、ハイパーレーンを伝って逃げ散ったということは考えにくい。星系内のパトロールも強化しているので、星系内に潜伏しているということも無いだろう。ならば、奴らの逃げ先は深宇宙以外にはない。

一体どこへ向かったのか？　という疑問は残ってはいるが、超光速ドライブを使った恒星間航行となると、最寄りの恒星系に進路を向けたとしても到着までには二年弱、それ以上となると数年から十数年といった年月をかけることになる。無事に辿り着ける保証もないので、実質的にハイパーレーンネットワーク上からの放逐ということになるだろう。

だが、レッドフラッグの首魁《しゆかい》と幹部の殺害、拘束という副目標は達成することができなかった。レッドフラッグの脅威は現時点では実質的に消滅したと言っても良いが、未来に禍根を残す羽目になったのは指揮官としては甚だ遺憾である。

「だというのに……もう少しどうにかなりませんでしたか？　これは」

『連邦の侵略を奇跡的に跳ね返した後は各地で宙賊を殲滅《せんめつ》し、結晶戦役でも活躍した若き女性中佐が見事な手際で大規模宙賊団を撃滅、ハイパーレーンネットワーク上から消滅させることに成功。しかも損害らしい損害はほぼなし。大戦果じゃあないか』

「首魁を討てていれば私も素直に受け取れたのですが」

思わず眉間《みけん》に皺《しわ》が寄ってしまうのを感じる。私の視線の先では国航宙軍の広報官が今回の戦果について誇らしげに語っていた。彼の横には従軍記者が撮ったものと思われる私のホロ画像が表示されている。自分で言うのもなんだが、カメラ映りは悪くないと思う。

『臣民は新たな英雄の誕生に歓喜し、商人達は安全になった航路で経済を回せるようになり、我々軍人は戦功を得られた。三方良しというやつさ』

「素直に喜べる状況とはとても思えませんが……」

今回の作戦で明らかになった情報を思い出すと頭が痛くなってくる。『彼』が拿捕《だほ》した宙賊の船に乗っていたのはリーフィル星系軍の軍人――エルフだった。どうやらレッドフラッグは彼の手引で二度にわたる降下襲撃を成功させたらしい。いや、二度目の降下襲撃は殆《ほとん》ど失敗のようなものだったか。

彼の背景についてはまだ洗っている途中だが、宙賊の手先に成り下がった事情そのものはくだらない内容だった。どんな立場の人間であろうとも大なり小なり昏《くら》い欲望というものを持っているもので、その欲望を満たせるという甘い誘惑があれば乗ってしまう人が一定数いるものだ。

それはエルフであっても変わらない。彼らは長命で、それ故に焦ることが少なく、落ち着いた考えを持っていると一般的には考えられている。そして、そうでない者もいる。それだけの話だ。

『レッドフラッグのコマンド部隊がビルギニア星系連合のものと思われる船を使っていた件に関しては調査中だよ。奴《やつ》らが連邦を介して星系連合の船を調達していたとしても驚きはせんがね』

宙賊どもはブラックマーケットとも呼ばれている独自の流通網を持っている。金さえあれば手に入らないものはないというその流通網を使えば、ビルギニア星系連合の船をまとめて調達できたとしても不思議はないのかもしれないが。

『連邦の国境から遠いリーフィル星系近傍まで奴らの手が伸びているとは思えんが……』

「あり得ないはあり得ない。そういうことですね？」

『その通りだよ。我々帝国軍人は帝国を守るためにあらゆる可能性を考慮する必要がある。あり得ない、などと言ってこうした兆候を見逃す訳にはいかない』

「敵コマンド部隊の練度も高かったですからね」

『今後のことを考えると気が滅入《めい》るが、華々しさの裏で苦労をするのが我々の役目だ。お前は今まで通り華々しく活躍してくれたまえ』

「イエス、サー」

　ホロディスプレイ越しに敬礼をする。

『ところで、これは私的な話なのだがね』

「はい？」

『彼は仕留められそうなのかね？　行く先々で顔は合わせているようだが』

「……鋭意努力中です」

『あまり苦戦するようならこちらから手を回すが？』

「余計なことはお控えください、お父様。それでは」

『待っ――』

　通信を切断し、溜息《ためいき》を吐《つ》く。意外と乗り気なのは良いのだが、余計な手を回されると彼は警戒度を強めてしまいそうだからやめて欲しい。やっと慣れてきたというか、逃げるのを諦《あきら》めたようなのだから。

　私は狙《ねら》った獲物を逃さない。慎重に、慎重にだ。

□■□

大規模宙賊団、レッドフラッグに大打撃を与え、深宇宙へと撤退させたことによってセレナ中佐が主導したレッドフラッグ撃滅作戦はとりあえず終了することになった。

レッドフラッグに大打撃を与えはしたものの、首領を始めとした幹部連中は取り逃しており、また後半はレッドフラッグの連中がケツをまくって逃げ出してしまったために若干尻切《しりき》れトンボ感のある結末となってしまったが、広範囲に影響力を及ぼしていた大規模宙賊団を大した被害もなく撃退したこと自体は快挙である。

『私としては不満の残る結果だったのですけどね』

と、セレナ中佐は言っていたが、軍部や世論の評価はそう悪いものではないらしく、このまま行けば更なる昇進もあるかもしれないという。もしかしたら次に会うときにはセレナ・ホールズ中佐ではなく大佐になっているかもしれないな。

「まぁ、表向きにはこんな感じだよな」

ブラックロータスの食堂のテーブルに頬杖《ほおづえ》を突《つ》きながらタブレット端末に表示されている記事を眺め、呟《つぶや》く。

「あはは……」

「あんま滅多なことを外に漏らしたりすんじゃないわよ？」

「当たり前だろ。そんな恐ろしいこと誰《だれ》がするか」

記事に書かれていることはごく表面的な事柄と、作戦を主導した若き指揮官に対する賛辞のようなものばかりだ。まぁ、セレナ中佐はわかりやすい英雄、或《ある》いはアイドルとして上手《うま》い具合に帝国航宙軍に祭り上げられたわけだな。実際彼女には能力があるし、実家も太い。ただのお飾りになることもあるまいし、帝国航宙軍の方策は悪くないんじゃないかな。彼女は不正や腐敗を嫌う性質《たち》だし、今後の帝国航宙軍に欠かせない人材になるに違いない。

「実際のところどうなのかね。今までの俺達の経験からすると、帝国航宙軍も若干きな臭い所あるよな？」

「そりゃ巨大な組織なんだから一枚岩とは行かないでしょ。人間三人集まれば派閥ができるって言うし」

「帝国臣民の私としては複雑な気分ですね」

生粋の貴族の令嬢で、なおかつ傭兵《ようへい》としての人生経験も豊富なエルマは当然という顔をしているが、少し前まで一般的かつ模範的な帝国臣民であったミミとしては帝国航宙軍の内部事情を垣間見《かいまみ》てかなり複雑な気持ちを抱いてしまっているようだ。帝国臣民にとって国土と民の命を他国からの侵略や宙賊、宇宙怪獣から守ってくれる帝国航宙軍は正義のヒーローみたいな存在である。

そんな帝国航宙軍の内部に宙賊と繋がっている連中や利敵行為をしている連中が存在するようである——と推測できるモノを俺達は色々と見てきているからな。

クリスの親父《おやじ》さんとお袋さんを謀殺してダレインワルド家当主の座を奪おうとした——なんだっけ？　名前は忘れたけどクリスの叔父も帝国航宙軍の機密兵器をいくつか入手していたし、その後にも貴族関連の事件には大概帝国航宙軍の腐敗の痕跡《こんせき》が臭う。今回の撃滅作戦だって後半は異様にレッドフラッグの連中の動きが早かったから、もしかしたら軍内部から情報をリークしてた奴がいたのかもしれん。あの奇襲部隊の練度も軍隊並みだったしな。

「あの奇襲部隊については帝国航宙軍じゃなくてお隣のベレベレム連邦関係かもしれないけどな」

「それはそうね。まぁ、だとしたらベレベレム連邦の工作部隊が帝国領の奥深くまで浸透して破壊活動を行っていたってことになるわけだけど」

「それはそれで大変なことですね……外には漏らせませんね、これ」

「だから口止め料も込みで報酬が上乗せされているんだろうな」

今回の作戦で帝国航宙軍から支払われた報酬はなかなかの金額であった。とは言ってもフルカスタムのブラックロータスがもう一隻買えるような金額では全然ないけれども。それでも今までの貯金も合わせれば小型艦ならフルカスタムで購入して十分に余裕がある。

「例の船の調査結果は教えてくれないんですかね？」

「教えてくれないだろうし、知りたくないいな。余計なことを知っても良いことなんて何もないぞ」

「そうよ。変なことに首を突っ込みすぎて軍関係の後ろ暗い仕事をやらされるのなんて嫌だからね、私は」

「そうだぞ。君、もしくは君のクルーが捕らえられ、あるいは殺されても、当局は一切関知しない。なお、このホロデータは自動的に消滅する、みたいな展開になるぞ」

「それは嫌ですね……というかなんだかそのセリフ、どこかで聞き覚えがあるような」

「レトロムービーか何かじゃないの？　ヒロのことだし」

正解です。コロニーに降りるとたまにレトロムービーのホロデータとかがデータチップに入れられて売ってたりするんだよな、安値で。小型情報端末やタブレット端末。ホロディスプレイなどで再生できるので、最近はレトロムービー入りのデータチップを集めるのが密《ひそ》かな趣味になってきている。たまにわけのわからんクソムービーもあるが、まぁそれはそれで。

ミミ達とも結構一緒に見たりしている。ハイパーレーンを移動している間とか結構暇だしな。あとは休憩スペースとか部屋でゆっくりする時とか。別に自由時間だからって暇があれば励むわけじゃないからね、俺も。一緒にゆっくりと過ごす時間も良いものだよ。

『ご主人様、間もなくリーフィル星系へと突入致します』

ハイパーレーンを移動している間は流石《さすが》にやることがなかったのでこうして食堂で駄弁《だべ》っていたのだが、それもそろそろお開きの時間らしい。俺達がこうして寛《くつろ》いでいる間も船を制御してくれるメイには本当に頭が上がらないな。リーフィル星系に着いたら時間を作って是非甘やかしてあげようと思う。

まぁ、甘やかすつもりがいつの間にか逆に甘やかされていることが多いような気がするが……そこには目を瞑《つぶ》っておこう。

ちなみに、整備士姉妹はあーだこーだと話し合いながら例の船を修理中である。複数隻分の残骸《ざんがい》を元に一隻の船を組み上げようとしているところだな。今の所上手く行きそうではあるらしい。

ティニアはというと、ここのところ御神木の種と一緒にその光景をぼーっと眺めていることが多い。彼女にも色々と考えることがあるんだろう、と考えて俺はそっとしておいている。皆にはそれとなく気にかけてもらうように言ってあるけど。

「クリシュナで待機するぞ。いつでも緊急発進できるようにな」

「はい。でも、随分と警戒してますね？」

席を立って歩き始める俺の後を付いてきながらミミが首を傾《かし》げる。

「念の為《ため》の用心よ。今回、レッドフラッグの連中を痛めつけたでしょう？　それで私達はそこそこ目立ったからね」

実際、セレナ中佐ほどの扱いではないが俺達の活躍も記事に載っていたりする。御前試合で全戦勝利を収めたプラチナランカーの傭兵、キャプテン・ヒロも作戦に従事して活躍したとかちょっと書かれた程度だけど。

ただ、俺達は乾坤一擲《けんこんいってき》の奇襲部隊を迎撃して敗走させているからな。逃げ延びた奇襲部隊の生き残りはまず間違いなくレッドフラッグの上層部に俺達のことを報告しているだろう。報告を受けた上層部は俺達の情報を集めたりもしたかもしれない。

「もしかして、復讐《ふくしゅう》の対象になるってことですか？」

顔を青くしてそう聞いてくるミミに俺は肩を竦《すく》めてみせた。

「その可能性は否定できないな。レッドフラッグの全戦力をもってしても帝国航宙軍に勝つことはできないが、プラチナランカーとはいえいち傭兵程度なら袋叩《ふくろだた》きにして見せしめにすることもできなくはない……と考えている可能性は十分にある」

「話題性も抜群だしね。私達」

「そんな俺達を袋叩きにして捕らえて見せしめにすればレッドフラッグここにあり、と力を示せるってわけだ」

「た、大変じゃないですか⁉　というか、だからここに移動してくるまで厳戒態勢だったんですね⁉」

「そういうこと。ま、いつも通り何も変わらないわよ」

エルマはあっけらかんとそう言っているが、撃破されて機体ごと爆発四散したならともかく、船を拿捕されたり脱出ポッドを捕らえられたりしたら俺を含めてクルーの末路は想像もしたくないような状況になるのは間違いない。だからこそ最大限に警戒するわけだが。

と、そう話し合いながら歩いている間にハンガーへと辿《たど》り着《つ》いた。相変わらずハンガーではメンテナンスボットやドローンが忙《せわ》しなく動き回り、鹵獲《ろかく》した宙賊艦のレストアを行っている。

「おーい、二人とも。間もなくリーフィル星系に着くからそのつもりでな」

「あーい」

「わかりました」

格納庫で作業をしている整備士姉妹に軽く声をかけてクリシュナへと向かうと、タラップの上でティニアが待っていた。

「ティニアはどうする？」

「ご一緒させてください」

「オーケー。じゃあいつも通りサブオペレーターシートに座ってくれ」

いつも通りを装っているが、ティニアの表情にはどうにも覇気、というか生気が乏しく感じられる。もしかしてあの特級厄物、ティニアから生命エネルギー的な何かを吸い取っているんじゃあるまいな？　後でちょっと問い詰めてやるか。

「緊張する必要はない。いつも通りだ」

「は、はい」

緊張した様子のミミがいつもの手順でセンサー系や通信系のチェックをするのを横目に見ながら、エルマと一緒に機体のチェックを行う。機体の整備はティーナとウィスカがしっかりとやってくれているから調子は万全だ。

「何かあったのですか？　リーフィル星系に危険はないのでは？」

「ああ、多分大丈夫なはずだ。でも、万が一ってことはあるからな」

「なるほど……？」

俺達の懸念について何も知らないティニアにとってはわけがわからないだろうが、船から降りてもらう予定のティニアには話す必要もない。その辺りはミミもエルマもわかっているようで、話す気は無いようだ。

「ワープアウト直後にトラブルに巻き込まれることが結構多いのよ、私達」

「認めたくないけど本当にそうなんだよな……」

適当に誤魔化《ごまか》しながらクリシュナのコンソールを操作し、ブラックロータスのセンサーが拾った映像をクリシュナのメインスクリーンに投影する。ブラックロータスはまだハイパースペース内を航行中であるため、メインスクリーンには後方へと流れ去る極彩色のトンネル――ハイパーレーン内部の映像が投影された。

「相変わらずの景色《けしき》だな。メイ、ハイパーレーン脱出次第全周囲警戒、いつでも武装を起動できるようにしておけ。格納庫ハッチの開放と電磁カタパルトによる射出もスタンバイだ」

『アイアイサー』

メイの返事を聞きながら、クリシュナのメインジェネレーターを起動し、即座に出撃できるように備えておく。ハイパーレーン脱出まで、5、4、3、2、1——。

『ハイパーレーン脱出完了。周囲に艦船の反応なし』

「了解。警戒態勢を維持したままリーフィルプライムコロニーに向かってくれ」

『アイアイサー。超光速ドライブ、起動します』

あからさまな安堵《あんど》の表情を浮かべながら深く息を吐くミミを横目に見ながら、俺も軽く息を吐く。

暫《しばら》くは気が抜けんな、これは。

#7：『幸運な収奪者《ラッキールーター》』

『貴君の寄港を歓迎します、キャプテン・ヒロ』

「そりゃどうも」

港湾管理局からの通信に適当に返答しつつ、クリシュナのコンソールを操作してリーフィルプライムコロニーの港湾区画を観察する。

「見慣れない船が結構泊まってるな」

「？　見慣れない、ですか？」

俺の言動にミミが不思議そうに首を傾げる。

ミミの疑問も尤《もっと》もなものだ。基本、これといって固定のホームコロニーを定めていない俺達にとって、コロニーの港湾区画に停泊している船というのは殆《ほとん》ど全《すべ》て一期一会の『見慣れない船』である。セレナ中佐のレスタリアスのように特に行き先を示し合わせてもいないのに頻繁に遭遇するほうが異常なのだ。

「あ、あまり見たことのない機種ってことですか？　確かにそう言われればあまり見覚えのない船ですね」

「傭兵か深宇宙の探査船団かしら？」

「知らん機種が多いからはっきりとは言えないが、探査船団や武装商船団にしてはちょっと戦闘能力が高めに見えるな。どれかと言えば傭兵《ようへい》船団のように思えるが」

俺の目を引くのは多数停泊している船の真ん中辺りに居座っている真っ赤《まか》な小型艦である。小型艦にしては大型の部類で、恐らくクリシュナと同等程度だろう。小型艦と名乗るにはギリギリ上限いっぱいくらいのサイズだ。武装は……わからんな。パッと見でわかるのは機体の上部に装備されている大口径砲のようなものだけだ。

「目立つわね、あの機体」

「だな。どことなくクリシュナに似ている気がする」

作風とでも言えば良いのか。機体の上部に装備されている大口径砲のせいで全体的なフォルムはかなり違うが、どこか似た流れを感じさせるのだ。

「どう思う？」

エルマが港湾区画に並ぶ見慣れない船団に視線を向けたまま聞いてくる。このどう思う？　というのはつまり、あの船団とレッドフラッグが何かしらの関係を持っている可能性はあると思うか？　という意味だろう。

「さてな。神経質になり過ぎているだけかもしれんし、なんとも。ただ、警戒はしたほうが良いな。灯台下暗し、なんて言葉もある」

「灯台下暗し、ですか……だとしたら大胆ですね」

「当然肝は据わっているだろうな」

リーフィル星系はセレナ中佐率いる対宙賊独立艦隊が実施したレッドフラッグ撃滅作戦において一番最初に宙賊を一掃した星系だ。

そんな星系のメインコロニーに堂々と宙賊関係者が居座っているなんて普通は考えられないが、宙賊なんてのは基本的に思考回路がぶっ飛んでいる連中だからな。何をしてもおかしくはない。

「メイ」

『はい。過去二週間分のリーフィルプライムコロニー、及びリーフィル星系における治安関連の情報を精査しましたが、大きな問題は起こっていないようです。欺瞞《ぎまん》工作の痕跡も今のところは発見できていません。掃討作戦後、治安数値は上昇しているようです』

「なるほどね」

不安を煽《あお》るような情報はない。何一つ無い。ただ、どうにも嫌な予感が拭《ぬぐ》えない。

「顔が険しいままね？」

「どうにも嫌な予感がビンビンしてなぁ。特大の面倒ごとの気配を感じる」

「あー……それはダメなやつですね」

「ダメなやつね。いつも以上に気をつけましょう」

苦笑いするミミと溜息《ためいき》を吐《つ》くエルマ。俺だって好きで嫌な予感を感じているわけじゃないんですけどね？

「？？？」

そんな俺達のやり取りを見たティニアは終始首を傾げていた。

☆★☆

ミミ達には船に残ってもらい、リーフィルⅣ——シータへの降下申請を進めてもらうことにした。

今回の降下先はローゼ氏族領の大型空港だ。残念ながらブラックロータスが停泊できるほどのスペースは無いが、クリシュナなら問題なく着陸可能であるという。以前降下した際に利用した総合港湾施設を利用する手もあったのだが、あっちだとミンファ氏族やグラード氏族の連中が押しかけてきかねないからな。今回はローゼ氏族領にあるウィルローズ本家を訪問するのが目的だから、グラード氏族やミンファ氏族とは距離を置きたい。

「あの子達だけで大丈夫かしら？」

「引きこもっている分にはまず問題ないだろう。シールドも起動してるし、万が一シールドを破って外殻をブリーチングされても戦闘ボットがいる」

「私も常にブラックロータスの状態をモニタリングしておりますので」

今日もブラックロータスのホームセキュリティは完璧《かんぺき》である。特に今はレッドフラッグの連中に付け狙《ねら》われているかもしれないので、いつもより五割増しくらいで慎重に行動しているからな。傭兵ギルドに顔を出すのに俺とエルマの二人きりでなくメイまで同行している辺りで察して欲しい。

「コロニーの様子は見た目にはあまり変わってないように思えるな」

「そうね」

ブラックロータスから傭兵ギルドへと向かって港湾区画を歩きながら辺りの様子を窺《うかが》う。今は停泊している船が多いが、見た目の変化はそれくらいで特に港湾区画が活気づいたりはしていないようだ。思った通り、停泊している船団は商品を大量に持ち込んできた商船団の類ではないらしい。

「見た感じ、規律はしっかりしているようね。なんだか軍人みたいだわ」

「エルマ様の仰《おつしや》る通りですね。こちらに視線を向けてくる方は多いですが、騒ぐ方はいらっしゃらないようです」

「軍人みたい、ねぇ。それはそれできな臭い感じがプンプンしてたまらんな」

大型艦を奇襲しようとしていた軍隊式の連携戦術を駆使する連中が脳裏をよぎる。あれが帝国航宙軍に関係しているにしても、ベレベレム連邦に関係しているにしても、あまり関わり合いにはなりたくない。

「何か通信しているようですね。一瞬で傍受ができませんでしたが、何かしらのサインを送ったようです」

「うへ……ますます嫌な予感がしてきたな。とっとと用事を済ませて戻るか」

俺達がこんな危険な状況でわざわざ姿を晒《さら》したのは偵察、というか例の船団の連中がどのように反応するかを確かめるためである。やはりちょっとこのやり方はリスキーだっただろうか？　でも相手がどう反応するかわからないと、こっちとしても対応を決めにくいしなぁ。

「ブラックロータスに閉じこもってるべきだったかね？」

「どうかしらね。少なくとも、あいつらが私達に興味を示したってことがわかっただけでも良かったんじゃない？」

「そう思うことにしておこうか」

そして暫く歩いた後、特に誰《だれ》かに絡まれることもなく傭兵ギルドの建物に入ることに成功した。大規模な掃討作戦で宙賊が居なくなった影響か、ギルドには閑散とした雰囲気が漂っているようだ。

入り口に姿を現した俺達に気づいたのか、受付で暇そうにしていたエルフの女性職員が目を輝かせる。

「いらっしゃいませ！」

「いらっしゃいませってメシ屋か何かか？」

「傭兵ギルドに入っていらっしゃいませって言われたの初めてかもしれないわね……」

エルマと二人でぼやきながらニコニコ笑顔でエルフの女性職員が俺達を待ち受けている受付へと向かう。ちなみにメイは完全無欠の無表情でしずしずと俺達の後ろを付いてきている。特にコメントはないらしい。

「いやぁ、ここ数日全く人が来なかったのでつい」

「大丈夫なの？　この支部」

「半分お役所みたいなもんだし、大丈夫なんじゃね？　というか仕事無いのか？」

「それがさっぱり。四日ほど前に掃討作戦で足止めされていた商船が一斉に出ていってしまったので、商船護衛の依頼すら無いんですよ。宙賊はさっぱりと鳴りを潜めてしまいましたし」

そう言って女性職員が肩を竦《すく》める。

「周辺星系も一掃されているから、そりゃ流入もしてこないだろうな」

「もう少しすれば出払った商船がまた一斉に来るでしょうから、そうしたらまた活気づくと思うんですけど」

「なるほど。で、港に泊まってるのはその商船待ちの傭兵団か何か？」

「そうですね。クリムゾンランスという名前の傭兵団です。リーダーはゴールドランカーですね」

「ゴールドランカーね。エルマより上じゃん」

「うっさいわね」

ジト目のエルマが俺の脛《すね》を蹴《け》ってくる。とてもいたい。まぁ、一匹狼《おおかみ》やってたエルマとあれだけの船団を率いて活躍してるリーダーじゃランクの上昇速度が違うのも当たり前か。

まぁ、実績の何%が真っ当な方法で得たものなのかはわかったもんじゃないが。

え？　クリムゾンランスを疑っているのかって？　証拠は何も無いけど疑ってるよ。何せ居る場所が都合良すぎるからな。ここに居座っている口実も、ゴールドランカーが率いる傭兵団って肩書きも何もかもが完璧だ。そんな完璧な存在がトラブルに愛されている俺の行く先に偶然居るとか、どう考えても怪しいだろう。

俺の思考が完全にパラノイアじみているのは自覚しているが、今までの経験から考えるとどうしてもなぁ。

「あ、ちょうど噂《うわさ》のゴールドランカーさんが来ましたよ」

エルフの女性職員の視線を追って振り向くと、そこには屈強な男を左右に従えた迫力のある美女の姿があった。

派手な女だ。マゼンタピンクの髪の毛がとにかく目立つな。服装は肩出しのブラウスにコルセットスカート、腰には二丁のレーザーガン。なんだか周りがＳＦチックな服装なのに、あの女だけ服装が普通というかなんというか……ファンタジー世界の住人みたいだな。腰に下げているものは別として、だが。

「ふぅん……？」

あちらも俺を値踏みするかのような絡みつく視線を俺に向けてくる。まるで蛇か何かに獲物かどうか見定められているような気分だ。

「こんなところで有名人に会えるとはねェ？　アンタ、キャプテン・ヒロだろ？」

「いかにも。俺はあんたのことを知らないけどな」

「ハハッ、アタシもそこそこ名は売れてるつもりなんだけどねェ？　ま、アンタほどじゃあないのは確かさね」

女は一歩踏み出し、自信に満ちた表情で名乗りを上げた。

「アタシはキャプテン・マリー。アンタと同じく宙賊狩りで名を挙げている傭兵さ。『幸運な収奪者《ラッキールーター》マリー』なんて呼ばれることもあるね」

「そりゃご丁寧にどうも。既にご存知《ぞんじ》のようだが、キャプテン・ヒロだ。握手は必要ないよな？」

ニヤニヤとした笑みを浮かべながらこちらに視線を向けたままのキャプテン・マリーを見て、直感する。

こいつは、俺の敵だ。

「おや、握手もさせてくれないのかい？」

「悪いな、実は結構な人見知りなんだ」

ニヤニヤとした笑みを浮かべているマリーとの間合いを密《ひそ》かに計りながらどうしたものかと考える。奴《やつ》らは傭兵ギルドの入り口を押さえる形で立《た》ち塞《ふさ》がっている。あれではどうやっても横を通らないとギルドの外に出られそうもない。

「ちょっと、ヒロ？」

　俺の様子が妙なことに気がついたのか、エルマが肘《ひじ》で俺の脇腹《わきばら》を突《つつ》いて声をかけてくる。しかし俺はマリーから視線を外さずにエルマを手で制し、半歩右にズレてから受付を指し示すように反対側の手を伸ばした。

「俺達は用事を済ませたんでね。わざわざ足を運んだってことはギルドに用があるんだろう？　遠慮せず行ってくれ」

「あら、傭兵にしちゃ紳士的だねェ？　アンタらも見習いなァ」

「はい、姉御」

　護衛らしき厳《いか》つい男が平坦《へいたん》な声で返事をする。革のような材質の分厚いコートの下にある身体《からだ》は筋肉でパンパンだ。いや、筋肉は筋肉でも天然物ではなくバイオニクスかサイバネティクスの賜物《たまもの》かもしれないが。見た感じ目なんかもサイバネ化しているようだし、白兵戦能力は高そうだな。見た目の通りマリーの護衛なのだろう。まぁ、うちのメイに勝てるほどのものとは流石《さすが》に思えないが。

「でももう少し相手をしてくれても良いんじゃないかい？　折角ここで会えたのも何かの縁じゃないかとアタシは思うんだけどねェ？」

「悪いが船でクルーを待たせているんでな。他にも予定があって色々と忙しいんだ」

「ふゥん……？　ま、そこまで言うなら仕方ないさね。また会えることを祈ってるよォ」

　そう言ってマリーはニヤニヤとした笑みを引っ込め、口許《くちもと》に薄い笑みを浮かべて俺達の横を通り過ぎ、受付へと向かっていった。マリーが横を通った際にやたらと甘い匂《にお》いが鼻につき、思わず眉《まゆ》を顰《ひそ》めてしまう。

「……行くぞ」

「う、うん」

自然とピリピリとした雰囲気が出てしまっていたのか、珍しく気圧《けお》された様子のエルマといつも通りのメイを連れて傭兵《ようへい》ギルドを後にする。

「メイ、ブラックロータス周辺の監視を厳にしろ。船のセンサーも使って怪しい動きをする奴を見逃さないように細心の注意を払ってくれ」

「承知致しました」

「あと、可能な限りあの女のことを探ってくれ。ただし、決して足がつかないようにな」

「はい、お任せください」

「ちょっと、どうしたの？　さっきからなんだか変よ？」

俺とメイの不穏なやり取りに流石に我慢できなくなったのか、エルマが俺のジャケットをクイクイと控えめに引っ張りながら声を上げた。まぁ、そう思うのも仕方がないよな。

「直感だ」

「直感？」

「あの女はヤバい」

「ええ……？」

直感なんていう不確かなもので俺があそこまで取り付く島もない態度を取ったのを理解しろってのは、流石に無理筋だよなぁ。

「でもヒロの直感か……ちょっと侮れないのよね、それ」

と思っていたら理解されてしまった。

「とにかく警戒が必要ってのはよくわかったわ。あの女の率いる船団は——あの船団、多分そうよね？　あれはかなり戦闘向きだし、クリシュナとブラックロータスだけじゃ正面切って戦えるかどうかは怪しいものね」

「馬鹿野郎お前俺は勝つぞ」

「クリシュナは無事でもブラックロータスが集中攻撃を受けて沈められるかもしれないでしょ。それじゃ負けたのと同じじゃない」

「それはそうだな」

クリシュナだけなら最悪追撃を振り切って逃げることも可能だが、足の遅いブラックロータスはそうもいかない。つまり、奴らとの全力戦闘は絶対に避けるべきということだ。

「厄介だな。どう見てもブラックロータスよりもあっちのほうが足が速そうだ」

「小型艦と中型艦で編成されているからね。中型艦も火力と速度を重視したタイプに見えるし」

ブラックロータスへの帰り道で停泊しているマリーのものと思《おぼ》しき船団の船を見ながらエルマと言葉を交わす。

改造の末に元からの形を大きく変えている船が多いのか、それとも単に俺の知識にない船なのか、どうにも機種名や性能の判別がつかない船が多い。ただ、停泊している船はどの船もメインスラスターが多かったり大型だったりするので、やはりどれも足は速そうである。この構成を見る限り、マリーの船団は追跡や強襲などを得意としているのではないだろうか。

「三倍くらいまでの数なら返り討ちにするのも不可能じゃないと思うんだけどな」

「ざっと見た限り中型五隻、小型七隻ってところかしら。傭兵が率いる船団としては最大クラスでしょうね」

小型艦でクリシュナを押さえている間に中型艦五隻の火力で叩《たた》かれると、流石のブラックロータスも無事では済まない。シールドも装甲も分厚いブラックロータスだが、その分機動性はあまり高くないからな。敵の攻撃を回避するのは実質的に不可能だ。

「戦力分析はこのくらいにしておこう。とにかく何の策もなしに真正面から事を構えるのは危なそうだ。それは間違いない」

「そうね。別にあの女がこっちに手を出してくるってのが決まっているわけでもないし」

「そう簡単に手を出せるものでもないしな」

「通報で一発アウトだものね」

星系軍が組織されていない最辺境領域《エッジワールド》ならいざ知らず、このリーフィル星系のようにしっかりと星系軍が組織されている星系で正規のＩＤを持った船が同じく正規のＩＤを持つ船を襲うのは非常にリスキーである。通報すれば即座に犯罪記録が作られるし、そうなれば襲った側は晴れて宙賊と同じく賞金首の仲間入りだ。

まともなコロニーには入港できなくなるし、入港ができなければ酸素や水、食料の補給が受けられなくなって窒息死するか乾いて死ぬか飢えて死ぬかするしかなくなる。船の整備も受けられなくなるから、そのうち船も故障して動かなくなる。それこそ宙賊の仲間入りをして宙賊として生きる以外の道はなくなるだろう。

つまり、ゴールドランカーとしての地位も名声も何もかも失うことになるわけだ。

「まぁ、それを気にする相手なら警戒する必要も無いんだがな」

「流石に気にするでしょ」

「だと良いなぁ」

通報に関しては抜け道が無いわけでもないからな。要は通報をできなくしてしまえば良いんだから、妨害する方法なんていくらでもある。単純に戦場で強力なジャミングをかけるのでもいいし、もっとスマートにやるなら通信に割り込んで内容を意味のないデータに改竄《かいざん》してしまうって方法もある。発信側でなく受信側――コロニーの通信ネットワークに攻撃を仕掛けて通報を受け取れないように予《あらかじ》めダウンさせておくって手もあるしな。

犯罪行為を行えば神の目のようなものに見られて自動的に犯罪記録が作成されるというわけではないのだ。人が作ったシステムなのだから、完璧《かんぺき》ではない所も多分に存在する。イリーガルな装備だが、ある程度の範囲に強力なジャミングを発生させる小型衛星なんてのもＳＯＬ《ステラオンライン》にはあったからな。やりようはいくらでもあるだろう。

「とりあえず出歩くのはヤメだ。リーフィルⅣへの降下申請が下りるまでは引き籠《こ》もるぞ」

「アイアイサー。何事も無ければ良いけどね」

「俺はもう半ば諦《あきら》めている」

こんなことならリーフィル星系に来るのは後回しにすればよかったな。先にどこかのハイテク星系に行ってエルマの船と新しいパワーアーマーを手に入れるべきだったたか……今更そう考えても後の祭りだな。仕方がない、今打てる最善の手を打ちながら何事もないように精々祈っておくとしよう。

☆★☆

ブラックロータスに戻った俺は全員を休憩スペースの食堂に集め、キャプテン・マリーと遭遇した件と、今後の対応について皆と検討することにした。

「それでまた艦内に引き籠もるん？」

「そうせざるをえんな」

「具体的にその……マリーさんでしたっけ？　どういう風に危ないんですか？」

「どういう風に、か……感覚的な話だから説明するのが難しいな」

あの感覚をなんと言えば良いんだろうか？　奴と対峙《たいじ》した瞬間に感じた好奇と嗜虐《しぎやく》の視線、粘っこい笑み、退廃的な雰囲気、獲物を嬲《なぶ》ろうとする肉食獣の気配、そういった全《すべ》てのものが気に入らない――ということを説明したところ、エルマが同意するように頷《うなず》いた。

「確かになんだかニヤニヤしてて気味が悪いとは思ったけどね……何よりヒロが美人に対していきなり塩対応なのがびっくりしたわ」

「美人さんだったんですか？」

「美人だったか……？　派手な女だとは思ったが、美人なんて感想を抱く余裕は無かったな」

派手な髪の色と場違いな感じの服装と、あと今思い返してみると装飾品をじゃらじゃら身につけていたような気がするな。後はもう不吉で気に入らないという印象しかない。

「エルマ姐《ねえ》さんから見て美人だったのに、兄さんが美人って印象を抱いてないって相当やな」

「人のこと無類の女好きみたいに言うのやめてくれんか？」

そう言ったら皆に鼻で笑われたり苦笑されたりした。ちくしょうおまえらはばかだ。

「お兄さんの懸念が現実だとしても、現状何か仕掛けられたわけでもないので引き籠もるくらいしか対処方法がないというわけですね」

「そういうことになるわね。ああ、でもそうなるとシータに降りる時にブラックロータスを置いていくのは不用心ね。ちょっと面倒なことになりそうだけど、総合港湾施設に降りたほうが良いんじゃない？」

「そうだな。そこはプランを変更しよう」

一等市民権を持っている俺達と違ってあいつらはそれほど容易に惑星上居住地であるリーフィルⅣ――シータに降下することなどできないだろう。惑星に降下さえしてしまえばあの女に対する心配はとりあえずなくなる。

「ヒロ様がそこまで警戒する相手ですか……」

「興味本位で関わったりするんじゃないぞ。絶対後悔することになる」

興味深げな様子で考え込んでいるティニアに警告すると、彼女は素直に頷いた。

「勿論《もちろん》です。私が興味を持ったのはそちらではなく、ヒロ様の方です」

「俺？」

「はい。今までに今回と同じようなことはありましたか？　所謂《いわゆる》第六感的な感覚を強く感じるようなことです」

「些細《ささい》な虫の知らせみたいなものはあったかもしれないが、ここまで強烈なのは初めてだな」

顔を合わせた途端に『敵である』と断定するような体験は今までの人生の中でも覚えがない。ある意味で鮮烈な体験だったな。

「もしかしたらそれがヒロ様が得意とする魔法体系なのかもしれません。精神感応なのか、それとも別の何かなのかはわかりませんが」

「俺の得意とする魔法体系ねぇ……」

正直ピンとこない。でも、今でも息を止めるだけで周囲の時間の流れが遅くなるなんて能力を使ってる身だしなぁ……あの女に感じたものが何なのかはわからんが、これが例の『目を開かせる』だかなんだかって修練の成果なのかね？

「この件に感しては考えても仕方無さそうに思えるな。ミリアムも俺の得意な魔法の判別はつかないって言ってたろ」

「そうですね。なので、私から言えることはその感覚を大事にして欲しいということです。きっとそれがヒロ様の魔法体系の芽生えだと思いますから」

「直感を信じろってことか。オーケー、覚えておく」

魔法の芽生えねぇ。本当にピンとこないが、ティニアがこんなに真面目《まじめ》に言うのであれば、これはきっと重要なことなんだろう。

「それもしても引き籠もるってなんか怖がってるみたいでかっこ悪くない？」

「そうは言うが、それで迂闊《うかつ》に外出して誰《だれ》か誘拐でもされたらことだぞ？　俺の嫌な予想が当たっていたら、その先に待っているのは考えるのも嫌になる末路だぜ？」

「嫌な予想って言うと……まさか、あの女がレッドフラッグと繋《つな》がってるってこと？　いくらなんでもそれはないんじゃない？　相手はゴールドランカーよ？」

俺の考えを読んだエルマが眉間《みけん》に皺《しわ》を寄せる。そうか、エルマはそこまでは考えていなかったのか。

「そうは言うがな、エルマ。あいつは『幸運な収奪者《ラッキールーター》』なんだろう？　何か賭《か》けても良いが、二つ名の理由は幸運にも宙賊からの略奪品を大量に手に入れたとか、よく宙賊が溜《た》め込んでいるお宝を見つけるだとかそんなのに違いないぞ」

「そうだとしても、それは何かコツみたいなものを掴《つか》んでるとか、単に運が良いだけかもしれないじゃない。直感だけで宙賊と繋がってるって決めつけるのはいかがなものかと思うけど」

「それは確かにそうだな。今の俺が垂れ流しているのはただの妄想と誹謗《ひぼう》中傷だな。だからメイに裏を取ってもらっている」

先程から特に俺達の会話に口を挟まずに俺の座っている席の斜め後ろに控えているメイはその有り余る処理速度を駆使してキャプテン・『ラッキールーター』・マリーの情報を集め、分析してくれている。

「傭兵ギルドだって馬鹿じゃないわ。しっかりと情報の分析はしているし、疑わしいならゴールドランカーになんてしないと思うけど」

「それはメイの分析結果を聞いてから判断したいところだな」

とは言え、エルマの言うことにも一理ある。傭兵ギルドだって馬鹿じゃない。ランク昇進の際にはある程度人柄も見る筈《はず》――いや、見るか？　俺は実力を示しただけでトントン拍子でブロンズからプラチナまで駆け上がったぞ？

まぁ、俺の実績は基本的に対宙賊にせよ対結晶生命体にせよセレナ中佐絡みで誤魔化《ごまか》しがきかない状況だったし、クリスを助けた件に関しては港湾管理局にも記録が残っていて、その後はダレインワルド伯爵家経由で俺の行状も正式に伝わっている筈だから疑問を差し挟む余地がなかっただけかもしれんが。ゴールドスターの受勲だの御前試合だのの辺りに関しては帝室案件だしな。

「あんたは特殊なケースだからね？」

「俺の心を読まないでくれ」

「わかりやすいのよ、あんたの考えてることは」

「それは確かに」

「せやな」

「そうだね」

「ひどい」

なんだろう。結託して僕をいじめるのやめてもらっていいですか？　まぁ神経質になり過ぎている自覚はあるし、そんな俺を和ませようとしてくれているんだよな、きっと。そうだよな？

などとじゃれ合っていると、突如メイが声を発した。

「ご主人様、キャプテン・マリーの調査が完了致しました」

「早いな？　聞かせてくれ」

「はい。ご主人様の推測通り、キャプテン・マリーに『幸運な収奪者《ラッキールーター》』という渾名《あだな》がついた経緯は宙賊が深宇宙や小惑星帯などに隠匿している物資を略奪することが多いから、というもののようです。実際のところ、彼女が率いるクリムゾンランスの物資略奪量は他の傭兵《ようへい》の平均値を大きく上回っています」
「当然、宙賊との癒着を疑われているはずだよな？」
俺の言葉にメイは静かに頷いた。
「はい。傭兵ギルドも不審に思っているのか、何度かキャプテン・マリーを調査した形跡がありま
す。しかし、確たる証拠を掴むことはできなかったようです。また、キャプテン・マリーは物資の
略奪だけでなく、しっかりと宙賊討伐においても実績を積んでいます。クリムゾンランス全体の戦
績としては累計でご主人様と同等か、それ以上の数の宙賊を討伐していますね。また、捕らえた宙
賊への尋問や回収したデータストレージの分析などによって宙賊の拠点の位置も多く特定していま
す。こちらも他の傭兵の平均値を大きく上回っていますね」
「つまり、疑いを向けられつつもクリムゾンランス全体の姿勢としては宙賊を真面目に狩っている
から、傭兵としては真っ当だろうと思われているわけね」
「はい。略奪品の発見率、宙賊拠点の発見率、そのどちらにおいても平均値を大きく上回る――言
わば異常値とも言える数値を叩き出していますが、何らかのコツやノウハウがあるのだろうと傭兵
ギルドは結論づけているようですね。キャプテン・マリーもそのように公言しています。彼女曰《いわ》く、
ちょっとしたコツさえ掴めば見つけるのは難しくないそうです」
「ほーん……そんなもんなん？」
「一概に否定はできんがなぁ……」
一応、ＳＯＬでも宙賊が隠した物資やお宝を手に入れるイベントはあった。基本的には撃破した
宙賊艦のデータストレージを解析し、お宝が隠してある座標を入手して漁《あさ》るという流れだったが、

隠し物資の座標を手に入れられる確率は非常に低く、狙《ねら》って漁ることは難しいというのが俺の認識だ。

「狙ってできるものじゃないわよね」

「だな。まぁ何か秘訣《ひけつ》があるとか、そういうのを探すのに役立つ特別な装備を持っているとかならあり得なくはないが……正直、宙賊と繋がっているって考えるほうが簡単ではあるよな」

「仮に繋がっているとして、それだと宙賊を沢山撃破しているっていうのは矛盾しませんか？」

「別に矛盾はしないんやない？　宙賊だって一枚岩ってわけじゃないやろ。レッドフラッグの邪魔になる宙賊を傭兵として始末してるんやないかな」

「ああ、なるほど。そう考えると自然ですね」

ティニアの発言にティーナが反論する。確かにその線はあるよな。実際のところ、隠された略奪品を見つけたっていうのがそもそも真《ま》っ赤《か》な嘘《うそ》で、そうやって自分達に都合の悪い宙賊を始末して手に入れた略奪品かもしれないし、或《ある》いは単に宙賊からそのまま横流しされた品かもしれない。

宙賊が民間船を襲撃して略奪した品を「宙賊が隠していた物資を見つけた」ということにしてクリムゾンランスが引き取って合法的に現金化している、って線もあるな。

「ただ、これ疑い始めるとキリがないんじゃないですか？　結局わかったのは傭兵ギルドが疑惑を抱くレベルでそのマリーっていう女の傭兵団が略奪品や宙賊の拠点を見つけてるってことだけですよね？」

「それはそうだな。結局傭兵ギルドも尻尾《しっぽ》を掴むことはできていないみたいだし……そうだとしても俺は俺の直感を信じたいと思うが」

あの直感はなんというかこう……自分で言うのもなんだが、天啓じみた感覚だった。全力で心と身体《からだ》があの女を拒否してる感じだったからな。初対面の相手を敵だと確信するとか、どう考えても普通じゃないと思うんだ。

「やっぱちょっと神経質になってない？　大丈夫？　おっぱい揉《も》む？」

「揉む」

エルマの申し出に俺は秒で全ての考えを放棄し、彼女の胸に顔を埋《うず》めることにした。うーん、ミミほどのボリュームは無いがこれはこれで。なんか良い匂《にお》いもするし最高だな。心が癒やされる。

「兄さん欲望に忠実すぎひん？」

仕方ないじゃない、男の子だもの。

まぁ、うだうだと話をしたけど結局のところ収穫はなしってことだ。俺の疑念がただの思い過ごしなら良いんだけどな。

どちらにせよ一度シータに降りてしまえば奴《やつ》らは追って来られないだろうし、よしんば奴らもシータに降りてきたとしても惑星上じゃそうちょっかいをかけることもできまい。何かやらかした場合は発覚する可能性が非常に高いからな。広大な宇宙空間に比べれば惑星の大気圏内なんてのはあまりに狭すぎる。対艦戦闘出力でレーザー砲なんぞぶっ放したらすぐにでも惑星防衛の任に就いている星系軍がかっ飛んでくるだろう。

結局、この日は艦外に出ることもできないし、降下申請が下りなければコロニーから出ることもないということで、ブラックロータスの中でイチャイチャだらだらと過ごすことになった。

☆★☆

翌日。どことなく気怠《けだる》い雰囲気の漂う船内の空気に逆らわず、休憩スペースのソファでだらりと過ごす。ソファに深く腰掛ける俺を背もたれのようにしてミミが座り、俺の右脇にはティニアがぴったりとくっつき、左脇には整備士姉妹がピッタリとくっついている。ついでにソファの後ろからメイが俺の首に抱きついている。頭に触れる柔らかい感触がグッド。

「……あんた達、暑くないの？」

そんな俺達から距離を取った場所で昼間からビールを飲んでいるエルマがジト目を向けてくる。

「俺は全然」

「私がご主人様を程よく冷やしていますので」

そう、俺の首や頭に触れているメイの身体がひんやりしているのだ。どうやら冷却装置をフル稼働させているらしい。流石《さすが》はパーフェクトなメイドだぜ。普通のメイドにはできないことを平然とやってのける。

ちなみにこんなに固まって何をやっているのかと言うと、俺が買い集めたデータチップに入っているレトロムービーの鑑賞会である。今回のデータチップにはホラームービーが沢山入っているようで、最初は普通に並んで座って見ていたのだが、いつの間にかこういう状態になっていた。

ちなみに今流れている映画はハイパーレーン内を航行中の民間宇宙船で乗組員が次々と殺されていくというサスペンスホラーもので、乗組員同士で互いが犯人であるという疑心暗鬼に陥り、終《しま》いには犯人と思われる乗組員に対する追放投票を行って、最多得票者をハイパーレーン内に放逐していくという内容である。当然ハイパーレーン内に生身で放逐などされたら死ぬ――というか行方《ゆくえ》不明になってどうなったのかもよくわからないことになる。

「犯人はブルーやろ。自分はやってないってアピールが必死過ぎるわ」

「うーん、グリーンじゃないかなぁ？　だってブルーは前回の殺人の時にブラックとずっと一緒に行動してたよね？　それじゃ絶対に前回の殺人は起こせないよ」

「でもブラックって今までパープルを追放する流れになってからそれを後押ししたりして、乗組員の数を減らすことに積極的すぎて怪しくないですか？」

「確かに積極的に他人を吊《つ》り――追放しにいってる感じがあるな。最初にパープルが追放された時に口許《くちもと》を隠してたけど、なんかあれ悲しんでいるってよりはほくそ笑んでるのを隠しているようにも見えたし」

「ヒロ様は細かいところまでよく見ていますね……」

「私はなんもわかんないわ」

「そりゃ酒呑《の》んで酔っ払ってるからだろ」

ブルーとかグリーンとかブラックとかは登場人物達の名前――というかコードネームというかコールサインみたいなものである。実際に色通りのものを身に付けていたり、服装がそういう色で統一されていたりして非常にわかりやすい。

ちなみにメイは犯人の推理論議には加わっていない。こういうのをメイが本気で分析すると高確率で犯人を当てちゃうからな。

ちなみに映画は最終的に裏切り者をなんとか船外に追放したと思ったら、実は裏切り者はもう一人いて、最後は目の前で乗組員を刺殺したもう一人の犯人が無表情のまま凶器を手に最後の生き残りへと迫ってくるというシーンで終わった。

「犯人は二人だったかー」

「ヒロ様の言う通りブラックも犯人でしたね」

「わかりやすいグリーンって犯人を出して、アクションシーンの末になんとか倒したところに絶望感を突きつけてくる演出は良かったたな」

「仲間が一人ずつ殺されていくのとか怖かったですし、追放される人の命乞《いのちご》いが真に迫ってて凄《すご》かったですね」

「本当に船外に追放されてたりしてね」

「怖いことを言うのやめろよ、洒落《しゃれ》にならん」

スナッフフィルムじゃねぇんだから……いや、この世界だと撮影機器なんかも随分と進化しているから、実は今流していた映画は映画ではなく実際に起こった事件を編集して映像化したものですって線も無くはないんだよな。まぁ、スタッフロールを見る限りこれは映画だな……ああ、スタッフロールと同時にＮＧシーンを流すのは俺は好きだよ。うん。

「次の映画はなんでしたっけ？」

「あー……『恐怖！　宇宙クモ！』だってよ」

「タイトルからそこはかとなく漂ってくるＢ級……いやＣ級臭やな」

「お姉ちゃん、見てみないことにはわからないよ」

「うーん、足が多くてわしゃわしゃしてるのは苦手なんですよね……」

「そう言えばグラァを見て悲鳴あげてたわね」

エルマが言っているグラァというのはリーフィルⅣ――シータ固有の虫で、蛇くらいの大きさがあるゲジゲジめいた生物である。滅茶苦茶《めちゃくちゃ》速く無数の足を動かして、やはり滅茶苦茶速く移動する。見た目はキモいが人やエルフを噛《か》んだりしないし、寧《むし》ろ毒性のある生物を積極的に狩る習性を持っている益虫であるらしい。俺も見た目がキモくて苦手だ。

ちなみに、宇宙クモの映画はホラーかと思いきやヒューマンである主人公と宇宙クモが種族を超えて愛を紡ぐハートフルストーリーだった。主人公が身を挺《てい》して他のクルー達から宇宙クモを守るシーンは感動モノだったたな。

ちなみに主人公以外の登場人物は全員死んだし、なんなら主人公も最後に宇宙クモとの『愛の結晶』をその身に宿していた。孵化《ふか》したらそれどうなるんですかねぇ……？

「夢に見そうです……」

「純愛……かなぁ？」

「……ある意味では？」

「愛故に、とは言うけどどこれだけ周囲を巻き込むと巻き込まれる方はたまったもんじゃないわね」

「同感です」

「興味深い内容でした」

メイ、君が言うと洒落にならんから勘弁してくれ。

「ご主人様、リーフィル星系統治機構から降下申請の許可が下りました」

「お？　思ったより早かったな。それじゃあ早速降下するか」

急遽《きゅうきょ》予定を変えて以前利用した総合港湾施設にブラックロータスで降下させてもらえるように申請内容を変更したのだが、問題なく承認されたらしい。

マリーの件があるからな。戦力を分散するのは危険だと判断したというわけだ。状況的に考えてそう簡単に俺達に手を出してくるとは思えないが、何か俺が予想もしない手を使ってくる可能性もある。万が一を考えればブラックロータスごと降下するのが良いだろう。

「警戒し過ぎな気もするんだけどねぇ」

「警戒してそれで取り越し苦労で済んだらそれはそれで良いさ。こっちがしっかり警戒したから相手が諦《あきら》めたのかもしれないしな」

問題はミンファ氏族領にある総合港湾施設を利用することでまたグラード氏族やミンファ氏族に付きまとわれるかもしれないということだが……まぁ今回は御神木の種の返却とティニアの帰還、それにウィルローズ本家に挨拶《あいさつ》をするだけだから、遠慮してくれと強く言えば大丈夫だろう。きっと。恐らく。メイビー。

#8：三十六計逃げるに如《し》かず

『間もなくリーフィルⅣの衛星軌道に入ります』

「降下目標はミンファ氏族領にある総合港湾施設だ。大気圏突入の際には特に衛星軌道やその更に外からの攻撃に注意してくれ」

『アイアイサー』

ブラックロータスのコックピットで船を制御するメイに指示を出しながら、俺はクリシュナのコックピットでいつでも出撃できるように待機しつつ、ブラックロータスの各種センサーが拾ったデータを精査していた。

「いるな」

「いるわね」

「いますね」

同様にセンサーの情報を精査していたエルマとミミも俺と同時に声を上げる。ブラックロータスのセンサーには衛星軌道を高速で移動している星系軍所属ではない傭兵《ようへい》ギルド所属の小型艦の影が映っていた。調べてみれば案の定クリムゾンランス所属の偵察艦である。

無論、俺達が見つけているということはメイも見つけているだろう。隠れる場所もない衛星軌道上ではどうにもならないと開き直っているのか、自らの存在を隠す素振りもない。

「多分ありゃ電子戦特化の高速偵察艦だな？」

「形状を見る限りはそれっぽいわね」

「形状からわかるんですか？」

「ある程度はな。機体が小さくて軽そうなのにメインエンジンが二基、その割に姿勢制御スラスターの数は少なめ、これは格闘戦を想定していない、真《ま》っ直《す》ぐ特化の機体特性――つまり然《しか》るべき場所に超高速で駆けつけて、何かあったら速攻で逃げるって構成だ。でも機体の各所に不自然な出っ張りが多いだろう？　あれは追加のセンサーアレイだな」

「レドームの形状は大体どれもおなじようなものだものね、見た目にわかりやすいわ」

航宙艦は基本的にシールドで守られてはいるが、それでも繊細なセンサー類をそのまま露出させていれば不具合が起こる可能性は高くなる。だからセンサー類を保護するためのレドームの存在は不可欠なわけだが――やはり追加のセンサーアレイをつけるとなると、それらを守るためのレドームがボコボコと機体表面に生えて、ああやって多少不格好になってしまうわけだ。

俺達の説明を聞いたミミとティニアが感心している。この辺の知識と経験はある程度長く、そして多くの船を見ないとなかなか身につかないんだよな。

「油断させるための囮《おとり》かと思ったが、とりあえずは現時点で襲いかかってきそうな連中はいないな」

「そうね。まぁ、こんなところで仕掛けてきたら静止軌道上で警備してる星系軍が駆けつけてくるだろうけど」

「でも、形振《なりふ》り構わず私達を撃墜するつもりなら仕掛けどころではありますよね？」

「全《すべ》てを捨てて刺し違える覚悟ならな。しかしどういう名目で衛星軌道まで侵入してるのかね、あの機体」

「さぁ？　案外正式な星系軍の警備補助任務とかかもね」

「ああ、その手があるか」

もしかしたら昨日《きのう》マリーが傭兵ギルドに足を運んでいたのはその件かもしれないな。電子戦能力に特化した高速偵察機があるんだけど、リーフィルⅣの防衛任務の支援に使ってみないか？　みたいな感じで傭兵ギルド経由で持ちかけたのかもしれない。とりあえずお試しってことで値段を安く設定すれば、星系軍も提案に乗るかもしれないな。特に今は二度も宙賊の降下襲撃を許した直後でもあるから、できる手は何でも打っておきたいと考えているだろうし。

「リーフィルプライムコロニーから追跡してきた感じではなかったですし、本当にそうかもしれませんね」

「だな。まぁどんな経緯であそこに居るにせよ、俺達からは手を出せないな」

「放置する他ないわね」

あの船がどれだけの情報収集能力を持っているのかはわからないが、本当にどうしようもないからな。ブラックロータスにもクリシュナにもステルス状態で惑星降下を行うような機能は無いから、俺達がどこに降りるかは完璧《かんぺき》に把握されるだろう。もしかしたらクリシュナでローゼ氏族領に移動するのも把握されるかもしれない。でも、本当にこればかりは解決手段が全く無いな。ここで手を出したらお尋ね者になるのは俺達の方だ。

『ご主人様、突入軌道への進入に成功しました。二分後に大気圏へ突入致します』

「了解。恐らく大丈夫だと思うが、念の為《ため》警戒は続けてくれ」

『はい。お任せください』

　メイが返事をしてから程なくしてブラックロータスが大気圏への突入を始めた。断熱圧縮によって発生した熱がブラックロータスのシールドの向こう側でプラズマを形成し、激しく発光する。

「綺麗《きれい》ですよねー」

「そ、そうですか？　私は少し怖いですけど」

　ミミの呑気《のんき》な感想にティニアが緊張に身を固くしながら応じている。

　大気圏突入時に様々な理由で燃え尽きたり爆発四散したりする創作物に結構触れてきた俺としては綺麗だなぁという感想よりティニアと同じく不安感の方が勝るんだが、なんでも純粋な目で見て綺麗だなと思うことができるミミの無垢《むく》な感性を否定はしたくない。なので適当に相槌《あいづち》を――。

「たまに謎の感性を発揮するわよね、ミミって」

「えーっ⁉」

　エルマに心無い言葉を浴びせられたミミが「ガーン⁉」とでも効果音がつきそうな愕然《がくぜん》とした表情をして涙目になっている。まぁその、俺も言葉に出さなかっただけで同じようなことを思っていたからエルマにとやかく言うことはできんな。うん、俺は黙っておこう。

『ご主人様、大気圏への突入を完了致しました。減速しつつ目標地点へと移動中です。到着まであと三十分ほどとなります』

　到着まで三十分か。いくらシールドによって空気抵抗を大幅に低減し、反重力機構により重量を誤魔化《ごまか》せるとはいえ、大気圏内では宇宙空間ほどの速度は出せない。

「了解。船の制御ご苦労さん。俺達はこのままクリシュナで待機する」

『承知致しました。ティーナ様とウィスカ様にも連絡しておきます』

「頼んだ」

ブラックロータスのコックピットにいるメイとの通信が切れる。いつの間にかメイはティーナとウィスカに対しても様をつけて呼ぶようになった。前まではさん付けだったんだけどな。一体いつ頃《ごろ》からそう呼び出したのかは俺も覚えていない。恐らくだが、そう呼び始めた時点でメイの中で俺と姉妹がそういう関係になるのは確定事項だったんだろうな。

「今更なんだが、ティニアを先に送らなくても良かったのか？」

「……お邪魔ですか？」

「いやそういう意味でなく。お預かりしている娘さんを親元に帰すのを優先するのは当たり前だろ？　一般論として」

ティニアにとても悲しげな表情をされてしまって思わず慌てる。そんな泣きそうな顔をしないで欲しい。俺が悪者みたいじゃないか。

「情勢もまだわからないんだし、急ぐことはないわよ。暫《しばら》くシータで時間を潰《つぶ》すんでしょ？」

「そのつもりだ」

シータでのんびりしている間にあの不吉な女が何処《どこ》かへ行ってくれれば儲《もう》けものだからな。それでトラブルが避けられるなら万々歳だ。

とりあえず、総合宇宙港に着いた後はそのままクリシュナで飛び立ってローゼ氏族領のウィルローズ本家へと直行する予定だ。フライトスケジュールの申請やホテルの手配も済ませてある。この辺りの手続きはミミに任せておけば安心だ。

『にいさーん、入れてー』

「あいよ、今開ける」

ティーナが外からハッチ開放の申請を出してきたので、すぐに承認しておく。すると、少しして騒々しい声がコックピットへと近づいてきた。

「邪魔すんでー！」

「邪魔すんなら帰ってー」

「ほなさいならーって、なんでやねーん！」

「お、お姉ちゃん。あんまり騒いじゃ駄目だよ」

大荷物を抱えたティーナが俺の反応に軽快なツッコミを入れてくる。このネタ、この世界でも通じるんだな。

「なんで兄さんが下町ドワーフの定番ネタ知っとるん？」

「一般教養だからな」

「一般教養……？」

ウィスカが本気の困惑の眼差《まなざ》しを向けてくる。エルマはなんとなく察したのか、ジト目で見てきてるな。はい、元の世界ネタです。まさか通じるとは思わんかったんや。

「何を抱えてきたんだ？」

「ん？　複座のサブシートやで」

「ああ、前にやっつけで作ってた」

「ちゃんと改良して座り心地も安全性も良い感じにしたんですよ」

そう言いながら姉妹は工具を使って手早くサブシートを一人用のものからドワーフ二人が座れるものへと取り替えていく。二人が直接工具を使って作業をするのは珍しいように思うけど、やっぱり器用だな。

二人がサブシートを取り替えて外した元のサブシートを物置に放り込んできたところでメイの声が聞こえてきた。

『あと五分で総合港湾施設に着陸いたします。衝撃にご注意ください』

「了解。気をつけてな」

『はい、お任せください』

着陸に関してはメイに任せておけば安心だ。とりあえず、俺は全員にしっかりとシートベルトの装着を徹底させるとしよう。

☆★☆

「お待たせ致しました」

「いや、それよりもブラックロータスの操縦ご苦労さん。次は俺の華麗なフライトを満喫してくれ」

「はい。楽しみにしております」

そう言いながら整備士姉妹が座っているサブシートの近くにメイが立つ。メイの能力をもってすればシートベルトなど必要ないということだな。もっとも、彼女の体重は今コックピットにいる人員の中でも最大なので、万が一衝撃とかで吹っ飛んだ日には大変なことになるんだが。

「ミミ、管制に離陸申請を出してくれ」

「アイアイサー！」

ミミが総合港湾施設の航空管制室に離陸申請を行う。基本はコロニーなどの入出港申請と同じだが、離着陸のタイミングなどはかなり厳密に指示される。まぁ、大気圏内ってのは宇宙に比べれば飛行できる空間が圧倒的に狭い上に、重力の影響もある。ちゃんとした航空管制に従って飛ばないと大変に危険だからな。特に離着陸時は事故が起きやすいし。

もっとも、今の科学技術で作られた航空機には低出力のシールドが装備されているようで、バードストライクや着氷などの外的要因による事故は大幅に減っているらしいけど。

え？　航空客車？　あれは科学技術じゃなくてサイオニック技術系の航空機だから知らん。この前の墜落を機に安全性の向上に努めてもらいたいところだな。

『こちら航空管制。クリシュナ、発進どうぞ。ガイドビーコンに従ってください』

「了解。クリシュナ、発進する」

航空管制に従い、ブラックロータスの後部ハッチからゆっくりと発進する。メインスクリーン上に表示されているガイドビーコン通りに船を動かすだけだからな。簡単なものだ。

「ミミ、ブラックロータスのロックとシールド起動」

「アイアイサー。ハッチロック、シールド起動しました」

「以後の管理はメイに一任。何かあったらすぐに言ってくれ」

「はい。お任せください」

流石《さすが》にブラックロータスに何か悪さをするような奴《やつ》はシータには居ないと思うが、万が一があるからな。長期間船を離れる以上はセキュリティはしっかりしておく必要がある。

「おー、やっぱ宇宙空間と違って地表の景色《けしき》は新鮮に見えるなぁ」

「やっぱり景色に上下があるからじゃないかな？」

サブシートに並んで座っている整備士姉妹が楽しそうに会話をしているのを聞きながら、ガイドビーコンに従って総合港湾施設の航空管制圏内から離脱する。ここまで来ればある程度は自由に飛べるようになる。まぁ、速度制限とか高度制限とかはあるんだけども。何せクリシュナは巡航速度でも軽く音速の二倍強は出るからな。そんな速度で地表スレスレを飛んだら衝撃波で地表がとんでもないことになる。

「どれくらいで着くんだっけ？」

「巡航速度で二時間弱ってとこね。凡《およ》そ五千キロメートルの空の旅ってとこかしら」

「五千キロメートルですか……改めて距離にして聞くと、やっぱり惑星って大きいですよね」

「そりゃコロニーなんかとは比べ物にならないよなぁ」

コロニーの大きさなんてのもまちまちだが、所謂《いわゆる》メガコロニーと呼ばれるような大型コロニーでも人口は百万人程度と言われている。あまり一つのコロニーを大きくしすぎると資材面でも運営の面でも効率が悪くなるようで、グラッカン帝国では居住人数が概《おおむ》ね五十万人以下のコロニーが標準的であるらしい。

色々な星系を旅する際に俺達が着陸するのは基本的に交易コロニーだが、その他にも資源採掘コロニーや研究開発コロニー、食糧生産コロニー、星系軍や帝国航宙軍が詰めている防衛ステーションなど、一つの星系内に実に多くのコロニーやステーションが存在している。用が無いから基本立ち寄ることはないけど。

まぁ、実際のところ宇宙空間に作るコロニーはあまり多くの人口を収容できるものではないというわけだ。だから各銀河帝国は植民できる惑星を確保するために他国と争ったり、支配圏の拡大を狙《ねら》って外宇宙――所謂エッジワールドの探査をしている。

クリス――というかダレインワルド伯爵家が行なっていたテラフォーミング事業にグラッカン帝国が大いに注目し、帝国航宙軍まで派遣して力添えしたのは新規居住惑星確保がグラッカン帝国そのものの国力を上げることに繋《つな》がる重大な案件だったから、というわけだな。

じゃあ何故《なぜ》宇宙空間に人口収容効率の悪いコロニーなんぞを作っているのかというと、宇宙空間に存在する小惑星やガス惑星などから得られる資源を採集し、製品化する際にわざわざ資源を惑星の地表まで運んで加工し、また宇宙空間に上げるというのは非常に効率が悪いからだ。

宇宙空間で資源を採集し、高効率の太陽光発電で加工に必要なエネルギーを確保し、製品へと加工する。特に巨大な航宙艦などを建造する場合には重力の小さな――あるいは無重力の――空間のほうが効率が良いとかなんとか。

俺に理解できたのはそれくらいまでで、技術の発展によってどうのこうの、ハイパードライブ技術の発展によってどうのこうの、ゲートウェイネットワークの整備によってどうのこうのと色々あって、今はメガコロニーを超える星系クラスの超巨大構造物を建築して、そこに大量の人民を住まわせるなんてプロジェクトも進行しているらしい。

もっとも、現行の居住惑星を帝都と同じように構造物で覆ってエキュメノポリス化するのが先だとか、いいや星系一つをまるごと使った超巨大構造物構想を進めるべきだとか、それよりもまずは居住惑星を確保すべく版図の拡大を目指すのが先決だとか、勢力圏内の惑星をテラフォーミングするのが先だとか、グラッカン帝国上層部でも意見が割れているのだという。

前に俺が休憩がてらブラックロータスの休憩スペースでなんとなしに調べていたら、ふらりと現れたメイが懇切丁寧にそう教えてくれた。何故かこういうことを調べているとふらりとメイが現れて色々と教えてくれるんだよな。

うん、何故かなんてのは想像がついているから追究していないだけだ。藪《やぶ》を突《つつ》いて蛇を出すのはごめんなので、この件についてはあまり突っ込んで考えないようにしようと心に決めている。きっとこれは監視ではない、見守ってくれているのだ。そう解釈しておけば俺の心の平穏は保たれる。

そうして雑談をしながら飛ぶこと二時間弱。俺が操縦するクリシュナは無事ローゼ氏族領の中央空港に到達していた。

「なんだかローゼ氏族領ってミンファ氏族領やグラード氏族領とは雰囲気が全然違いますよね」

「そうだな。高層ビルだらけだし。緑が無いわけじゃないけど、それも含めてしっかりと手が入って管理されてるって感じだ」

中央空港の管制に従って船を進ませ、指定された停泊地点にクリシュナを着陸させる。こんな時もオートドッキング機能は大活躍だ。着艦要請後に管制圏内に入って起動すれば許可が出ると同時に自動で着艦してくれる。

「空港に着いたらこの後はどうするん？」

「ウィルローズ本家には連絡してあるわ。迎えを寄越《よこ》してくれるって話よ」

「ほー。エルマ姐《ねえ》さんの親戚《しんせき》は親切やね。なんかＶＩＰにでもなった気分や」

「多分本当にＶＩＰなんじゃねぇかな」

要因は色々あるが、まぁ大きくはティニア達の救出、その他にも御神木の種に関してとか、レッドフラッグ掃討作戦での戦果とか……まぁ本当に色々だな。

「相手はエルマの親戚だし多少気を抜いても大丈夫だと思うけど、失礼のないようにな。まぁ皆それぞれ仲良くなってたみたいだから心配は要らんと思うが」

「ヒロはサルマと仲良くなってたわよね」

「ああ、あの小さい子ですね。可愛《かわい》かったですよね、サルマちゃん」

「小さいって言っても歳《とし》はミミとそんなに変わらないというか、ちょっと歳上だけどな」

サルマというのはウィルローズ本家の子で、当然だがエルフの女の子だ。背丈はティーナやウィスカと変わらないくらいだったな。折れそうなくらいに華奢《きやしゃ》な身体《からだ》だったから、二人に比べるとだいぶ軽かったけど。

まぁ、いくら相手がエルフで見た目が幼気《いたいけ》に見えるとはいえ、御年十八歳の女性を女の子と称するのが正しいかどうかはわからんが。グラッカン帝国では一応十五歳で成人ってことになってるし。

「……冗談ですよね？」

「本当だぞ」

「兄さん、そんな子を膝《ひざ》の上に乗せて撫《な》で撫でしてたんか……!?」

「でもそれくらいティーナにもウィスカにもやるだろ」

「それはそうやね」

急に冷静になるじゃん。

十八歳の女の子を膝の上に抱っこして頭を撫で撫でしたり、くすぐりっこをして遊んだりくらい普通……いや普通ではないな？　サルマの見た目に引っ張られて気にもしていなかったが、だいぶアウトめなアウトだったのでは？

「まぁ子供相手だしノーカン。ノーカンで」

「帝国法上では成人だけどね」

なんてことを話している間にオートドッキング機能によって完璧《かんぺき》な着陸が完了した。後は準備をして船から降りるだけだな。一応何泊かする予定だから、色々と持っていかなきゃならんものもあるし。

☆★☆

「お待ちしておりました」

「あ、リリウムさん」

クリシュナから降り、空港へ着いた俺達を出迎えてくれたのは、以前シータを訪れた際に俺達の案内役として同行してくれたローゼ氏族のエルフの女性、リリウムだった。

「今日は……警戒されてらっしゃらないようですね」

リリウムさんが注意深く俺の手荷物を観察して呟《つぶや》く。

今日の俺の手荷物は一抱えほどのバッグが一つだけで、中身もちょっとした着替えや予備のエネルギーパック程度のものだ。いつぞやのようにサバイバルキットやら保存食やらを満載したクソデカバックパックというわけではない。

「そう言われると急に警戒したくなってきた」

「やめてください。あの一件で私、左遷されかかったんですからね？」

リリウムが真顔で胸の前でバッテンを作る。君が左遷されかかったとかいう話には興味はな――いやちょっと興味はある。でもあの墜落の件は別に俺達が悪いわけじゃないしな。航空客車が墜落した遠因は俺にあるような気がしなくもないが、俺だってあの時は自身の超能力じみた力のことなんてよく知らんかったし。

「貴女《あなた》を処罰したらローゼ氏族は不手際を認めることになるものね。そりゃ現状保留って形になるわ」

「立場的になんとも言い難いです……」

リリウムと俺達のやり取り、そしてエルマの発言を聞いたティニアが複雑な表情をする。俺達がグラード氏族の用意した航空客車で墜落した件に関して、ローゼ氏族は当初から航空客車の安全性に疑問を呈して通常の小型航宙艦などによる移動を提案していたという話だからな。

まぁ航空客車には低出力のシールドすらついていないし、通信能力なども最低限。しかも軽量化のために車体も然程《さほど》頑丈ではないと何かが起こった時にヤバい要素がてんこもりだったらしい。

墜落判明後の救出活動もローゼ氏族は小型航宙艦などによる迅速な捜索と救出を行おうとした。しかしそれもまた科学技術を毛嫌いするグラード氏族の猛反対で頓挫《とんざ》した。まぁ、結局紆余曲《うよきょく》折《せつ》の末にブチ切れたうちのクルーがクリシュナで駆けつけて俺とティニアを救助してくれたわけだが。

まぁ、その対応の不味《まず》さについては問題になったらしい。そりゃそうだろう。あの時の俺達は賓客待遇でグラード氏族領に向かっているところだったからな。そんな俺達を乗せた航空客車が墜落し、俺とティニアは遭難。救出はエルフの氏族間のいざこざで遅々として進まず、結局うちのクルー達が俺達を救出した。どう足掻《あが》いても責任問題である。

当然、ローゼ氏族は航空客車での送迎を強行した結果事故を起こしたグラード氏族と、それを後押ししたミンファ氏族を追及することになる。対するグラード氏族とミンファ氏族が突ける部分といえば、ローゼ氏族出身の案内役であるリリウムが俺とティニアを置いたまま墜落現場を立ち去ったという点くらいだ。

まぁ、それもかなり無理筋である。あの時は俺とティニアが乗っていた車両以外にも損害が出ていたという話だし、そもそも運転していたのはミンファ氏族出身のヒィシという男性エルフだった。彼としてもいつまで飛んでいられるかわからない状態でなんとかグラード氏族の集落なりなんなりに辿《たど》り着《つ》いて事故が起こったことを確実に伝える以上の選択肢はなかったことだろう。

当然、ローゼ氏族はそんな苦し紛れの責任追及など一蹴《いっしゅう》したに違いない。リリウムの対応に落度は何もないと言い放ったことだろう。そうなると、ローゼ氏族としてはリリウムを処分するわけにはいかない。結果として彼女の首は皮一枚で繋がったというわけだ。

「その後、各氏族の関係はどうだ?」

「宇宙空間並みの極寒ですよ。特にうちとグラード氏族の首脳陣は完全に一触即発ですね」

「おいおい、氏族間のいざこざに巻き込むのはやめてくれよ?」

「大丈夫ですよ。一触即発と言っても本当に首脳陣同士だけの話ですから。顔を合わせれば笑顔で罵《のの》り合って、取っ組み合いの喧嘩《けんか》になるくらいで」

「それはそれでどうなんだろう……？」

「鉄砲玉送りつけあっての殺し合いにならないだけマシやろ」

なんかティーナが物騒なことを言ってるな。鉄砲玉ってお前……マフィアやギャングじゃねぇんだから。

「我々としてはローゼ氏族が一番付き合いやすい相手でしょう。エルマ様のご血縁もいらっしゃいますし、テクノロジーに対する姿勢も一致するでしょうから」

ローゼ氏族はエルフの三氏族の中で科学技術の積極利用と宇宙進出を重視している先進派閥だ。親帝国派閥と言っても良い。

対外的な交渉とリーフィル星系の防衛に力を注いでおり、その性質上他星系との取引や帝国とのやり取りを牛耳る結果となっているため、三派閥の中で一番金を持っている。しかし、精霊との繋がりや伝統、魔法や精神主義的思想を重んじるグラード氏族とは相容《あいい》れず、中庸を行くミンファ氏族も今はトップが魔法に傾倒しているためあまり関係が良くないとか。

「まぁ、そうなるでしょうね。感覚的にも一般的な帝国臣民に近いものがあるし」

「あー、ティニアには悪いけど確かにそうかもな。テクノロジーアレルギーを拗《こじ》らせている連中とはちょっと相容れるのは難しそうだ。ゼッシュは話してみると普通だけど、それ以外がちょっとな」

ミンファ氏族とはあんまり関わっていないからよくわからんが。長《おさ》のミリアムはかなりエキセントリックな人だったけど。息子の方はまともだったな。

「足は用意してありますのでこちらへ。ＶＩＰ御用達《ごようたし》の豪華な車両ですよ」

「お、ええやん。兄さん、VIPやって、VIP。やたら広い車内でなんか高級そうなワインとかつまみとか出てくるんやきっと」

「ホロムービーの見過ぎと違うか？　というかいきなり酔っ払っていくつもりかお前は」

「大丈夫や。うちらにとって大概のワインはただのぶどうジュースと変わらんよって」

「そういう問題かなぁ……」

大丈夫じゃない。問題だ。というか心配そうに言いつつウィスカもちょっと期待してるね？　俺の目は誤魔化《ごまか》せんぞ。ちょっと口角が上がってますよ。

「高級おつまみ……」

うん、ミミは最近食いしん坊キャラに磨きがかかり過ぎている気がするな。嬉《うれ》しそうにも程がある。沢山食べてもっと育ってくれ。どことは言わないけど。

「大はしゃぎねぇ……」

「シータに降りてくるまで閉じこもってたぶんフラストレーションが溜《た》まってたのかね……」

「そうかもしれませんね……あの、あまり先方をお待たせしないほうが良いのでは？」

「そうだな。メイも行こう」

「はい、ご主人様」

浮かれているミミと整備士姉妹を追い立てるようにして空港を後にする。実は地表上を車両等で長距離移動した経験が無いので、俺もちょっと楽しみだったりするんだよな。帝都では基本クリシュナか超高速列車みたいな移動システムだったからな。

☆★☆

「地上用の移動車両ってこんな感じになってるんだな」

俺達が乗り込んだのは所謂《いわゆる》空飛ぶ車であった。大型トラックほどの大きさの車両で、クリシュナよりはだいぶ小さい。しかし内装はなかなかに豪華で、まるで高級ホテルのラウンジみたいな感じだ。俺が三人くらいは横に並んで座れる、座り心地の良い座席がL字型に配置されており、飲み物やおつまみ、果実類が揃《そろ》ったバーカウンターのようなものまで用意されている。しかも運転は完全自動化されているらしい。

「あんまり乗る機会無いわよね、私達は。都市部はこんな感じみたいよ？」

「都市部じゃないところはどんな風になっているんですか？」

「自動運転システムが普及していない場所では、航宙艦のようにパイロットシートが用意されている車両を手動で運転することになります。地上も空中も走行可能な車両が主に使われていますね」

「なるほどー」

ミミがおすすめされたお菓子を食べながらリリウムの説明に頷《うなず》いている。え？　整備士姉妹？　早速用意されていた高級ワインを空け始めたよ。もうこいつらのことは放置でいいんじゃないかな。

「ご主人様」

「どうした？」

「アレはどうするのですか？」

そう言ってメイが目を向けた先には何やらピカピカと光っている特級厄物——御神木の種があった。

「そりゃ勿論《もちろん》エルフに返すが？」

「なるほど。ご主人様がそう判断されるのであればそれが一番良いと思います」

「メイには何か考えがあるのか？」

「はい。アレはご主人様のサイオニックパワーを増幅し、強化する性質を持っていると推測されます。このまま所持されるのも一つの選択肢かと。ただ、その場合リーフィル星系のエルフとの間に深刻な亀裂を生じかねないので、その点を危惧《きぐ》しておりました」

なるほど？　確かにこれを所持し続ければ俺の謎パワーがもっと強くなる可能性は高いな。

「駄目駄目。どう考えても良い結果になると思えん。アレはティニアと一緒にエルフに返すよ」

「そうしていただけると助かります」

俺とメイの会話を聞いていたリリウムが胸を撫で下ろしながら呟く。俺がこの特級厄物をリーフィル星系の外に持ち出して帰ってこないとなると、リーフィル星系のエルフとしては大問題だからな。主に精霊信仰方面で。

ローゼ氏族はそこまで精霊信仰を重視していないようだけど、それでも拠《よ》り所《どころ》の一つではあるんだろうし、何より外から来た俺とローゼ氏族の配下であるウィルローズ家の分家の娘が信仰のご本尊とも言えるものを持ち去ったとなればローゼ氏族——というかウィルローズ本家の立場が悪くなることも考えられる。そんなリスクを冒してまで持っていきたいものでは断じて無い。

「間もなく氏族会館に到着します」

「はいよ。ほら、お前らそろそろ呑《の》むのやめろ」

ぶーたれるティーナの手からワインのボトルを取り上げ、車——車？　とにかく車両から降りる用意をする。よーし、まずはウィルローズ本家の皆さんに挨拶《あいさつ》を……ん？　氏族会館？

#9：シータ、再訪

リリウムに連れられて氏族会館――立派な高層ビルだ――に入り、エレベーターをスルーして一階の会議室のような場所に来た。

立派なミーティングテーブルが部屋の中央に設《しつら》えられた会議室だ。なんかこのテーブルはアレだな。ニュース映像で見るような、国の代表同士が会談とかしそうなやつ。

そんなテーブルの対面側には高級そうなスーツを身に着けたエルフの面々がずらりと並んでいる。誰も彼も美男美女ばかりで実に結構なことだな。

「ローゼ氏族長のナザリス・リィ・ローゼ名誉男爵だ。ああ、私は一応爵位を頂いているが、名誉爵位だからね。あまりかしこまらずに普通に接してくれると助かるよ」

「それはどうも。キャプテン・ヒロだ。この度は貴重な時間を割いてくれてありがとう。ところでこれは何の集まりだったかな？　リリウムに案内されるままに足を運んだんだが、まさか氏族長殿と顔を合わせることになるとは思わなかった」

着席を促されたので、席に着きながら問いかける。俺達の今回の目的はウィルローズ家への訪問と、ローゼ氏族領の観光だ。少なくとも俺達のスケジュールにローゼ氏族長との会談は予定として入っていなかったはずだが。

「ははは、本当に物怖《ものお》じせずにものを言うね。流石《さすが》はプラチナランカーの傭兵《ようへい》だ。まぁ、ウィルローズ家から報告が来たのでね。おっと、勘違いしないでくれたまえよ？　『外』からの訪問者があれば、それを氏族長に報告するのは彼らの義務だからね。それについてウィルローズ家を責めるのはどうかご寛恕《かんじょ》願いたい。彼らは責務を果たしただけなのだから。強引に割り込んでこの場を整えたのは私なんだ」

「なるほど。それで？」

　話の先を促す。まぁ、トップから直接言われてしまってはウィルローズ本家としても断りきれないこともあるのだろう。ローゼ氏族長は自分達が所属する派閥のトップなのだから。トップからの強い要請を突っぱねるというのは、組織人としてはなかなかに難しいものだ。

「うん、結局このように強引な形を取ることになってしまったことも含めて、改めて謝罪したい。我々の都合でヒロ殿には本当に……本当に迷惑をかけたからね」

　ナザリス氏が急にチベットスナギツネみたいな顔になって中空に視線を漂わせる。ああ、うん。色々と苦労をしたんだろうな。でもイケメンフェイスが台無しだぞ。

「とにかく謝罪をさせて欲しかった。押し付けがましくて申し訳ないが」

　そう言ってナザリス氏が頭を下げる。それと同時に会議室に集まっている他のエルフ達も頭を下げた。彼の言う通り押し付けがましい謝罪だが、まぁ改めて謝罪しようという心意気と実際に頭を下げることそのものには好感は持てる。ある程度は。

「謝罪は受け入れる。それでシータのエルフに対する俺の印象が変わるかどうかは別の話だが」

「それはそうだね。とりあえず、謝罪を受け入れてくれたことには感謝するよ。今回のローゼ氏族領滞在の費用は我々ローゼ氏族が持つので、楽しんでいってくれ」

「傭兵相手に全額持つはやめておいたほうが良いぞ。金銭感覚が違うみたいだからな。あと、今回の滞在は結構長いぞ？」

「それが罪滅ぼしになるというなら甘んじて受けるさ」

気楽な様子で肩を竦《すく》め、ナザリス氏が笑う。まぁ、ローゼ氏族は金持ちだって話だし、俺達がどんなに豪遊してもたかが知れてるってことなのかね？　それならそれで遠慮なく過ごさせてもらうとするか。

「さて、ここまでにしよう。客人の観光を邪魔しすぎるのは無粋というものだからね。案内役として引き続きリリウムくんをつけるので、希望に関しては彼女に全て伝えて欲しい」

話題に出たリリウムに視線を向けると、彼女はすました顔でペコリと頭を下げてみせた。既に交流があるリリウムを案内役につけてくれるのは助かるな。彼女なら俺達がどんなものに興味を持つかも把握しているだろうし。

「ご厚意に甘えましょう」

大方案内役というだけでなく監視役でもあるんだろうが、こちらとしては後ろ暗いところは何も無いからな。いくら監視されても全く構わん。精々役に立ってもらうとしよう。

☆★☆

「お疲れ様、君がヒロくんだな？」

氏族会館を出ると、銀髪のイケメンエルフに声を掛けられた。銀髪ということはローゼ氏族のエルフなのだろうが、俺を君付けで呼ぶとなると……。

「初めまして。ウィルローズ本家の方で？」

「ああ、そういえば初対面だったな。すまない。妻や妹達から君のことを聞いて、ホロも見せられていたのでね。ノイシュだ。ウィルローズ家の当主ということになっている。よろしく」

ノイシュと名乗ったエルフ男性が手を差し出してきたので、素直に握手をしておく。正直エルフは誰も彼も若々しくてイケメンだから髭《ひげ》でも生やしていないと年齢の推測が全くつかないんだが。彼がウィルローズ本家の当主だと言うなら、それなりのお歳《とし》なのだろうな。まったくそうは見えんが。

「どうも、ヒロです。先日は奥さん達にお世話になりました」

「ははは、随分と気に入られて……というか年甲斐《としがい》もなくはしゃいだようだな。迷惑じゃなかったか？」

「いやいや、連れ共々とても良くしてもらいましたよ」

「なら良いが。ああ、私達は君達を迎えに来たんだよ。まさかうちへの来客を掻《か》っ攫《さら》うとはな」

そう言ってノイシュ氏がリリウムに鋭い視線を向ける。おお、なかなかの圧力だな。そう言えばウィルローズ本家の男性陣は全員星系軍関係で働いているんだったか。睨《にら》まれたリリウムが頬を引《ひ》き攣《つ》らせて顔を青くしてるな。

「あー、まぁ彼女もお上の命令には逆らえなかったでしょうから。その辺で」

「そうか？　他でもない君がそう言うならそうしようか。確かに悪いのは彼女ではなくナザリスだからな。今度会ったら文句の一つでも言うか、蹴《け》りの一つでもくれてやろう」

そう言いながらノイシュ氏が氏族会館を見上げる。うん、あの目は本気だな。この人は怒らせるとなかなかに厄介そうだ。気をつけよう。

「それで、私が招待しているのはヒロくん達だけなのだがね？」

「それでは明朝、ウィルローズ家にキャプテン・ヒロ御一行をお迎えに上がりますので」

「明日以降も当家で饗《もてな》すがね……まぁそちらの顔も立てよう。それではそういう手筈《てはず》で」

「感謝いたします。それではヒロ様、今日のところはこれで」

「ああ、お疲れ」

リリウムが俺達にお辞儀をして去っていく。戦略的撤退といったところかね。彼女としても子供のお使いではないので、あそこで全面降伏して対応を全てウィルローズ本家に任せるというわけにもいかなかったのだろう。

「さぁ、ヒロくんも乗ってくれたまえ。御婦人方は既に乗り込んだようだからな」

「お世話になります」

エルマとメイが素直に彼が用意した車両に搭乗したというなら、俺も警戒する必要はないだろう。先程リリウムが用意してくれたＶＩＰ用の車両よりも更に一回り大きく、ゴツい感じのする空陸両用車だ。いやほんとデカいな？　軍用車両か何かか？

乗り込んでみると、内装は至って普通……というか観光バスか何かのようである。氏族会館に来る時に乗ってきた空陸両用車は高級リムジンか何かかといった風情だったが、こっちはこっちでなかなか立派な内装だな。

「あ、ヒロ様」

後ろの方の席にこちらに手を振るミミの姿が見えた。皆もその辺りに固まって座って……いや多いな？　明らかに人数が増えている。

「ヒロくーん、ひさしぶりー」

「きゃぷてん・ひろ！　こっち！　ここにすわるのだ！」

「Ｏｈ……」

ウィルローズ本家のエルフのお姉様達とかエルフ幼女ことサルマまでいる。どうして、とは言うまい。俺達を迎えに来たのだろう。それにしたってわざわざ彼女達を連れて氏族会館に突撃してくる必要があるのか？　という話になると、俺にも意味がよくわからんが。

とりあえず、誘われるままに鼻息の荒いサルマの隣に座ると、こやつ早速俺の膝《ひざ》の上に乗っかってきやがった。おい、十八歳児。

「サルマは本当にヒロくんを気に入ったのねぇ」

「すわりごこち、よし！」

むふー、と鼻息を吹いて実に満足そうなのは結構なんだが、うちのミミさんがなんとも言えない表情をしているぞ。自分より歳上の幼女という存在に頭がバグりかけているのだろうか。ティーナとウィスカで慣れてそうなもんだが、それはそれというやつかね。

「なんでまた皆さんで来られたので？」

「あら？　お気に召さなかった？」

「い、いや、お気に召すとか召さないとかではなく。単に不思議だっただけで」

顔面偏差値が高過ぎるお姉様達に囲まれるとどうにも落ち着かない。なんかいい匂いするし。視

覚だけでなく嗅覚《きゅうかく》も攻めてくるのはやめてくれ。

「こらこら、あまりいじめるのはやめてやりなさい。我々にしてみればサルマとさほど変わらない年齢でも、彼はちゃんとした大人の男なのだから」

そう言ってノイシュ氏が俺の膝の上を占拠しているサルマをヒョイと抱き上げ、俺をお姉様達の包囲から救出してくれた。助かったような残念なような微妙な気分だ。

「すまないな。彼女達はエルフ以外と接する機会が少なくてね。どうにもエルフを相手にしている感覚でヒューマンと接してしまうのだ」

「さほど変わらない年齢とは言えないと思うんですがね……」

ノイシュ氏に抱っこされているサルマに視線を向けると、彼女は俺の発言を理解できないとでも言うように首を傾《かし》げた。

「じゅっさいくらいの差はほとんどないも同じでは？」

「それは完全に長命種たるエルフ独特の感覚なんよ」

十八歳とアラサーを同じ枠に入れるのは人間の感覚ではあり得ないんだが。そりゃ寿命数百年というエルフにしてみれば十歳くらいの差は有って無いようなもんなのかもしらんけども。

「サルマや他の女達にしてみればヒロ殿はその……こう言っては失礼だが、子供みたいな年齢だからな」

「カルチャーギャップだなぁ……」

考えてみれば俺より倍くらいは歳上のエルマですら実家のウィルローズ家では子供扱い――まではいかないが、近い扱いだったものな。エルフ基準だと八十歳とか百歳くらいにならないと大人扱いにならないのかね？　その辺はエルマにもあんまり詳しく聞いた覚えがないかもしれん。

☆★☆

サルマとノイシュ氏、それにウィルローズ本家の男性エルフ陣と雑談をしているうちにウィルローズ本家に到着したようで、空陸両用車が着陸し、停止した。殆《ほとん》ど振動を感じさせないソフトランディング。運転手はなかなかの技量だな。

「きゃぷてん・ひろ！　ぱーてぃーかいじょうにしゅつげきだ！」

「アイアイマム……」

空陸両用車から降りた瞬間、すぐ後ろにいたサルマが後ろから俺の背中に飛びついてきた。このまま首を絞められるのも困るので、仕方なくおんぶをして歩き始める。え？　胸と尻《しり》の感触？　薄いっすね。整備士姉妹とは比べるまでもない。肉が足りんよ、肉が。

「……随分と懐かれてるわね、本当に」

「むむ……！」

「あとでうちもおんぶしてもらおっかなー」

「じゃあ私は抱っこで」

「私はお姫様抱っこを所望します」

「後で、後でなんでもするから。でもメイだけはせめてハグで勘弁してくれ」

呆《あき》れたような視線やらどことなくジェラシーめいた視線やら何やらがうちのクルー陣から飛んで

くるが、メイの要望は洒落《しゃれ》にならん。１００ｋｇでは済まない重量のメイをお姫様抱っこなんぞした日には俺の腰がお亡くなりになってしまう。

「ティニアちゃんはあっちに交ざらなくて良いの？」

「いえ、私は……」

「後で悔やむくらいならワンチャン狙いで突撃したほうがお得だと思うわよ？」

「いえ、ですから……」

ティニアはティニアでウィルローズ本家のお姉様達に絡まれて……いや、焚《た》きつけるんじゃないよ。ワンチャン狙いで突撃とか恐ろしいことをさせようとするんじゃない。万が一、何かの間違いで手を出してしまったら大変なことになるだろうが。

「ぜんしん、ぜんしーん」

「はいはいはい……」

おぶさっているサルマが俺の肩のあたりを小さな手でぽこぽこと叩《たた》いてくる。俺は馬か何かか？

「サルマ……」

そして何故《なぜ》かノイシュ氏が悲しそうな目で俺とサルマを見つめてくる。もしかしてサルマはノイシュ氏のご息女なのだろうか？　だとしたら、サルマもティニアと立場としては大して変わらないじゃないか……と言っても、もしそうだったとしても今更塩対応をするというのは無理があるか。

流石《さすが》に泣かれるよな。そして泣かしたら俺が悪者になるな、間違いなく。狙ったわけじゃないんだろうが、なかなかに強《したた》かな手を打ってくるじゃないか、この似非《えせ》幼女エルフめ。

ウィルローズ本家の玄関に辿《たど》り着《つ》いたところで背中の引っ付き虫がノイシュ氏によって引《ひ》っ剥《ぺ》が

され、俺は自由を得た。しかし、次の瞬間うちのクルー達が俺に押し寄せてくる。君達、似非幼女エルフ相手に少々大人気なくないかね？

「凄《すご》いな」

「同じ男として少なくない羨望《せんぼう》の念を覚えないでもないが……」

「それ以上に敬意を表する」

そしてそんな俺を見たウィルローズ本家の男性陣が好き勝手言っている。ははは、羨《うらや》ましかろう？　でも色々と体力勝負なところあるんですよ、これ。

まぁ、メイが上手いこと調整してくれているからそこまで大変ということもないけれども。皆もあまりギスギスしないように気を遣ってくれているようだしな。

うちの子達に揉《も》みくちゃにされながら、ウィルローズ本家屋上の庭園へと移動する。そこには既にパーティー……というか宴会の用意がされていた。様々な料理や飲み物がいくつものテーブルに所狭しと並んでいる。

ある程度俺を揉みくちゃにして満足したクルー達はお姉様達の方へと誘われていったので、俺は俺でウィルローズ本家のエルフのお兄様達の所にお邪魔することにした。

「傭兵《ようへい》や冒険家になって宇宙を股《また》にかけて飛び回る、というのは男のロマンだよな」

「そして美女とのロマンスもな」

「エルフの寿命は長いんだし、今からでも遅くないいんじゃや？」

俺がそう言うと、彼らは互いの顔を見合わせてから首を振った。

「冒険とロマン、スリルと美女には憧《あこが》れるが、自分のすべてを賭《か》けて追うほどの熱意があるかと言われると正直難しい」

「それも故郷や家族、安定した生活を捨ててとなると、な……」

「だからこそ傭兵という道を選び、成功している君には心からの敬意を表する」

「なるほど。でもあの子達は全部俺のなんであんまりいやらしい目を向けんで下さい」

「失礼な。我々は紳士だよ」

「私は妻もいるしな」

「……傭兵になろうかな」

一番年若い感じのエルフがボソッと呟《つぶや》いた。どれだけ面倒な手続きと費用が必要か知らんが、頑張れ。ただ、力及ばず死んでも化けて出てくれるなよ。俺は悪くねぇ。

「しかし下世話なことを聞くが……大変じゃないのか？」

「まぁ、それなりに……？　ただ、鍛えてるから」

別に下半身をってわけじゃないぞ。体力的な意味でだ。まぁ、結果として下半身も鍛えられている気がするが。

「確かに鍛えてるようだな」

「やはり体力か……」

そう言うエルフのお兄様達は基本的に線が細い。皆軍関係者ということもあって引き締まってはいるのだが、筋肉がついているようにはあまり見えない。グラード氏族長のゼッシュはエルフの癖に結構なマッチョマンだったんだけどな。

「婿殿になんて話をしてるんだ、お前らは」

猥談《わいだん》が始まりかけたところでバリトンの効いた渋い声――ノイシュ氏の声が割り込んできた。咎《とが》めるような声音ではあるが、そこまで深刻な感じではない。呆れているという感じだな。

「ご当主殿、遅かったな？」

「ナザリスに直接一言言ってやらねば気が済まなかったんでな。ああそうだ、ヒロくん。今日は我が家に泊まっていくと良い。部屋を用意しよう」

「それは有り難いんですが、宿はもう手配してあるんですよね」

「そうだったのか？　なら無理強いはできんな」

そう言ってノイシュ氏が残念そうな表情を見せる。

「ところでヒロくん。その、サルマとは随分仲が良いようだが……」

「おっとなんだか面倒くさそうだぞ？」

「……そう言えば、ヒロ殿の連れにはドワーフもいたな」

「そっちもいける口なのか……？　流石にサルマはまだ早いと思うが」

「人聞きが悪いな!?　俺のことを性欲モンスター的な何かと思っていらっしゃる？」

「ヒロくん……？　ちょっと詳しく話を聞かせてもらっても良いかな……？」

「ほら面倒くさくなった！　責任持って止めてくれ！」

ズモモモモ……と効果音が鳴りそうなほどにドス黒いオーラを纏《まと》って迫ってくるノイシュ氏に対し、人聞きの悪い事を言ったエルフのお兄様達を盾にする。いくら俺が天下御免のハーレム野郎でも流石にサルマに手を出すのはアレだ。もう完全に絵面が犯罪だろう。いや、整備士姉妹に手を出した俺が言っても説得力の欠片《かけら》も無いだろうけども。

「こら、旦那様《だんな》。婿殿に失礼ですよ」

「婿……!? だ、駄目だぞ！　サルマは……！」

「誰もサルマのことなんて言ってません！　エルマちゃんのことです！　エルマちゃんも私達の一族でしょう！　ごめんね、ヒロくん。この人お酒を飲むとちょっと面倒くさくて。私が捕まえておくから、エルマちゃん達のところに行きなさい」

「ありがとうございます」

面倒くさい人と化したノイシュ氏に絡まれているのを見かねたのか、お姉様——多分ノイシュ氏の奥さん——が俺を救出してくれた。婿云々《うんぬん》の話についてはスルーしておく。俺もエルマも互いに離れる気が無いのだから、否定することもあるまい。積極的に肯定もしないけども。だって俺達の関係はウィルローズ家ありきの話じゃないからな。

「ごめんなさいね。あの人、サルマのこととなると見境なくて」

「かほごってやつなのだ」

「いえいえ。娘さんを持つ父親っていうのはああいうものなんだと思います」

俺だって将来娘が生まれたらあんな感じの面倒くさい父親になるかもしれない。俺にはまだ実感が湧かないが、父親にとって娘というのはそれはもう可愛《かわい》くてたまらないものらしいという話だからな。

「あ、ヒロ様ヒロ様！　見てください！　ちっちゃいエルマさん可愛いですよ！」

「ちょっ」

「兄さんもこっちきて見てみいや。ごっつかわええで」

「お人形さんみたいですよ」

女性陣に誘われたので男性陣から離れて幼少時のエルマの姿を確認しに向かう。

「ま、待て！　待ちなさい！　ヒロは見るなっ！」

「あらあら恥ずかしがっちゃって」

「放してぇ⁉」

慌てて俺の方に来ようとするエルマであったが、ウィルローズ本家のお姉様達にがっしりと捕獲されて身動きが取れないようだ。前に来た時には結局見る機会が無かったんだよな。今が好機だ。

「ほら、見て下さいヒロ様」

「うわ、凄い可愛い」

ミミが持つタブレット型端末に表示されている幼少期のエルマは正に可愛さの塊のような存在だった。肩まで伸びたサラサラの銀髪にくりっとした可愛らしい瞳《ひとみ》。それにフリフリのお姫様みたいなドレスを着た美少女である。

「姐《ねえ》さんなら今でもこういうお姫様みたいな服似合うんとちゃう？」

「エルマさんって気品のある顔立ちしてるもんね」

「それ良いな。よし、今度そういう服を買ってやるか」

「前に私の服を買ってくれたようなお店とかで揃《そろ》えてみますか？」

ふむ？　そう言えば前にミミとデートした時にそういう店に寄ったことがあったな。ミミも言わないとなかなか着てくれないんだよなー、ロリータ系の可愛い服。折角買ったのに。まぁ本人の趣味じゃないいんだから強制するのもよくないいんだけども。

「いっそ全員にそういう服を買って着てもらうか」

「えっ？　うちらも？」

「私達みたいなちんちくりんには似合わないんじゃ……」

「そんなことないと思うけどな。メイにも着てもらうか」

「……ご主人様がお望みになられるのであれば」

「私は着ないからね！」

なんかエルマが叫んでいるが、実は結構押しに弱いからな。頼み込めば最終的には着てくれる。俺はそう信じている。というか、なんだかんだで可愛い系の服もエルマは嫌いでは無いんじゃないかと俺は踏んでいるんだが。

そんな感じで賑《にぎ》やかかつ和やか……和やか？　にローゼ氏族領滞在一日目を俺達は過ごしたのであった。

☆★☆

翌日、俺——というか俺達はホテルの部屋でのんびりとした朝を過ごしていた。

ミミは二日酔いでダウン。エルマも二日酔いでダウン……というほどじゃないがベッドでぐったりとしている。ティーナとウィスカは二日酔いではないようだが、普通に寝ている。疲れが溜《た》まっていたのだろうか？

そしてメイには二日酔いの薬を買いに行ってもらっている。飲めばすぐに効いてシャキッとする

らしい。地球のはどうだったのかね？　下戸だから殆《ほとん》ど酒を口にしたこともなければ二日酔いになったこともないからわからんな。まぁこっちの世界の薬の方が効きそうな気はするけど。

「ぬーん……」

「何か悩み事ですか？」

俺が部屋のソファに座ったまま御神木の種を抱えて唸《うな》っていると、人一人分くらいのスペースを空けて横に座っていたティニアがそう聞いてきた。

ティニアも昨日の宴会には出席していたのだが、他の皆のように二日酔いになるようなこともなく、朝から元気に起きている。もっとも、特にやることもないということでのんびりとお茶を飲みながらホロディスプレイに流れているニュース番組をみていたりするのだが。

「例の女というか、クリムゾンランスに関してどうしたもんかと頭を悩ませているんだ」

手の中で御神木の種をくるくると回して弄《もてあそ》びながら答える。ちなみに、くるくると回されている御神木の種は存外楽しそうにピカピカと光っていたりする。光り方が穏やかなので抗議しているわけではないらしい。

「ああ、あの……うーん、私では良い知恵は浮かんできそうにないです」

ティニアが困ったような表情をする。彼女は直接キャプテン・マリーに会ってはいないが、メイが入手したマリーの映像を目にしてはいた。画像だけ見れば美人の類なんだがな……直接対峙《たいじ》した時の何とも言えないザラつきというか、不快感は未《いま》だに忘れがたい。

「極論、ゲートウェイにまで辿り着いてしまえばそれで勝ちなんだよな……」

ゲートウェイネットワークを使って遠方のハイテク星系へと移動してしまえば、奴《やつ》らはそれ以上俺達を追ってこられない。ゲートウェイを使えるのは通行証を付与されたごく一部の人々と帝国航宙軍だけだからな。

だから早い話がさっさと逃げてしまえば良いんだが、奴らは小型、中型艦で編成されている高速艦隊で、こちらは母艦のブラックロータスの足が遅い。普通に逃げても十中八九追いつかれる。仮にインターディクトを食らってしまえば逃げ切ることも難しいだろう。

「どういったところが問題なのですか？」

「逃げようにも足が遅くて追いつかれるってところと、追いつかれるといくら俺が強くてもブラックロータスを守り切るのが難しいってところだな」

戦力差があるから俺達の戦力では真正面から戦うのは難しい。敵全員と一対一で戦えるなら何の問題もなくクリシュナ一隻でクリムゾンランスを全滅させられるだろうが、そう上手く事が運ぶわけもない。

俺がクリムゾンランスの指揮官なら、クリシュナを足止めしている間にブラックロータスを集中攻撃して落とす。二隻しかいないなら各個撃破してしまえば良いのだ。うーん、やはりどう考えても戦力が足りない。

いや、奴らが――キャプテン・マリー率いるクリムゾンランスが俺達に襲いかかってくると決まっているわけじゃないんだけどな。俺の勘では十中八九襲ってくるけど。

「しかしそうか、足りないのは戦力か……戦力ね」

どうあっても真正面からぶつかり合うことになる可能性が高い。そして、真正面からぶつかるとなると単純に戦力が足りない。なら、その足りない戦力を補ってしまえば良い。

「……やりようはあるか」

何にせよ、時が必要なのは間違いない。今は急いで動かず、時機を見計らうべきだな。

それはそれとして、解決しなければならない問題がもう一つある。

「？」

ティニアに視線を向けると、彼女は「なんでしょう？」とでも言うように首を傾《かし》げてみせた。まぁ、やりようはあるかとか言って視線を向けられたらそういう反応にもなるわな。

「いや、とりあえず懸念事項に関しては俺の中で決着が着いたから大丈夫。そろそろティニアの身の振り方についても解決しないとな」

「……」

ティニアが俯《うつむ》いて沈黙する。俺の手の中で御神木の種が先ほどとは打って変わって俺を咎めるようにピカピカと光って実に眩《まぶ》しい。その辺に放り捨ててやろうか？　いつまでも宙ぶらりんってわけにゃいかんだろうがよ。

「と言ってもな。実質的に選択肢はない。そうだろ？」

「そうですね。私はシータを捨てる気は無いので」

捨てるというのは言い過ぎだと思うが、たしかに頻繁に帰ってこられるというわけでもないな。そのことをわざわざティニアに言うつもりはないが。

「ヒロ様は」

「うん？」

「ヒロ様は、どうしたら良いと思いますか？」

人一人分の距離を空けてジッと俺の顔を見つめてくるティニアの顔を見返す。

「ティニアは家に帰るべきだ。帰ることができる家があるんだからな」

俺はそう断言した。

「……はっきり仰るんですね」

「ああ。俺にも、ミミにも帰るべき家はない。ティーナとウィスカも恐らく同じようなもんだし、それ以上に彼女達は互いに支え合って自分達の足で立ってる。エルマも色々と事情があったとはいえ、自分の意志で何不自由無い生活を捨てて傭兵《ようへい》になった。たった一人でな」

「……私には覚悟が足りないと？」

「成り行きで傭兵やってる俺が言えたことじゃないのかもしれないけど、まぁそうだな」

全てを捨てて俺達に付いていてくるつもりなら「どうしたらいい？」なんて聞くことはないだろう。私も付いていきますと断言するか、何も言わずに俺達の船に潜り込むかするはずだ。セキュリティ的な意味でできるかどうかは別として。

他人にその判断を委ねようとしている時点で覚悟が足りないと俺は思う。

「このままシータに残していったら命はない、なんて境遇なら無理してでも攫《さら》っていったかもしれないけど、そうじゃないだろ？」

「……はい」

「ティニアを愛している人達、慕っている人達がいるだろ？」

「はい」

「ならやっぱりティニアは帰るべきだ」

「……はい」

俺の言葉にティニアは再び俯いた。きっと彼女は俺に引き止めて、一緒に行こうと言って欲しかったんだろうなと思う。だが、残念ながらその意には沿えない。

彼女がメイや俺……までは流石《さすが》に求め過ぎとしても、せめてエルマを圧倒できるほどの白兵戦の猛者であるとか、最先端の医療技術を有する医者であるとか、俺達の度肝を抜くほどのサイオニック能力を有しているだとか、そういった特殊なスキルを持っていたならむしろ俺が頭を下げて彼女に同行を願っていただろう。

だが、ティニアにはそういったスキルはない。彼女が扱う魔法は確かに強力で、俺も命を助けられたが……極論、彼女の治癒魔法は救急ナノマシンユニットや簡易医療ポッドの能力を上回るものではないし、攻撃魔法もレーザーガンやレーザーライフルの威力や汎用《はんよう》性を上回るものではないしな。サバイバル能力には目を瞠《みは》るものが有るが、それはシータ――リーフィルⅣの森林でのサバイバルに特化したものだ。どこでも通用するものではない。

シビアな物言いをすれば、彼女はうちのクルーとして迎え入れるには若干力不足なのだ。性格や人柄は申し分ないと思うけれども。

「ん？」

ティニアについて考えを巡らせていると、手の中の御神木の種が突然震え始めた。今までにもたまに震えることがあったが、今回の震え方はちょっと尋常ではない。

「どうかされましたか？」

「いや、なんか凄《すご》い震えて……おおっ？」

メキメキメキッ、と音を立てて御神木の種の一部にヒビが入り、そこからニョキニョキと何かが伸びてきた。いや、何かというかなんというか、これは芽だな。うん、芽だ。アメフトボール状の御神木の種から芽が出てきた。あれだ、こうしてみると芽吹いたココナッツの実みたいだな。ちょっと実というか種の部分がデカいけど。

「芽吹き……ましたね」

「芽吹いたなぁ……うわ気持ち悪」

ニョキニョキと伸びた芽がピコピコ、というよりウネウネと動くのを見て思わず本音が漏れる。そんな俺の言葉を理解しているのか、芽が俺の手をペシペシと叩《たた》いてきた。いや本当に気持ち悪いなこいつ。芽というか触手の類なのでは？

「へいパス」

「あの、一応我々の信仰対象なので、もう少し丁寧に……」

俺がソファの上に放り出した御神木の種をそっと抱き上げながら、ティニアが苦笑いする。

「悪い悪い。まぁ、その、なんだ。連れてはいけないけど、今生の別れってわけでもないさ。シータは食い物も美味《うま》いし、ウィルローズ本家の人達との関係も良好だ。頻繁にってことはないだろうけど、また遊びに来るよ」

「……そこで優しくするのはズルくないですか？」

御神木の種を胸に抱いたティニアが軽く睨《にら》みつけてくる。そんなティニアに俺は笑いながら肩を竦《すく》めてみせた。

「知らなかったのか？　俺はズルくてろくでなしの傭兵野郎なんだ」

「ふふ、今知りました。本当に、ズルくてろくでなしですね、ヒロ様は」

そう言ってティニアが微笑《ほほえ》む。うん、どうやらメンタルはそれなりに持ち直してくれたようだな。

ティニアにとっては残念な結果だったのかもしれないが、これが現実的な落とし所だろう。

☆★☆

「ふーん、そういう話になったのね」

タンクトップにパンツ一丁という色気の欠片《かけら》もない——ある意味では色気たっぷりか？——格好で起き出してきたエルマが俺にぴったりと寄っかかったまま、あまりやる気の感じられないダルそうな声でそう呟《つぶや》いた。

ティニアは芽吹いた御神木の種を抱えてウィルローズ本家へと足を運んでいる。ウィルローズ本家の力を頼って実家に連絡を取ったり、御神木の種をどう扱うかという件に関してあれこれと手続きをしたりするらしい。

送ろうかとも思ったのだが、本人が「これはシータのエルフの問題なので、ヒロ様には迷惑をかけられません」と固辞したのと、ノイシュ氏が任せてくれと請け合ってくれたので俺はノータッチに徹することにした。

で、今は起きてきたエルマにティニアと話したことを共有していたわけだ。

「なんか今ひとつ反応が薄いな？」

「べつにー？　また一人ヒロの毒牙《どくが》にかかった可哀想《かわいそう》な女の子が増えたなって思っただけ」

「人聞きの悪いことを……別に毒牙にかけてないが」

「かけたようなもんでしょ」

「納得いかねぇ……」

されるがままにエルマに頭をぐりぐりと押し付けられつつ、呟く。それにしても随分念入りにぐりぐりしてくるな。匂い付けか何かか？

「御神木の種も芽吹いたし、ティニアに関しては決着がついたってことでひとつ」

「最後まで面倒見ないのね」

「これ以上は過干渉ってやつだろ」

そもそもティニアをレッドフラッグの掃討作戦に同行させたのは、ティニアを攻撃する世論のほとぼりを冷ますと同時に、ある種の武功を彼女に得させるというゼッシュの思惑に乗ってのものであった。

また、御神木の種に守護者として選ばれた俺と一緒に行動している間に種が芽吹けば、御神木の種の巫女《みこ》としての威厳も得られるので一石二鳥だろうという思惑もあった。

種が芽吹き、全てがゼッシュの思惑通りに運んだ今、これ以上俺が出しゃばる必要はない。冷たいことを言うようだが、ここから先はティニアとゼッシュ、そしてシータのエルフ達の問題だ。

俺が『御神木の種の守護者』としてシータで権勢を振るいたいというなら話は別なんだろうけど。

「ま、そうかもね。私達もどこまでもあの子に構っていられるほど余裕に満ち溢《あふ》れているわけじゃないし」

「ああ、それなんだけどな。ちょっと思いついたことがあって……」

と、俺はエルマに先程思いついたことを話してみた。俺の考えを聞いたエルマは最初「何言ってんだコイツ」みたいな顔をしていたが、少し考え込むと表情を変えた。

「なるほど、よくよく考えてみるとアリね。その発想は無かったわ。別に嘘《うそ》でもないし」

「だろ？　多少金はかかるけど、気にするほどの金額でもないし」

「ランク制限をかければ潜り込まれることもないしね」

エルマが頷《うなず》きながら同意してくれる。エルマが良い考えだと判断してくれるならなんとかなりそうだな。

「それで、いつから動くの？」

「星系封鎖が解かれて航路の安全性が確保されたと知れば、そう遠からず商人達がこの星系にも足を延ばしてくるだろ。護衛付きで。狙い目はそこだな」

「なるほど、確かにそうね。情報収集はミミとメイに任せるのが良いか……戻ってきたら早速相談しましょ」

「そうしよう」

☆★☆

リーフィルⅣ――シータに降下して二週間ほど。
その間、俺達はリーフィルプライムコロニーの動静に関して情報を収集しながらウィルローズ本家の人々と交流を重ねたり、またもや突撃してきたミンファ氏族長のミリアムさんの相手をしたり、ティニアに付き合ってメディアの取材を受けたりと忙しくも充実した時間を過ごした。

そして、今日はウィルローズ本家の人々に別れを告げ、次なる目的地へと向かうべくホテルを出たのだが。

「わたしもついていくぞ！」

俺達の目の前に傭兵風の服装に身を包み、腰に小型のレーザーガンらしきものまでぶら下げたエルフ幼女——サルマが立ちはだかっていた。

「うん、無理」

「そくとう⁉　もうすこし悩んでくれてもよくないか⁉」

「いや、悩む余地もないし。年齢云々《うんぬん》は別としても、単純に身体《からだ》の出来上がっていない子供を連れて行くのは無理」

「む、むむっ！　しょ、しょうらいせいは抜群だぞ！」

「それはそうなのかもしれんが、うちは別に見習い船員を募集してるわけじゃないから」

別にサルマに船員としてのスキルを身に付けさせるだけの余裕がないわけではないが、今すぐ追加の船員を必要とするような状況ではないからな。エルマが新しい船を手に入れればその必要性が出てくる可能性もあるが、ミミやメイが処理している戦術情報をデータリンクで共有すればエルマの新しい船にオペレーターを配置する必要は無いと言えば無いわけだし。サルマを連れて行く理由としては弱いな。

「ミミのほうが歳下《としした》なのに……」

「そ、それはそうかもしれませんけど……」

自分を引き合いに出されたミミが狼狽《うろた》える。確かにミミの方がサルマよりも歳下だし、帝国法上での扱いはともかくとして、まだ子供扱いされてもおかしくない年齢ではある。身体も成長しきっているというわけではなく、俺と行動を共にしたその時と比べれば若干身長も伸びているし、肉付きも良くなっているはずだ。筋肉的な意味で。無論、それ以外も育っているようだけど。

「ミミの方が歳下でも、サルマが子供だって事実は覆らないわよ。そもそも、ノイシュ伯父さんの許可は取っているんでしょうね？」

「そ、それはー……」

エルマに追及されたサルマが目を逸《そ》らす。まぁ、そうだよな。もしノイシュ氏も納得済みなら彼か彼の奥さんもこの場で一緒に何かしらのアクションを起こしている筈《はず》である。そうでないということは、サルマの独断なのだろう。

「兄さん、サルマを連れていくのが怖いんとちゃう……？」

「黙っておこうな？」

「アイタタタッ!?」

にっこりと笑顔を作りながらティーナの頭を強めにぐりぐりと撫《な》でておく。

確かに俺はティーナとウィスカにも手を出してしまったからな。流石にサルマに手を出すことはないとは思うが、実績がある。そういう意味でサルマを乗せるのは怖いのは確かだ。帝国法的にOKでも、もしものことがあったらと思うと怖い。本当に。

「とにかく、却下だ。少なくとも今の状態でサルマを連れて行くことはできないな」

「むぅ……じゃあ、どうしたら連れていってくれるのだ？」

「そうだな……自分の身を守れるだけの力があること。傭兵《ようへい》、あるいは航宙船のクルーとして有用なスキルを実用的なレベルで習得していること、最低限でもこの二つは譲れないな」

この条件だと現状のクルーでもエルマとメイ以外は脱落なんだが、新たにクルーとして迎えるならこれくらいは要求したいところだ。ティーナとウィスカみたいに一芸に特化してるなら話は別だが。

「あの、お兄さん。役割が被《かぶ》った場合はどうするんですか？」

「それならそれで良いだろう。パイロットにしてもオペレーターにしてもメカニックにしても冗長性が高まるのは良いことだ。必要な状況にならないのが一番だが」

「それは……そうですね」

ウィスカが納得したように頷く。特に、メカニックに関しては現状でも若干オーバーワークなところがあるからな。もう一人二人くらい居ても良いんじゃなかろうか。

「そういうわけで諦《あきら》めろ」

「むー……じゃあ、それだけのことを身に付けたら、連れていってくれるのだな？」

「その上で家族の同意が得られるなら考えてもいいな」

「きたないおとなのたまむしいろの回答だな!?」

「どうなるかもわからんのに確約はできん。むしろ真摯《しんし》な対応だ」

騒ぎながら詰め寄ってくるサルマのおでこを指先で突《つ》きつつ、苦笑いする。せめてその舌っ足らずな口調がどうにかなる程度には成長してから申し出て欲しいな、俺としては。

「まぁ、そういうわけで諦めろ。連れてはいけないが、見送りは歓迎だぞ？」

ウィルローズ本家のお姉様達もクリシュナを停泊させている空港に見送りに来てくれるという話だったから、サルマはこのまま一緒に空港まで連れて行って引き渡すのが良いだろう。

☆★☆

「あら、サルマちゃんも連れていくの？」

「手が早いわねぇ……」

「連れて行きませんからね？　フリじゃないですよ？」

ウィルローズ本家のお姉様達とそんなやり取りをしてからサルマを彼女達に引き渡し、クリシュナに乗ってブラックロータスを停泊させている総合港湾施設へと向かう。

連れて行きますって言ったら「どうぞどうぞ」って言いそうな雰囲気を感じたので、丁重にお断りしておいたが……あれは冗談でも「実はそうなんです」とか言ったら絶対押し付けられてたな。

「良かったんですか？」

「俺もサルマのことは嫌いじゃないが、流石《さすが》に面倒は見れんよ」

「それはそうよね」

「しかも今はちょっとトラブっとるもんなぁ」

「流石にもういなくなってたりしませんか？」

「残念ながら」

ウィスカの希望的観測をメイが即座に否定する。メイにはリーフィルプライムコロニーの情報収集をしてもらっているからな。クリムゾンランスの動向の大まかなところは把握している。

「まぁ、後はさっさととんずらするだけだ。向こうも黙って見逃しはしないだろうけどな」

「あの、襲ってくるのは確定事項なんですか？」

「根拠が俺の勘という不確かなもので大変申し訳無いとは思うが、限りなく１００％に近い確率で襲ってくると俺は思っている」

「その予想が外れてくれれば良いんだけどね」

「兄さんやからなぁ」

「お兄さんですからね」

「興味深いです」

ある意味一番常識的なミミと、実はメイも俺の勘を疑っている。メイ曰《いわ》く、俺が操艦するクリシュナとメイが操艦するブラックロータスを襲うのはリスクが高過ぎるという。

クリムゾンランスのこれまでの戦績とそこから導き出される戦闘能力を考えれば、奇襲したとしても彼らがブラックロータスを撃沈するまでに少なくとも半数以上の艦艇を失う公算が高く、しかもその上クリシュナには逃げられる可能性が高い。リスクとリターンが全く見合わないというのが彼女の主張だ。

メイの戦力分析は確かなものだろうし、俺もあの妙な感覚さえなければメイの主張を全面的に支持するんだけどな。あの強烈な感覚は無視し難い。

逆に、エルマと整備士姉妹は俺の感覚を支持……というよりほぼ諦めムードである。積極的に支持しているというより、トラブル体質の俺がそう言うならそうなるんだろうと消極的に受け容《い》れている感じだ。これほど嬉《うれ》しくない信頼のされ方ってそうそうないと思うんだ。

そんな感じでクリムゾンランスについて軽く話し合いながらクリシュナを飛ばしていると、総合港湾施設にはすぐに到着した。そこそこの距離があってもクリシュナならひとっ飛びである。

ブラックロータスの格納庫ハッチを遠隔操作で開放し、クリシュナを格納したら一度ブラックロータスの外に出る。すると、そこには既にグラード氏族長のゼッシュやティニア、それにミンファ氏族長のミリアム、その他エルフのお偉いさんが揃《そろ》っていた。

「すまない、待たせたか？」

「いや、時間通りだ。我々も今しがた着いたところだ」

そう言いながらゼッシュが俺に近づき、手を差し出して握手を求めてきた。

「ヒロ殿には世話になった。そして迷惑もかけた。氏族を代表して感謝する。ティニアの父としてもな」

「過ぎたことだが、次にシータに来た時にはもう少しトラブルを控えてくれると助かるな」

応じながら思わず苦笑いを浮かべる。グラード氏族のもてなしや贈り物に関しては大いに世話になったと思うが、航空客車の墜落で死にかけた件とか、テクノロジー嫌いの派閥のせいで救助が遅れた件とか、謝罪するどころか怒鳴り込んできた件とか、御神木の種の件とか、ティニアをレッドフラッグの討伐に同行させる件とか、こっちもかなり骨を折ったからな。

「トラブルは兄さんの運の無さのせいとちゃう？」

「黙らっしゃい」

俺は悪くねぇ。少なくともトラブルに巻き込まれたくて巻き込まれたわけじゃねぇ。

「旅の無事を祈る。あと、サイオニック能力の鍛錬は怠らないように」

「そう言われても鍛錬の方法がわからんのだが……まぁなんとかしてみる」

能動的に使える能力って息を止めて周囲の時間の流れを遅くするくらいしか無いんだが、あれは連続で使用すると身体への負担が結構あってなぁ。まぁ、座禅を組んで集中するとかそれっぽいことを試してみるとするかね。

「またいつでも遊びに来てくれたまえ。もっとも、次は自腹で遊んでもらうがね？」

「そりゃ勿論《もちろん》」

ローゼ氏族長のナザリス氏とも握手をする。あまり交流はなかったが、案内役としてリリウムを派遣してくれたことと、滞在費を負担してくれたことには素直に感謝だな。

「……」

「……」

ティニアは少し離れた場所から俺に視線を向けてきていた。言葉こそ交わさなかったが、互いに手を挙げ、笑みを交わし合った。このタイミングで敢《あ》えてティニアが俺と距離を取ったのが政治的な理由なのか、それとも他の理由なのかは俺には判断がつかなかったが……何故《なぜ》だか不思議と残念な気持ちにはならなかった。

なんだろうな、この不思議な感覚は。あの特級厄物が関わっているような気がしてならないが、とにかく悪い気分ではないから良しとしよう。

「ご主人様、荷物の積み込みが完了致しました」

「ありがとう、メイ。それじゃあ……どうもお騒がせしました、ってところか？」

「別にヒロが悪いわけじゃないと思うけどね」

エルマがボソリと呟《つぶや》く。それはそう。俺が率先してトラブルを起こしたわけじゃないからな。ただ単にトラブルに巻き込まれただけで。シータのエルフ達がどう思っているかはわからんが。

「色々あったが、シータの人達の親切は忘れない。縁があったら、また」

そう別れを告げ、俺達はシーター——リーフィルⅣを後にした。長く滞在したシータにゆっくりと思いを馳《は》せたいところだが、宇宙に上がればまた面倒事が待っている。まったくもって忙しいもんだよな、俺達は。

#10：アウトソーシング

再びブラックロータスへと乗り込み、そのままリーフィルⅣから宇宙に上がった俺達は真《ま》っ直《す》ぐにリーフィルプライムコロニーへと向かったのだが……。

「付いてきてるか？」

「ごく小さいですけど、ブラックロータスの亜空間センサーには反応がありますね。ここです」

「ああ。付いてきてるわね、これ」

亜空間センサーは超光速航行中に超光速航行中の他の船の反応を捉《とら》えることができるセンサーだ。そのセンサーが俺達の後を追うように飛んできている小型航宙艦の反応をキャッチしている。

残念だったな、ブラックロータスを発注する際にスペース・ドウェルグ社には「一番良い装備を頼む」と言っておいたんだ。いくら小型の偵察特化艦と言っても、ブラックロータスのセンサーから完全に逃れることはそうそうできんよ。

「しかし、やっぱりというかなんというか……粘着されてんなぁ。自分でもちょっと神経質になり過ぎてるんじゃないかと思ってたんだが、やっぱり予感が当たっている気がしてならん」

「そうね。私もそう思ってたけど、この粘着っぷりを見るとちょっと笑えないわね」

「たまたまってことも無さそうですしね……」

亜空間センサーで捉えた情報によると、ブラックロータスを追尾している船の所属は傭兵ギルドで、船籍IDはシータ降下時に星系軍に協力していた偵察艦である。つまり、クリムゾンランス所属の偵察艦だな。

ちなみに、俺達は再びのクリシュナ内待機である。まず無いとは思うが、奴《やつ》らが今この瞬間に襲撃を掛けてこないとも限らないからな。臆病《おくびよう》者と笑うなら笑え。相手がこちらを殺し得るだけの能力を持っているのがわかっているのに油断するのは、俺から言わせてもらえばただの間抜けだ。

「でも、こうなると流石に胃が痛くなりそうですね。この先ずっとこの調子ですか？」

「いいや、ゲートウェイさえ潜《くぐ》ってしまえばそれまでだな。その後はクリムゾンランスの船をセンサーでキャッチした際にアラートを鳴らすようにしておけば問題はないさ。というか、今までだって後を尾《つ》けてくるような船には注意してただろ？」

「それはそうですね」

これは俺がSOL《ステラオンライン》をプレイしていた時からの習慣のようなものだ。当然ながら、SOLはオンラインゲームであったので様々なプレイヤーがいた。俺のように緩く友人と繋《つな》がりつつソロでも楽しめるコンテンツで遊んでいた人もいれば、チームを組んで深宇宙探査や辺境探査、未探査惑星の調査をしていた人達もいる。

無論、中にはチームを組んで宙賊プレイをしていた人達もいる。そういう連中の常套手段《じようとうしゆだん》は一見無実かつ無害に見える『戦闘能力は低いが足が速い偵察艦』などをコロニーの近くに置いて獲物を選び、対象の行動パターンを複数人で調査して襲撃ポイントを設定。襲撃を実行する際には最大火力をもって短時間で獲物を撃破し、めぼしいものを素早く漁《あさ》って星系軍などが駆けつけて来る前に姿を晦《くら》ませるという方法だった。

今俺達の後ろにピッタリと張り付いてきている偵察艦の動きを見るに、やはりクリムゾンランスの連中に獲物として見られているとしか思えない。手を打っておいて正解だったな。

『ご主人様、間もなくリーフィルプライムコロニーに到着します』

「了解。それじゃあ俺達の頼れる仲間達と合流するとしますかね」

傭兵《ようへい》ギルドに出した依頼については既に全員に共有している。まぁ、内容としては単純なものだ。リーフィルⅣで要人護送の個人依頼を受けたので、万全を期すために戦力を募りたい、という内容である。

傭兵がギルドを通さずに個人から依頼を受けることはままあることで、傭兵ギルドに所属する傭兵はそういった依頼を完遂するために必要に応じて傭兵ギルドに手数料と傭兵への報酬を支払い、他の傭兵を雇うことができる。俺はその制度を利用して戦力を集めたわけだな。

条件としてはシルバーランク以下の傭兵を対象に拘束料金は相場の五割増し。宙賊などを撃墜した場合には賞金は撃墜した者に与え、戦利品に関しても可能な限り回収して撃破した傭兵のものとする。また、俺達はブラックロータスという母艦を持っているので、もし持ちきれないほどの戦利品が発生した場合はブラックロータスの倉庫区画を無償で貸し出すという契約にした。

「でも、結局は寄せ集めですよね？　クリムゾンランスに対抗できますか？」

「どれだけ集まるかにもよるが、まぁ無理だろうな」

「えぇ……それじゃ駄目じゃないですか？」

クリムゾンランスはゴールドランクの傭兵船団だ。船団を構成する船は船団としてずっと行動を共にしており、戦闘面でも連携を練りに練っているに違いない。シルバーランク以下の傭兵で戦力を補ったとしても、真正面からぶつかって勝てるかどうかは正直微妙だと思う。集まる数によっては圧倒できる可能性もあるけど。

「別に勝てなくても良いのよ、この場合。そうよね？　ヒロ」

「そういうこと。流石《さすが》エルマ、わかってるな」

「褒めても何も出ないわよ」

俺に褒められたエルマが少し赤くなった耳をピコピコ動かしてみせる。思いついてすぐにエルマに相談したからな。意識のすり合わせはばっちりということだ。

「ええと、どういうことですか？」

「今回の私達の勝利条件はあくまでもゲートウェイを使ってクリムゾンランスの追跡を振り切ることよ。そもそもクリムゾンランスが私達に戦闘を仕掛けられない状況を作ってしまえばもうそれで勝ちってわけ」

「んんー？」

エルマの説明にミミが首を傾《かし》げる。傭兵を多数雇ったのに戦力としては心許《こころもと》ないという情報と、クリムゾンランスが戦闘を仕掛けられないという情報が噛《か》み合っていないように思えるらしい。

しかし、すぐに何かを思いついたようで、スッキリとした顔で手をポンと叩《たた》いた。

「あ、なるほど。もしクリムゾンランスが襲いかかってきたとしても、雇った傭兵のうち一人でも逃げ延びてクリムゾンランスの凶行を通報した時点でクリムゾンランスは終わりですね」

「そういうこと。クリシュナとブラックロータスの二隻だけなら上手くやれば封殺できる可能性があるけど、数が増えたら一隻も逃さずにってのはまず無理ね」

「なるほど」

そういうことだな。戦力で劣るとしても、誰か一人でもクリムゾンランスの追撃を躱《かわ》して星系軍や傭兵ギルドに通信可能な状態になった時点でクリムゾンランスは終わりだ。ゴールドランク傭兵としての地位は剥奪《はくだつ》され、お尋ね者として傭兵や星系軍、帝国航宙軍に付け狙われることになる。

特に、傭兵ギルドは身内から賞金首を出すことを非常に嫌っている。元傭兵の賞金首には帝国からの賞金に加え、傭兵ギルドから多額の賞金が上乗せされるのだ。俺もＳＯＬで遊んでいた時にはそういった高額賞金首を幾度となく撃破してエネルを稼いでいた。こっちに来てからはチェックする程度に留《とど》めて積極的に討伐はしてないけどな。危ないから。

高額賞金首は大半が元傭兵や元軍人で、乗っている船も宙賊艦とは比べ物にならないほど強力だ。その分撃破時に剥《は》ぎ取れるパーツも超高額なものが多いのだが、いかんせんプレイヤーとそう変わらないか、下手するとより上位の装備を引っさげて襲いかかってくるので本当に危ない。追い詰めたら逃げやがるし。

無論、プレイヤーもやんちゃを繰り返せば同じように賞金首になる。誤ってＮＰＣや他のプレイヤーの船を撃沈しても大概は賠償金の支払いで済むのだが、それを踏み倒して凶行を繰り返せば普通に賞金をかけられる。所謂闇堕《いわゆるやみお》ちというやつだ。そういうプレイを好んでする人も世の中にはいる。当然、普通のステーションなどは利用不可能になる――どころか近づいただけで強力な防衛設備に撃たれまくることになるし、星系軍や政府軍、その他全プレイヤーから付け狙われることになるのでかなりドM向けのプレイになっていたようだけど。

「そういうわけでな。勇気ある傭兵諸君に協力してもらってこの場を切り抜けようというわけだ。

別に俺達だけの力で真正面から戦う必要なんてどこにもないというわけだな」

「なるほど……でも、良いんですか？　リーフィルⅣの要人なんて別に乗ってないですけど」

そう言ってミミが再び首を傾げるが、俺はニヤリと笑って口を開いた。

「何を言っているんだミミ。俺の隣にリーフィルⅣの有力者と血縁関係にある上、由緒正しい帝国貴族のご令嬢でもある要人が乗っているだろう？　俺は何も嘘《うそ》は吐《つ》いてないさ」

「……まぁ、それは確かに嘘ではないですね」

ミミが苦笑いをしているが、俺に恥ずべきところは何も無い。嘘は吐いていないしな！　若干ダーティーな手段を取ってでも勝てば良かろうなのだ。

☆★☆

「アイアン三、ブロンズ四、シルバー二の計九隻ね。まぁ上々じゃないか？」

「アイアンとブロンズは賑《にぎ》やかし程度にしか期待できないけどね」

「それでも宙賊に比べればずっと強いですよね？」

「そりゃそうだ。でも今回想定される相手はクリムゾンランスの連中だからな。まぁ、最悪俺達以外の誰かが逃走に成功するか、或《あるい》いは俺達が逃げるための盾になってくれれば良いわけだし」

我ながらゲスいことを言っている自覚はあるが、そもそも有事の際はそう扱われるのが傭兵の仕事だしな。無論、そうならないように立ち回るつもりではあるが、それが必要となればそうすることを躊躇《ためら》うつもりはない。

ちなみに、今回の依頼報酬としてアイアンランクの傭兵は一日あたり3万エネル、ブロンズランクの傭兵は一日あたり5万エネル、シルバーランクの傭兵は一日あたり8万エネルを提示している。出発時間は今からちょうど四時間後で、拘束日数はハイパーレーン内の航行時間を含めて丸二日――四十八時間を予定している。何もなければ二十四時間もあれば到着する筈《はず》だが、その場合でも二日分の報酬を支払う契約としてある。更に宙賊などを撃破した場合には賞金も戦利品も撃破者が総取り。自分の船に積めない分は可能な限りブラックロータスがスペースを提供するという良条件の依頼だ。

リーフィル星系のように自然豊かな居住惑星がある星系に商船が来る理由といえば、ほぼ間違いなく居住惑星上で作られた作物や自然工芸品などの取引であるわけで、基本的にそういった商品のやり取りには短くとも一週間から二週間程度の時間がかかる。

その間も護衛に連れてきた傭兵を雇い続ける商人などいないので、このリーフィル星系まで民間商船を護衛してきた傭兵連中というのはこの星系から離れる依頼を求めている事が多いわけだ。その需要を見込んだ依頼を俺は傭兵ギルドに流したわけだな。

目的地であるゲートウェイがある星系というのはハイパーレーンでの移動回数で言えば五星系先というさして遠くもない星系だ。基本的に商取引が盛んな星系であることが殆《ほとん》どだし、帝国航宙軍も戦力を展開しているので治安も大変によろしい。つまり、今回俺が出した依頼は危険度が低くてチョロい仕事なのである。普通に考えれば。

そして周辺星系の治安が良くて商取引が多いということは民間商船の行き来も活発だということで、ゲートウェイが存在する星系というのはアイアンランカーやブロンズランカーにとってはメシの種が多い星系ということでもある。難易度低めの護衛依頼が多いからな。

また、シルバーランカーにとっても治安の良いゲートウェイ周辺星系から治安のあまりよろしくない辺境星系への長距離護衛依頼が転がっていることがある場所でもあるので、やはりメシの種には困りづらい星系である。実際、ＳＯＬでもゲートウェイ周辺の星系は栄えていたし、その辺りを根城にしているプレイヤーは大変に多かった。

宙賊狩りをするにはちょっと平和すぎて都合が悪いから、最初の頃はともかくある程度慣れてからは俺はあまり近寄ることがなかったんだけどな。

「盾扱いは流石に酷いんじゃ……？」

「護衛依頼ってのはそういうもんよ。最低でも依頼主の船を逃がすのが傭兵の仕事だからね。上手く行けば襲われなくてもただ随行してるだけで万単位の報酬を得られるんだし。襲われた時だって時間さえ稼いでいれば星系軍が駆けつけてくるわけだしね」

「……なるほど」

「星系軍がすぐに駆けつけてこないような星系で宙賊に襲われて、それを返り討ちにできるようになったらブロンズランカー卒業ってところだな」

「……そう考えると、今回の依頼ってかなりブラックじゃないですか？」

おっと、気付いてしまったか。そう、今回俺が出した依頼は下手をすれば宙賊どころかゴールドランク傭兵団が襲いかかってくるかもしれない滅茶苦茶《めちゃくちゃ》に危ない依頼である。しかし確実に襲ってくると確信しているわけではないのでその旨を依頼内容に記すことはできない。実際に奴らが襲ってくるかどうかは未知数だからな。そもそも俺達——というか俺の自意識過剰である可能性すらある。

「ミミ、世の中は不平等に出来ているものさ」

「美味《おい》しい話には裏があるってことね」

「それで良いんですか……？」

「俺達は正義のヒーローじゃなくて生き汚い傭兵《ようへい》だからな。まぁ、心配しなくてもこれだけ頭数を揃《そろ》えれば仕掛けてくること自体無いと思うぞ」

そもそも、襲撃されるようならアイアンランカーの連中にはとっとと逃げて星系軍なり帝国航宙軍なりを呼んでもらうつもりだしな。俺達をただ殺すだけじゃなくて、捕らえて見せしめにしようってんならいきなり対艦反応魚雷とか反応弾頭ミサイルとかを湯水のようにぶち込んでくるような手は打たないはずだ。ならこっちはアイアンランカー達が逃げて応援を呼ぶ間だけ耐え忍べば良い。他にもその場で打てる手はいくつかあるしな。

結局のところ、星系軍や帝国航宙軍が異常を察知して駆けつけてくれればそれで良いんだ。何も星系軍を呼び寄せる方法は通信だけじゃないんだから、なんとでもなるし、してやるさ。

☆★☆

少しの間だが行動を共にする傭兵達と軽くコミュニケーションを取ってから出発することにする。

そういえば、臨時とはいえ船団のリーダーとして行動するのはこっちの世界ではこれが初めてか。まぁ、全員初心者ってわけじゃあるまいし、リーダーだからってあれこれと世話を焼いてやる必要は無いと思うが。

「依頼文にも書いてあったように、最終的な目的地はゲートウェイがある五星系先のエイニョルス星系だ。ルート設定データを共有するので、各自航行システムにインプットしておいてくれ」

わかりました、了解、うっす、などめいめい返事が返ってくる。無言の奴《やつ》もいるが、無理に返事をしろとは言わない。言うことに従わず逸《はぐ》れたりしたらそのように傭兵ギルドに報告するだけだからな。

「超光速航行、及びハイパードライブは一番質量のデカいブラックロータスに同期して行う。ブラックロータスからまとめて同期申請を行うから、承認してくれればあとはこちら任せで構わない。ただ、ハイパードライブ中はともかく超光速航行中はインターディクトからの襲撃が行われる可能性がある。航行そのものはこちら任せで構わないが、緊急時には即応できるようにしておいてくれ。さもないと戦場でぼっ立ちしている間に爆発四散しかねんからな」

そう言ったところで数人から質問が飛んでくる。要約すると、通常の宙賊からの襲撃以外に何か襲撃してくるような相手――それもこうして手勢を集めなきゃならないような――に心当たりがあるのか？　という内容だ。

「知っているかもしれないが、少し前に行われたレッドフラッグ掃討作戦の発端はこのリーフィル星系のリーフィルⅣに対して宙賊どもが二度にわたる降下襲撃を敢行したことでな。どう考えても自業自得なんだが、リーフィル星系のエルフはレッドフラッグの残党に逆恨みされている可能性がある。あと、俺も掃討作戦でそこそこに活躍したから恨まれている可能性が高い。つまり、お礼参りが来る可能性がゼロではないから念には念を入れたってわけだ」

という俺の説明に概《おおむ》ね納得してくれたようだ。まだ疑ってるというか、信用しきれないという態度を見せているのも数人居るが、そこは想定内。これで危険を感じ取れるこの数人は良い鼻をしている。

まぁ、俺も傭兵《ようへい》達に怪しまれないように報酬はちょっとお得くらいで済ませて、かつ船団を組むということで依頼を物色する傭兵が感じるリスクを低減。更に討伐賞金、戦利品に関しては大幅に譲歩することで宙賊が襲ってきたらボロい儲《もう》けになりそう、という感じを演出したんだけれども。

「あの……なんだか騙《だま》しているような」

通信を終えると、ミミが眉間《みけん》に少し皺《しわ》を寄せて俺の顔をじっと見つめてきた。

「騙してはいない。というか公然とクリムゾンランスが怪しいと言うのもちょっと危ないからな」

「私達だって確信を持っているわけじゃないしね」

地雷案件を発注する側の立場という重圧にミミの精神が悲鳴を上げているようだが、俺とエルマにとってはなんとも思わない日常の光景でしかない。この依頼を遂行するにあたって、もし誰かが死んだとしてもそれは死んだ奴の腕と運が悪かったたってだけの話だからな。

アイアンランカーだろうがブロンズランカーだろうがシルバーランカーだろうがなんだろうが、傭兵として活動している以上はプロなのだし、自分の命を賭《か》けて傭兵という仕事をしているのだ。

無論、俺としても一時的なものとはいえ同じ船団として活動する仲間なのだから、無為に死なせるつもりはない。有事の際は最大限仲間が撃墜されないように立ち回るつもりだ。だが、最終的に自分の命を守るのは自分自身である。俺はそのために最大限の努力をしている。彼らを雇ったのもその一環だ。

「ミミ、俺は物語の英雄《ヒーロー》なんかじゃなく、ただの傭兵だ。そして聖人君子でもない。だから自分と皆の命を守るためなら他人の命を犠牲にすることを厭《いと》うつもりはないぞ。あと、俺だって雇った傭兵連中を完全に盾にして――というか捨て駒にして難を逃れようとは思ってないからな？　万が一襲撃されたら、可能な限り抗《あらが》うぞ」

「そうですか……」

どうもまだ納得できていないようだ。うーん、これまで楽勝な戦闘ばかり体験させてきたから、ちょっと認識がズレてるな。どう説明したものか。

「ミミ、勘違いしているようだからはっきりと言うけど、いくらヒロが変態的な機動を使いこなす腕前を持っていてクリシュナも規格外の性能をもっているからと言っても、マリーが率いるクリムゾンランスと正面からやり合うのは無理だからね？　今までミミはベレベレム連邦の軍隊や結晶生命体、それに御前試合なんかでヒロが軽く勝利をもぎ取ってきたのを間近で見てきたわよね？」

「はい」

「今までヒロがそういう場面で勝利を掴《つか》めたのは、基本的にヒロが攻撃側、かつ奇襲による混乱や変態的な機動で常に戦闘の流れを自分で支配してきたからよ。ベレベレム連邦軍への初手なんてアレだったしね」

アレというのは結晶生命体をどこからともなく呼び寄せるという特級の危険物である歌う水晶のことである。確かにあの歌う水晶による結晶生命体召喚が無かったら、あの時ターメーン星系に展開していた星系軍と傭兵の戦力だけじゃベレベレム連邦を撃退することは不可能だっただろうな。

「でも、今回の相手は最悪の場合ゴールドランカーの傭兵船団よ。宙賊なんかとは比べ物にならない性能の船が、相応の技量でもって高度な連携戦を仕掛けてくるの。いくらヒロの変態機動とクリシュナをもってしても、正面から戦ったら勝ち目が無い。そういう相手なのよ、ゴールドランカーの船団ってのはね」

「俺の代わりに説明してくれてありがとう。でも三回も変態機動って言う必要あった？」

「あったわ」

強い意志を感じさせる気迫でそう言われるとこれ以上文句も言えない。そっかー、必要だったかー。なら仕方ないね。うん仕方ない。

「でも、ヒロ様ならそんなこと言いながら軽く捻《ひね》ったりしちゃいそうじゃないですか」

「それはそう。私も自分で言っておいてなんだけど、実際にクリムゾンランスの連中に絡まれたとして、本当に勝てないのかってのはちょっと疑問なのよね」

そう言って二人とも俺の顔をじっと見つめてくる。

「一対多の戦闘は得意な方だが、相手の技量がはっきりわからないし、機体の性能もざっくりとしか予想できないから正直なんとも言えん」

戦ってみないとわからないというのが正直なところだ。単純な総火力、シールドを含めた総耐久力を考えればどう考えても勝てない。実質的に回避不能のレーザー砲でバンバン攻められたらいくらクリシュナのシールドが高性能とは言っても攻撃を受け止めきれない可能性が高いからな。最後の砦《とりで》として装甲もあるにはあるが、これもやはり小型艦なのでそこまで信頼はできない。

「何にせよ戦いにならないのが一番だ」

「そうですね、それが一番です」

「そう上手くいくかしらね？」

「難しいだろうな」

正直に言うと俺は完全に諦《あきら》めている。だからこそこうして傭兵を雇って少しでも有利な状況を作ろうとしているわけだ。なんでもかんでもクリシュナ一隻でなんとかなるならこんな苦労はせんでも良いんだがな……世の中上手く行かないもんだ。

『ご主人様、間もなく出港予定時刻です』

「わかった。船団各位、出港申請を行なってポイントアルファに集合だ。ミミ、出港申請を頼む」

「はい！」

元気よく返事をして出港申請を始めるミミから視線を外し、クリムゾンランスが停泊していた空間に視線を向ける。既にその場所は空になっており、代わりに別の船が何隻か停泊している。どうやら俺が依頼を出した翌日には揃って出港していったらしい。

だが、四時間前にリーフィルⅣから宇宙に上がってきた時には俺達の動向を探る小型偵察艦がリーフィルⅣの衛星軌道に張り付いていた。奴らが出ていったのは遅くとも二日は前なのに、だ。

「数を見て諦めてくれねぇかなぁ」

「諦めてくれると良いわね」

俺のぼやきにエルマが肩を竦《すく》めながら答えた。本当に心からそう思うわ。

#11：罠《わな》

「各艦の集結を確認。ブラックロータスからの同期申請……受諾完了しました」

「了解。ジェネレーター出力は即応できるよう戦闘出力を維持」

「アイアイサー。でも、仕掛けてくるかしらね？」

「どうかな。あまり余裕はない筈《はず》だから、仕掛けてくるとしたら次かその次だろうな」

ゲートウェイが存在するエイニョルス星系はここから五つ先の星系だ。基本的にゲートウェイが存在する周辺三星系というのは大変に守りが堅い。何故《なぜ》なら数十レーン分の移動を一瞬で済ませられるゲートウェイという施設は銀河帝国にとって経済的にも軍事的にも重要な施設であるため、その周辺の治安が宙賊の活動などによって脅かされている状態というのは非常によろしくない。

あと、単純に帝国の威信に傷がつくというのもある。ゲートウェイの周辺すら満足に治安維持できないとか完全に他国の笑いものになってしまうからな。なので、ゲートウェイ周辺というのは非常に治安が良いわけだ。星系内で戦闘なんぞ起きようものなら、まず間違いなく一分以内に帝国航宙軍の精鋭部隊がかっ飛んでくる。

なので、クリムゾンランスの連中が俺達に襲撃を仕掛けることができるのは今俺達が出発しようとしているリーフィル星系、その次のミラブリーズ星系、更にその次のホルミー星系のどれかだけだ。その先の星系では仕掛けても一分以内に帝国航宙軍の精鋭部隊がかっ飛んできて、俺達諸共《もろとも》拘束された上に先に仕掛けた方が処分を受けるという流れになるだろう。

「カウントダウン開始。間もなく超光速ドライブ起動します」

「はいよ。まぁ緊張しすぎず、気を抜かずって感じで行くしかないな」
3、2、1、とメインスクリーンにカウントダウンが表示され、0になった瞬間に轟音《ごうおん》と共に遠くに見える星々が後方へと流れ始めた。いつ見ても超光速航行中の外の景色は綺麗《きれい》だな。ハイパーレーン航行中の景色はサイケデリックに過ぎて気持ち悪くなるけど。
「亜空間センサーに反応は？」

「うーん……ブラックロータスのセンサー情報を見ているんですけど、それっぽい反応はないですね」

「偵察艦も本隊に合流したんかね？」

「どうかしら。まぁ少なくとも四時間は早く行動しているでしょうから、とっくにこの星系から移動していてもおかしくはないわね」

合流していたとしても、戦闘に加わる可能性は極めて低いしどうでも良いっちゃどうでも良いんだけどな。俺達も動き始めたわけだし、これ以上監視を続けても意味がない。しかもう見ていないということは、見る必要が無くなったということでもある。やっぱり仕掛けてくるか？　いや、あの偵察艦が持ち帰った情報を聞いて襲撃を諦めた可能性もあるか。

『間もなくハイパーレーン突入口へと到着。引き続きハイパードライブを起動します』

話しているうちにメイから通信が入る。そうして間もなく船団がハイパーレーンへと突入した。

「でも、いくら帝国航宙軍の勢力圏外って言っても普通に星系軍は来ますし、そうそう襲撃なんてできるものでしょうか？　通信を妨害する装置は確かにありますけど、それにしたってリスキーですよね？　どうやったって目立ちますし」

「それはそうだな」

俺の知る限り、SOL《ステラオンライン》に実装されていた通信妨害装置は簡単に言えば通信に使う周波数帯に大出力の通信波を放出して電波障害を起こさせるものだ。当然ながら使えばすぐに星系軍にバレるので、星系軍が駆けつけるまでに手早く対象を仕留めなければならない。だから俺はデコイになる傭兵を雇って、戦闘時間を引き延ばすことによって対抗しようとしているわけだが……。

「そもそもの目的を切り替えたとしたら、マズいな」

「目的を切り替える？」

「俺達を捕らえて見せしめにするって方針を切り替えて、とにかく無残に殺すみたいな方向に舵《かじ》を切ったとしたらちょっとマズい。嫌な予感がする。いや、もしかしたら最初から方針を勘違いしていたのか……？」

「それは確かに嫌な予想だけど、それにしたって襲撃する時に私達を優先的に狙ってくるとかそれくらいしか方法無くない？」

「いいや、ある。お尋ね者にならずに俺達に無残な死を押し付ける方法はある」

猛烈に嫌な予感がしてきた。

「ハイパーレーン移動中に後戻りってできねぇかな……」

「できませんよ……というか、ヒロ様がそんな事を言うくらい嫌な予感がするんですか？　私怖くなってきたんですけど」

「奇遇ね、私もよ。それで、どんな可能性を思いついたの？」

「確証はないけど、二人とも一度その光景を見てるぞ……ミミ、メイに通信を繋《つな》いでくれ」

「わかりました」

「一度見ている……？」

エルマが怪訝《けげん》な表情で首を傾《かし》げているが、きっとすぐに思い当たるだろう。あの方法なら自分の手を汚さずに対象を始末できるからな。

☆★☆

極彩色のハイパーレーンを駆け抜け終え、ブラックロータスの巨体を先頭に俺達の船団が通常空間へと帰還する——と同時に超光速ドライブのカウントダウンが開始され、前方で何かが爆発したのが見えた。畜生、やっぱそう来たか。

「っ！」

「うっ……！」

「ああ、もう！」

同時に脳内を掻《か》き回《まわ》す金切り声のようなものが響き渡る。真空に近い宇宙空間も、完全に気密が保たれている船外殻も、強固な装甲やシールドすらも突き抜けて。こりゃ間違いなく歌う水晶を使いやがったな。しかし、この金切り声みたいなやつは多分普通の音じゃないんだろうな。もしかしたら精神波とかそういう感じのサイオニック系の波動なのかもしれん。

「間に合うか？」

「微妙……いやちょっと無理そうですね」

痛む頭を押さえつつミミに聞いてみるが、その表情は厳しい。俺もミミが見ているセンサーの反応を確認してみるが、既に空間を引き裂いて結晶生命体が出現し始めている。その数は非常に多い。俺達の戦力だけで全ての結晶生命体を撃破するのはかなり骨が折れるだろう。

「仕方ない……メイ、プランBだ。各機は引き続きブラックロータスの護衛を行なってくれ」

『承知致しました。超光速ドライブ、チャージ完了まであと三十秒です』

「了解」

超光速ドライブのチャージ時間は全体質量が大きければ大きいほど延びる。元々ブラックロータスはクリシュナとは比べ物にならないほど大きな質量を持つ船だし、今は同期状態で護衛の船も引き連れているので、超光速ドライブのチャージ時間は更に延びてしまっている。クリシュナ一隻がそこから抜けたところでチャージ時間はさして短くはならないが、結晶生命体の足止めは必要だ。もし、チャージ中にブラックロータスがシールドを破られて装甲や船外殻にダメージを負ってしまった場合、超光速ドライブのチャージをキャンセルされてしまうからな。

ちなみに本来のプランAはとにかく最速で超光速ドライブのチャージを強行してちょっかいを出される前に逃げ去るという内容だ。プランBはクリシュナだけが足止めに残り、他の船でブラックロータスを護衛しながらとっとと逃げるという内容である。

「派手にやるぞ」

超光速ドライブの同期状態を解除しながらウェポンシステムを立ち上げる。初手はド派手にやるとしよう。敵の注意を引きつける必要があるからな。

「わかりました。船団の進路上にいる結晶生命体をピックアップします」

「サブシステムはいつでも。しかしまた結晶生命体か……できればもう関わり合いになりたくなかったんだけど」

「縁があるよな」

機体を加速させながら対艦反応弾頭魚雷の炸裂《さくれつ》距離を設定する。全部撃ち切ると大型に対処できなくなるが、まぁ大型の始末は駆けつけてくる星系軍に任せればいいだろう。そんなに数が出てくるとは思えんし、進路上の中型さえ始末してしまえば問題ない。

「そら行けっ！」

二発の反応弾頭魚雷を発射し、更に加速しながらもう二発。炸裂地点はブラックロータスの進路上、つまり船団の退避ルートだ。まずは範囲攻撃でブラックロータスと傭兵《ようへい》達の船が離脱するための道を空ける。

「結晶生命体が動き始めました！」

「進路上に出てきそうな敵を優先して叩《たた》くぞ。一発当てて注意を引くだけでいい」

「はいはい！　重レーザー砲はこっちでやるわよ！」

「任せた」

俺は操艦と艦首に固定されている二門の大型散弾砲を担当し、エルマには四門の重レーザー砲の火器管制を担当してもらう。クリシュナの重レーザー砲は射撃可能範囲が広いから、やろうと思えば四つの目標を別々に狙う事ができる。通常の戦闘では火力を集中した方が有利だからまず使わないが、今回のように一隻で多数の注意を引き付けなければならない時には有効な機能だ。

「反応弾頭、炸裂します！」

一発目の対艦反応魚雷が炸裂して広範囲の結晶生命体を消し飛ばし、残り三発の対艦反応魚雷も次々に爆発して空虚な宇宙空間に光の華を咲かせる。大量に砕け散った結晶生命体の残骸《ざんがい》がキラキラと恒星の光を反射して実に美しい。

「素敵なパーティーの始まりだな」

「どこも素敵じゃないわよ！」

ははは、こういうのは楽しまないと損だぞ。

☆★☆

「今回はいつもの無理無理ってやつはやらないのか？」

四方八方から突っ込んでくる結晶生命体をひらりひらりひらりと避け——いや、姿勢制御スラスターを最大出力で小刻みに噴射しているからひらりひらりというのは不適切かもしれない。むしろズヒャア！　とかドヒャァ！　のほうが適切かもしれない。

「流石《さすが》に三回目ですからね……」

戦闘に集中しているので流石にミミの顔色は窺《うかが》えないが、声色からして完璧《かんぺき》に平常な状態とは言い難いようだ。まぁ、実のところ俺も余裕綽々《よゆうしゃくしゃく》ではなかったりするのだけども。

条件によっては銀河帝国の侵略艦隊に大打撃を与えるほどの結晶生命体の群れだ。仮に真正面からぶつかり合い、攻撃をまともに受けたりしたら小型艦であるクリシュナではひとたまりもない。一つ間違えば海の藻屑《もくず》ならぬ宇宙のスペースデブリ――にすらならず、結晶生命体に同化吸収されてゲームオーバーである。

そんな状況下でブラックロータスとその護衛の傭兵達はなんとか超光速ドライブを起動し、この場から逃げおおせていた。今回はこういった事態が起こる可能性をワープアウトする前から考えて、事前にどう行動するか決めておいたからなんとかなった。だが、これが全く想定していない状態であればターメーン星系を侵略すべく攻め込んできたベレベレム連邦の侵略艦隊と同じ末路を辿《たど》っていたことだろう。

「ってか動きすぎ！　まともに狙えないんですけど！」

「ははは、狙わなくても適当にぶっ放せば当たるだろ」

「笑ってないでとっとと群れから抜け出しなさいよ！　シールドセルだって無限じゃないんだから！」

「鋭意努力はしている」

エルマの言う通り、ブラックロータスが戦域を離脱したのであればクリシュナがここに留《とど》まる理由はない。これが小集団の結晶生命体なら殲滅《せんめつ》して星系軍に報告して金一封を強請《ねだ》るところであるが、大型種、中型種、小型種合わせて軽く五百以上はいるこの大集団をクリシュナ一隻で殲滅してのけるというのはあまりに骨が折れる。時間をかければできなくはないだろうが、五時間も六時間も集中力を保って戦闘し続けるのはあまりにダルい。

では何故脱出もせずにぐずぐずと手をこまねいているのか？　というと、それはあまりに四方八方を分厚く囲まれてしまったせいで、集団から抜け出すのに苦労しているのである。今のクリシュナは殺意——あるいは食欲かもしれない——をもって襲いかかってくる結晶生命体の迷路のど真ん中にいるようなものだ。しかもその迷路の構造は結晶生命体の動きによって千変万化するため大変に抜け出すのが面倒くさい。

「まぁ手こずってる間に助けが来るだろうし、そこまで焦らんでも大丈夫だろ」

「それはそうかもしれませんけど、この光景は心臓に悪いです……」

ミミの不安そうな声を聞きながら散弾砲を発射して真正面の小型結晶生命体を数体まとめて砕き、それよって発生した僅《わず》かな隙間にクリシュナを滑り込ませて真横からの突進を回避する。

増援に関しては対艦反応弾頭魚雷を四発も炸裂させた上、この場から脱出したブラックロータスとその護衛が星系軍に事情を伝えてくれるだろうから、確実に来ると考えていて良いだろう。ハイパーレーンの突入口付近は星系軍も特に注意して警戒網を敷いているはずだからな。

『苦戦しているようだねェ……手を貸そうかァ？』

と、救援の事を考えつつ襲いかかってくる結晶生命体をいなしていると、嗜虐性《しぎやく》を滲《にじ》ませる粘着質な声が聞こえてきた。この声は間違いない、クリムゾンランスのマリーの声だ。

「どっから見てるんだか知らんが、下手に手を出すと火傷《やけど》するぞ」

『おやァ？　こいつは意外だねェ。心配してくれるのかい？』

「ソウダヨー、俺は美人には優しいんだ」

大嘘《おおうそ》である。外部から攻撃が飛んできて結晶生命体どもの動きが乱れるとかえって危ないから手を出して欲しくないだけだ。まぁ、半分くらい向こうで引き受けてくれるなら万々歳なんだがな。

『はっはっは、その心にもない言葉、いっそ清々《すがすが》しいねェ？』

瞬間、途轍《とてつ》もなく嫌な予感を感じた俺は結晶生命体に接触するのも厭《いと》わずにサイドスラスターを噴かしてクリシュナを真横に移動させた。慣性制御機構で相殺しきれない程の急な加速に首を横に持っていかれそうになり、更にシールド越しに小型種の結晶生命体と接触しその反発で今度は逆に首を持っていかれそうになる――が、今までクリシュナが存在した空間を虹色《にじいろ》の閃光《せんこう》が貫いたのを見て俺の判断が間違っていないことが確信できた。

『おやァ？　すまないねェ。援護射撃をしたんだけど、結晶生命体が多すぎるせいで危うく誤射しちまうところだったよォ』

「あのクソアマ……」

「な、なんですか今の⁉」

「巡洋艦か、下手すれば戦艦の主砲並みの出力だったわよ」

今の一撃はあのクリシュナと似た雰囲気を持つ真紅の機体に装備されていた大口径砲によるものだろう。なるほど、あの機体のコンセプトはさしずめ高機動性と強烈な一撃の両立――戦艦の主砲が小型艦の速度と大きさで動き回ったら強くね？　といった感じのものだろうか。

実際どの程度の威力と射程を持ち、機動性がどれほどのものかはわからないが、運用次第では強力だろう。だが、あれだけ船団を組んで護衛をつけているってことは本体の機動性と格闘戦能力はさして高くないものと見た。

そんなことがわかったからってこの状況じゃ何にもできねぇけどな！　畜生め！

「シールドは？」

「全損はしてないけど、シールドセルを使わされたわ」

「クソが」

シールドセルは減衰しつつあるシールドを急速にチャージするサブシステムだ。シールドを全損する前に使わなければいけないので、使うタイミングを誤ると抱え落ちしかねなかったりと実は結構使い所が難しい。当然ながら消耗品で、一度に積める数にも限りがある。視界の隅でちらりと残量を確認する。残りは三つか。

「あ、でも今の一撃で包囲に穴が空きましたよ！」

「ダメだ。あんなところに飛び込んだら狙い撃ちにされかねん」

ロックオン警報が無かった。恐らく直接照準による狙撃だな。クソ、完璧にロックオンなしだと明確にこっちを狙ったって証拠が残らねぇ。これだともし奴《やつ》の狙撃に当たっても『流れ弾による事故』で処理されかねん。

しかも、結晶生命体に囲まれているせいでセンサーの効きが悪い。大まかな方向はわかっても、どのくらいの距離から撃ってきているのかも、相手の現在位置もわからん。殺意マシマシの壁の外から壁を貫通する大砲で狙撃してくるとか、お前性格悪過ぎんか？

『んン～、どうしようかねェ？　援護射撃をしてやりたいけど、誤射しちまったら大変だからねェ？　結晶生命体の群れに阻まれてセンサーもまともに通らないしさァ？』

「白々しいなオイ」

『んふふ……そォら、援護射撃するから、ちゃんと避けなァ？』

嗜虐心を隠そうともせず声の主――マリーがそう宣言し、背筋に粟立《あわだ》つような感覚が襲いかかってきた。まずい、ここはまさしく死地だ。

□■□

「……気味が悪いねェ」

また私の狙撃が外れた。これで八発目。八発目だ。この私が、これ以上無いキルゾーンに追い込み、結晶生命体をけしかけることによって動きまで制限させている状態だというのに、八発も外した。

「外したわけじゃないんだよねェ」

断じて私は外してはいない。トリガーを引いた瞬間、確実に当たるという確信があった。だが、不思議なことにあの男はその瞬間に緊急回避をして逃げてしまうのだ。

私が乗っているこの機体、『アンダル』が装備している『虹《にじ》』はオンリーワンの特殊な兵装だ。射程は長大、威力も極大。弾速は流石に光速で着弾するレーザー砲には少し劣るが、発射から着弾までが早く、普通のレーザー砲と違って対物貫通力が高い。通常のレーザー砲は対象の表面を蒸発させて爆発と衝撃波を発生させ、破壊する兵器だ。だが、この『虹』は爆発を起こさずにただ対象を灼《や》き貫く。

破壊力には劣るが、貫通力が高いので機関部やコックピット、メインスラスターや弾薬庫などの重要区画を抜くことさえできれば一撃必殺を狙うことも可能だ。

「まるで殺気を読んで避けているような……まさか、某アニメのエスパーじゃあるまいし」

あの額のあたりに電流のようなものが走る独特のエフェクトを思い出して苦笑いする。流石にあのアニメの主人公みたいに撃たれる一瞬前に既に回避行動を取っているような化け物を相手にしているとは思いたくない。

「思いたくないんだがァ……チッ」

九発目。また外れた。いや、避けられた。これはいよいよあの機体――クリシュナとか言ったか――のパイロットはやはりエスパーか何かなのでは？　という説が濃厚になってくる。

一発二発外れるくらいならまぁ、こちらも対象を完全に目視できているわけでもないし、距離もあるのだから無いこともないだろう。

三発、四発くらいなら運が悪かったと諦《あきら》めることもできる。私だって完璧な人間ではない。たまにミスをすることもあるし、運が悪い日だってあるだろう。

五発、六発となってくると流石にこれはちょっとおかしいぞ？　となる。私はこの世界で、この遠距離狙撃によって道を切り拓《ひら》いてきたと言っても過言ではない。

突然この世界に放り出されて、右も左もわからない状況でなんとか生き延びてこられたのはスペースパイレーツオンラインで培った技術と経験によるものだ。私にだってそれなりの自負というものがある。

七発、八発、そして九発目。疑念は確信に変わる。

「チートでも使ってんじゃないのかってェの……」

『お嬢、そろそろ時間です』

「ああ、もォ……しゃあないねェ。それじゃ、あくまで善意の協力者って体でいくよォ」

もうお嬢なんて歳《とし》じゃないってのにこいつらときたらお嬢呼びをやめようとしない。まぁ、姐御《あねご》呼びされるほど年増《としま》でもなし。お頭って呼び方じゃあからさま過ぎるってんで結局お嬢呼びにするしかないいんだけどさ。

『アイアイマム』

ここまでやって仕留めきれなかったからには仕方がない。今回はこれで諦めるとしよう。奴に落とし前をつけさせてやりたかったが。ここまでやって仕留めきれないとなると、ちょっと色々と考えを改める必要がある。この状況で私の狙撃を九回も避けるような相手と事を構えるのはあまりに危険だ。下手をすると真正面からぶつかっても勝てるかどうかわからないし、勝てたとしても大損害は免れないに違いない。アレ一隻を落とすためにこっちが大損害を受けてしまっては算盤《そろばん》が合わない。

「妙に勘が良いしねェ……関わり合いにならないほうが賢明か」

思い返してみれば、初対面の時からあの男はこちらを過剰なほどに警戒していた。一度も顔を合わせたことがない筈《はず》なのに、最初からこちらの正体を見破っているかのような態度だった。あまり積極的に関わるとどんな離れ業でこっちの尻尾《しっぽ》を掴《つか》んでくるかわかったものではない。

などと考えている間に星系軍の大部隊がこの宙域に到着した。ド派手な音を立てながら軍用艦が大量にワープアウトしてくる光景は心臓に悪いが、今の私達は至ってクリーンな身の上だ。何も恐れることはない。

「おいでなすったかァ……しゃあないねェ。皆、星系軍と協力してクリスタルどもを叩《たた》くよォ」

『『『アイアイマム！』』』

□■□

「こなくそぉ！」

「ひゃあぁっ⁉」

「わぁーっ⁉」

サイドスラスターと姿勢制御スラスターを全開で噴射し、無茶な方向転換で発生するGの影響をもろに受けながら紙一重で『クソ女《ファッキン》・マリー』の狙撃を躱《かわ》す。クリシュナの慣性制御装置は大変に高性能なものだが、その性能にも流石《さすが》に限界というものがある。これ、慣性制御装置が利いてなかったら良くてもブラックアウト。下手すると内臓や骨にダメージを負っていたかもしれん。

「シールドセル！」

「残り二個よ！」

「助けはまだですかー⁉」

今の回避で中型結晶生命体に擦《かす》った。比喩《ひゆ》表現ではなく、本当に擦った。まぁ、艦体を直接ではなく、シールドがってことだけど。しかしおかげでシールドは大幅に減衰する羽目になり、複層型のシールドも残り一枚になってしまっている。すぐにシールドセルで回復しないとまずい。完全に消失すると再展開にはかなりの時間がかかる。

「これで九発目！　あのクソアマ絶対に許さねぇ‼」

「どんどん精度が上がってきてますよぉ」

「今の掠《かす》ったわよね……というかよく避けられるわね、あんなの」

「相手の気持ちになればどこで撃ちたいかなんとなく想像がつくんだよ！」

とはいえ次が避けられるかどうかは正直自信がない。距離はわからんが、どの方向から撃ってきているのかは二発目を避けた時点でわかった。どっちの方向から撃ってくるのかさえわかれば、あとはタイミングだけだ。このタイミングで撃たれると不味《まず》いというところに的確に撃ち込んでくるから、逆にわかりやすい。こっちはそのタイミングで緊急回避をしてやれば良いんだからな。

問題は、周りが結晶生命体だらけだから、そういう無理な回避をすると結晶生命体に接触したりして大変に危険が危ないというヤツなのだけれども。え？　言葉がおかしい？　良いんだよこれで。

「あっ」

「あ？」

「き、来ました！　星系軍です！」

「よっしゃ勝った！」

クリシュナのセンサーがこの宙域に次々に到着する星系軍の軍用艦の反応をキャッチした。

『ご主人様、退路を切り拓きます』

「うん？」

星系軍と一緒にワープアウトしてきたブラックロータスから通信が入る。退路を切り拓くってまさか艦首の大型電磁投射砲《EML》をこっちに向かってぶっ放すつもりじゃあるまいな？　メイさん？　まさかメイさん？

『弾道計算完了、データを送信します』

「ちょっ……⁉」

クリシュナのメインスクリーン上にブラックロータスから一直線に伸びる真っ赤な砲撃エリアが投影される。やっぱこっちに向かってぶっ放すつもりだな⁉

『発射』

結晶生命体の隙間から見える真っ黒な宇宙空間の一点でピカッ、と何かが光った。うん、間違いなくブラックロータスですね。間違いない。

「EML、来ます！」

「弾道を予告してくれるだけ有情よね」

「それはそうだけどさぁ！」

どっちも当たったらタダでは済まないって意味では同じなんだよなぁ！　まぁ、あの女の狙撃と違ってEMLの方が加害範囲が広い。撃ち込んでくれた後に、結晶生命体の群れにできる間隙を突けば群れの中から脱出できる可能性はかなり高まる。

「来ました！」

「撃ってくるなよぉ……？」

流石に星系軍が到着してなおこっちを狙ってくるとは思えないが、一応注意しながらEMLの弾頭が通った痕《あと》にクリシュナを滑り込ませる。そうしている間に星系軍の軍用艦からの砲撃も始まり、結晶生命体の数がみるみるうちに減り始めた。星系軍にヘイトが向いたのか、クリシュナに向かってくる結晶生命体の個体数も少なくなる。

「なんとか切り抜けたか」

「ヒロ様、マリーのクリムゾンランスも結晶生命体への攻撃に参加しているみたいです」

「あのクソアマ、いけしゃあしゃあと……」

「ヒロが見たこと無い顔してるわ……」

眉間《みけん》に皺《しわ》が寄りまくっている自覚がある。しかし残念なことにあのクソアマを告発することは不可能である。あのクソアマが歌う水晶を使った証拠もなければ、悪意をもって俺を狙撃した証拠もない。クリシュナとあのクソアマの機体は交戦していないので、交戦記録も残っていない。一応各種センサーのログを提出すれば、援護射撃と言うには際ど過ぎるものであったと訴えることはできるが……精々厳重注意で終わるのが関の山だろう。そもそも、敵味方入り乱れての乱戦ともなれば流れ弾の一発や二発は飛んでくるものだしな。

あの時クリシュナは結晶生命体の群れの中で激しく動いていて、あちらからはセンサーでこちらの船の正確な位置を拾うことも難しかった。敵の濃い場所に撃ち込んでいたが、悪意はなかったと主張されればそこまでである。

そして、星系軍が到着しているこの状況では誤射を装った意趣返しをするのも既に難しい。

「キレそう」

「ヒロ様が今までになく怒ってる……」

「私も同じ気持ちだけど、どうしようもないわよ。諦めなさい」

くそう。いつかあの女は泣かす。絶対にだ。

エピローグ

参集した星系軍の圧倒的な火力を前に、召喚された結晶生命体達は残らず駆逐された。

それじゃあ結晶生命体もいなくなったし、これで解散！

「とはならないんだよなぁ」

クリシュナとブラックロータスのクルー、それに護衛のために俺達と船団を組んでいた傭兵《ようへい》達もまとめてミラブリーズ星系軍に拘束されていた。いや、拘束とは言っても抵抗の意思も見せなかったし、彼らの本拠地であるコロニーへの移動にも唯々諾々と従ったから、手錠などもかけられずに待遇もそう悪くないものではあるのだけれども。

「それじゃあ君達は巻き込まれただけで、歌う水晶を不法に所持していたわけではないと。そう言うんだね？」

テーブルを挟んだ向こう側。灰色一色の殺風景な取調室の中で、目に眩《まぶ》しい真っ白な制服に身を包んだ星系軍の憲兵さんが俺に問いかけてくる。

「当たり前だ。万が一歌う水晶を使って結晶生命体で一儲《ひともう》けするにしても、あんな交通量の多いハイパーレーン突入口でやるわけがないだろう？　ましてや自分の母艦や護衛のために雇った傭兵達まで結晶生命体の群れのど真ん中に放り込むような状況で歌う水晶を使うわけがないし、彼らを逃すために単身その場に残って時間稼ぎなんてするわけがない。俺じゃなかったらとっくに死んでるぞ。それに全艦船のログを確認したんだろう？」

「それは勿論《もちろん》。だが、当事者からの事情聴取はしなければならないのでね。私としてもゴールドスターをこのような件で疑うのはどうかと思うが、これも仕事さ。それで、他のクルー……特に今回雇われた護衛の傭兵達の証言なのだが、彼らが言うにはワープアウト後に何かしら――後から思えば結晶生命体の襲撃がある、というようなことをハイパーレーン移動中に通達され、その場合の行動指針まで具体的に指示されていたという話なのだが」

「何の根拠もない勘だ。虫の知らせとでもいうのかね。そういうのを感じるんだよ、俺は。ゴールドスターにしてプラチナランカーでもある俺の特殊能力みたいなもんだと思ってくれ」

「そのようなことが有り得るのか？」

「猛烈に嫌な予感がしたとしか言いようがねぇ。俺が今までどれだけ不運《ハードラック》と踊《ダンス》ってきたか聞きたいか？　クッソ長い愚痴話になるぞ？」

「……結構だ」

取り調べ役の憲兵が心底嫌そうな顔をする。俺も逆の立場なら絶対に聞きたくないな。

☆★☆

「ずいぶん長くかかったわねー」

「お疲れさまです、ヒロ様」

「うん、疲れた」

星系軍の取調室から解放され、ブラックロータスに戻るとエルマとミミに出迎えられた。話を聞くと、どうやら整備士姉妹はクリシュナの整備に大忙しらしい。ブラックロータスも艦首大型電磁投射砲を撃ったり、各部に装備された武装もぶっ放したりしたので、そちらも一応整備をすると張り切っていたとか。

「この後はどうするんですか？」

「晴れて無罪放免になったんだから、とっととこんなシケたコロニーからは出ていくぞ。整備はゲートウェイを通った後にでもじっくりやってもらう」

「それはそうね。ちょっと足止めを食らったけど、まだ当初の予定時間内にゲートウェイのあるエイニョルス星系に到着できそうだし」

「面倒に巻き込んだ分はボーナスでも弾んでおくか」

幸い、臨時収入が転がり込んできたからな。無罪放免となったので船に記録されていた交戦記録などのデータを元に、撃破数から換算した褒賞金が出たのだ。クリシュナ単艦で相当数を撃破したから、反応弾頭を四発も使っても十分以上にお釣りが来るくらいに稼げた。

それに、結晶生命体の残骸《ざんがい》からはレアクリスタルも採れるので、そちらもミラブリーズ星系の資源管理課が大喜びで買い取ってくれたし。これを全部合わせると傭兵達の雇用費用よりも随分と大きく稼げたので、まぁ危険手当ということで支給しても良いだろう。

報告によると護衛の傭兵艦も結晶生命体に嬉々《きき》として殴りかかって、いくらか褒賞金をせしめたらしいけど。まぁそれはそれ、これはこれってことで。

「それじゃあ程なくして出発する旨を皆さんに伝えておきますね。三十分後で良いですか？」

「それで良いだろう。フットワーク軽くコロニーに降りてる連中も三十分ありゃ戻ってこれるだろうしな」

間に合わない奴《やつ》は知らん。容赦なく置いていくし、逸《はぐ》れた奴には報酬は払わんがな。

そういうわけで、再びクリシュナに乗り込むべくミミ達と一緒に移動し、格納庫に着いたところで端末に着信があった。通話ではなく、ホロメッセージだな。はて？　送ってくるような相手に心当たりが無いが。クリスが息抜きにでも送ってきたのだろうか？　などと考えながら上着のポケットから小型情報端末を取り出し、その画面を見て思いっきり渋面を作ることになった。

「何よ、凄《すご》いブサイクな顔してるわよ」

「どうしたんですか？」

「これ」

二人に小型情報端末の画面を見せると、二人とも眉間に皺を寄せたり、口元を引《ひ》き攣《つ》らせたりした。そうだよね。そういう反応になるよね。

「どうやってヒロのアドレスを探り当てたのかしら……」

「知らん。俺は教えてないぞ」

「考えられるのは傭兵ギルド経由か、雇った傭兵経由でしょうか……？」

「どっちにしろ無視はできんな」

念の為《ため》メイに連絡してホロメッセージに変なもの——所謂《いわゆる》マルウェアの類——がくっついていないか確認してもらってから開く。

『どうもォ。直接会おうとしてもきっと断られるだろうから、メッセージで失礼するよォ？』

船のコックピットで撮影したのだろうか？　リラックスした様子のマリーの上半身が小型情報端末の上に表示される。憎たらしいニヤニヤ笑いしやがってこのクソアマ。

『まァ、そんなに話すことがあるわけでもないんだけどォ……挨拶《あいさつ》くらいは、ねェ？』

芝居がかった仕草でホログラムのマリーが流し目を送ってくる。

「話すことがないならメッセージなんて送ってくるんじゃねぇよ！」

「ホロメッセージ相手にいきり立っても仕方ないでしょ……」

「なんか私も気に入りませんね、この人」

ミミが珍しく頬を微妙に膨らませてホログラムのマリーにジト目を向けている。何かわからないが、今回のマリーはミミの癪《しゃく》に障ったらしい。

『何にせよ見事な手前だったよォ？　たった一隻であの数の結晶生命体を相手に大立ち回り。アタシみたいな凡俗にはとても真似《まね》できない芸当だったねェ……おかげでアタシもうっかりアンタを「誤射」せずに済んだみたいで何よりさァ』

「こいついけしゃあしゃあと……明らかに狙ってただろうが」

『今度会った時には是非仲良くしてもらいたいもんだねェ……アンタみたいな腕利きがウチに入ってくれりゃ色々と捗《はかど》るってもんだしさァ。とりあえず色々と水に流して、今度はまっとうに付き合ってくれると嬉《うれ》しいねェ？　少なくとも、こっちはそういうつもりで接するからさァ』

そう言ってホログラムのマリーは意味ありげにニタリといやらしい笑みを浮かべた。

「どういう意味だと思う？」

「そのまま受け取ればレッドフラッグとしての恨み辛《つら》みは水に流すって意味に聞こえるけど、素直に受け取るのは危険ね」

「明言してないですもんね。向こうもこっちに言質を取られるような発言はしないでしょうけど」

二人ともマリーの言葉を俺と同じように受け取ったようだが、やっぱりそのままの意味で素直に受け取るのは危ないよな。私は許そう、でもこいつらが許すかな？　とか言って手下をけしかけてこないとも限らないし。

『そういうことで、縁があったら今度は仲良くしようねェ？　なんなら別の意味でも、ねェ？』

「いやです」

「何言ってんのこいつぶっ殺すわよ」

「間に合ってます」

総スカンである。それはそう。こんな食虫植物じみた女なんてどうあっても御免だ。セレナ中佐とは違う意味で地雷臭が凄《すさ》まじい。

「こいつのことは忘れよう。この広い宇宙だ。ゲートウェイで遠く離れれば二度と会うこともあるまい」

「そうですね、帝国領は広大ですから」

「そうだと良いわね」

エルマが遠くを見るような目をしながら呟《つぶや》く。やめろやめろ、同じようにゲートウェイであちこちに跳んでるのに行く先々で会うセレナ中佐のことを言うのはやめるんだ。また今回も会ってるからな……なんなんだろうね、あの私生活残念美人との縁は。

「切り替えていこう。とにかく今はゲートウェイに到達して遠くに高跳びするのが先決だ」

「実のところ、逃げるみたいでなんか釈然としないんだけどね」

「大規模宙賊団なんぞまともに相手できるかっての。俺達は英雄《ヒーロー》なんかじゃなく、一介の傭兵なんだぞ」

「ヒロ様がそれを言うのはなんだか物凄い違和感が……」

「一介の傭兵は敵国の正規軍艦隊や結晶生命体の群れに突っ込んだら生き残れないし、生体改造も無しで貴族相手に剣で互角以上に戦ったり出来ないし、ましてやプラチナランカーになったりゴールドスターを受勲して皇帝陛下に顔と名前を覚えられたりしないわよ」

「アーアーキコエナーイ」

俺の耳は都合の悪いことは聞こえないようにできているんだ。凄いだろ？　などとマリーの一件を努めて忘れるために他愛のないやり取りをしながらブラックロータスの格納庫へと向かう。すると、すぐに整備士姉妹が俺達の姿に気付いた。

「あっ、兄さんや。お勤めご苦労さまです」

「お勤めご苦労さまです」

「別に収監されてないからね？　刑期を終えて娑婆《しゃば》に出てきたとかじゃないからね？」

「「きゃー」」

ふざけて深々と頭を下げている二人の頭を作業用のヘルメット越しにぐりぐりしてやる。スペース・ドウェルグ社の社章がプリントされた絶妙にダサいヘルメットだ。あのレトロフューチャー的なロケットに跨《また》がったドワーフのおっさんのやつ。

「ダメージは受けてなかっただろ？　補給だけ済ませておいてくれ。もうすぐ出るから」

「それはもう済ませたから大丈夫や。いつでもいけるで」

「本当は激しい戦闘の後はダメージを受けていなくてもフルチェックしたいんですけどね」

「それは安全な場所でゆっくりやろう。整備ありがとうな、二人とも」

最後にポンポンと二人の頭をヘルメット越しに撫《な》でてクリシュナへと向かう。

さぁ、さっさとこんな場所からはおさらばして次の目的地に行くとしよう。

あとがき

『目覚めたら最強装備と宇宙船持ちだったので、一戸建て目指して傭兵《ようへい》として自由に生きたい』の十巻を手に取っていただきありがとうございます！　ついに十巻の大台！　感無量です！

今回は体調に悩まされました……自力で立ち上がるのが困難なレベルの腰の痛みと、それが引いたと思ったら発熱と来まして。締め切り間近に。いや、本当に大変だったしご迷惑をおかけしました。体調管理には気をつけているつもりですが、どうにもならない時は本当にどうにもなりませんね。しかも原稿が仕上がったと思ったら階段を滑り落ちて尻《しり》が……弱《よわ》り目《め》に祟《たた》り目《め》とはこのことか。

さて、大変だった話はこのくらいにしておきまして、最近のゲームは……遂《つい》にプレイステーション5を入手しました。絶対に正規のルートかつ正規の値段で買うと心に決めていたので、入手できて本当に良かったです。

入手して早速人が消え失《う》せた渋谷の街を駆け回ったり、魔法学校に入学したり、狭間《はざま》の地を再訪したりしています。もっとも、今は錬金術士をやっていますが。

素材を集めてアイテムを作って、それを素材にアイテムを作って、強力な装備を作って……とやっている間に無限に時間が溶けます。そして気がついたら強くなり過ぎていて、攻撃アイテム一発で敵が蒸発したりするのもまたお約束というかなんというか。何にせよやりたいゲームが沢山あって幸せです。はい。

作者の近況はこの辺りにしておいて、本編のお話と行きましょう。

今回はリーフィル星系を舞台としたお話の後編となっています。惑星への降下襲撃を仕掛けてきた大規模宙賊団との決着をつけるお話ですね。また、ある意味ではティニアとの決着をつけるお話でもあり、整備士姉妹と収まるべきところに収まる話でもあります。盛りだくさん！

今回も書き下ろしというか、Ｗｅｂ版とは違った展開が随所にありますね。ティニアが同行しているのでさもありなんといったところですが。

そしてヒロの同類との邂逅《かいこう》もあります。彼女は彼女でそのうちまた顔を出してもらいたいと作者としては思っていますが、予定は未定ですね！

今回の巻末設定公開コーナーはこの宇宙における食事事情についてです。

作中でヒロ達はフードカートリッジを使用する自動調理器によって調理されたものを主な食事としていますが、実はこれは割と上等な食事です。上から三番目くらいですね。

一番上等な食事とされているのは本物の食肉や穀物、野菜等を専門の料理人が調理したもので、これは上を見れば青天井ですが、最低限の料理……例えばハンバーガーやホットドッグなどのファストフードでも、一食で１０００エネル――日本円換算で十万円程度――からという値段になります。宇宙においては『本物』の食材というのは大変高価なのです。

次に培養肉や人造肉、水耕栽培された一部の野菜などを使った食事が上等なものとされています。

これでも一食で軽く100エネルはかかります。本物の肉を使ったものの十分の一くらいの値段ですね。

そして三番手のフードカートリッジを使ったプリントフードになると、更にお値段がお手頃《てごろ》になって、品質にもよりますが一食20エネルから5エネルくらい。軍からの払い下げレーションなどもこれくらいの価格になります。

そして一番安いのが作中では未登場のフードサプリメント。必要最低限のカロリーと必須《ひっす》栄養素だけが含まれた錠剤みたいなもので、ボトル一本の水とサプリメントのセットで3エネルくらいです。サプリメントを水で流し込むとお腹《なか》の中で膨れて空腹を紛らわせることができます。ある意味究極のディストピア飯ですね。

一応最後の手段というか、緊急時の備えとしてクリシュナやブラックロータスにも積まれています。そのうち出てくるかもしれません。


さて、では今回はこの辺りで失礼させていただきます。

担当のKさん、イラストを担当してくださった鍋島《なべしま》テツヒロさん、本巻の発行に関わってくださった皆様、そして何より本巻を手に取ってくださった読者の皆様に厚く御礼申し上げます。


次は十一巻！　出ろ！

リュート

カドカワBOOKS

目覚《めざ》めたら最強装備《さいきょうそうび》と宇宙船《うちゅうせん》持《も》ちだったので、
一戸建《いっこだ》て目指《めざ》して傭兵《ようへい》として自由《じゆう》に生《い》きたい 10

2023年５月10日　初版発行

著者／リュート

発行者／山下直久

発行／株式会社KADOKAWA

〒102-8177
東京都千代田区富士見2-13-3
電話／0570-002-301（ナビダイヤル）

編集／カドカワBOOKS編集部

印刷所／大日本印刷

製本所／大日本印刷

※定価（または価格）はカバーに表示してあります。

●お問い合わせ
https://www.kadokawa.co.jp/（「お問い合わせ」へお進みください）
※内容によっては、お答えできない場合があります。
※サポートは日本国内のみとさせていただきます。
※Japanese text only

Printed in Japan
ISBN 978-4-04-074968-6 C0093

新文芸宣言

かつて「知」と「美」は特権階級の所有物でした。

15世紀、グーテンベルクが発明した活版印刷技術は、特権階級から「知」と「美」を解放し、ルネサンスや宗教改革を導きました。市民革命や産業革命も、大衆に「知」と「美」が広まらなければ起こりえませんでした。人間は、本を読むことにより、自由と平等を獲得していったのです。

21世紀、インターネット技術により、第二の「知」と「美」の解放が起こりました。一部の選ばれた才能を持つ者だけが文章や絵、映像を発表できる時代は終わり、誰もがネット上で自己表現を出来る時代がやってきました。

UGC（ユーザージェネレイテッドコンテンツ）の波は、今世界を席巻しています。UGCから生まれた小説は、一般大衆からの批評を取り込みながら内容を充実させて行きます。受け手と送り手の情報の交換によって、UGCは量的な評価を獲得し、爆発的にその数を増やしているのです。

こうしたUGCから生まれた小説群を、私たちは「新文芸」と名付けました。

新文芸は、インターネットによる新しい「知」と「美」の形です。

2015年10月10日
井上伸一郎

歩くたび増えていく
新しい出会い、新しいスキル
この世界で、のんびり旅はじめます。
講談社
マンガアプリ
「マガジンポケット」にて
コミカライズ
決定!!
漫画:小川慧

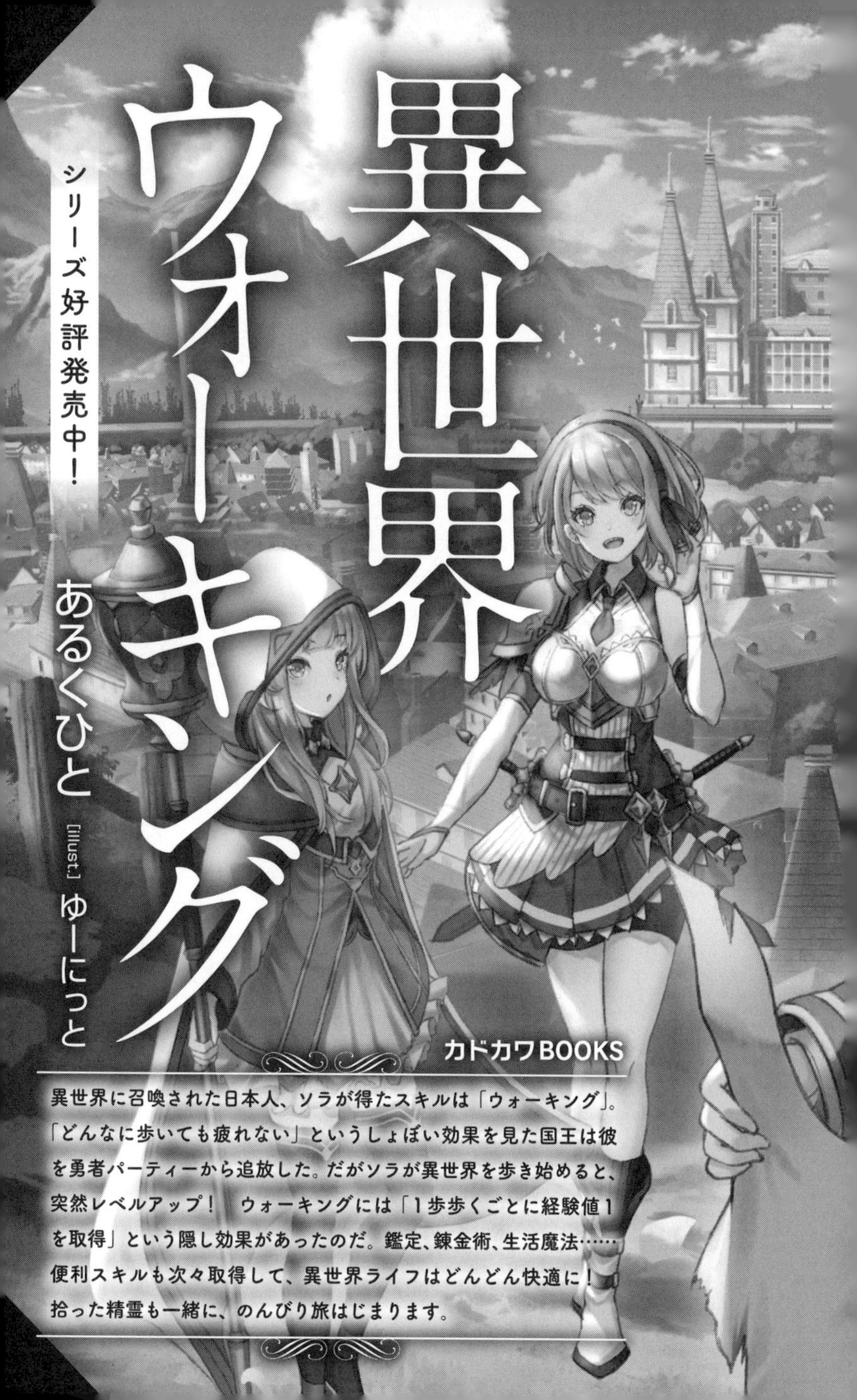
異世界ウォーキング
シリーズ好評発売中！
あるくひと
[illust.] ゆーにっと
カドカワBOOKS
異世界に召喚された日本人、ソラが得たスキルは「ウォーキング」。「どんなに歩いても疲れない」というしょぼい効果を見た国王は彼を勇者パーティーから追放した。だがソラが異世界を歩き始めると、突然レベルアップ！　ウォーキングには「１歩歩くごとに経験値１を取得」という隠し効果があったのだ。鑑定、錬金術、生活魔法……便利スキルも次々取得して、異世界ライフはどんどん快適に！拾った精霊も一緒に、のんびり旅はじまります。

奇跡に詠唱は要らない――
気弱で臆病だけど最強な
魔女の物語、書籍で新生！

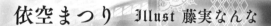

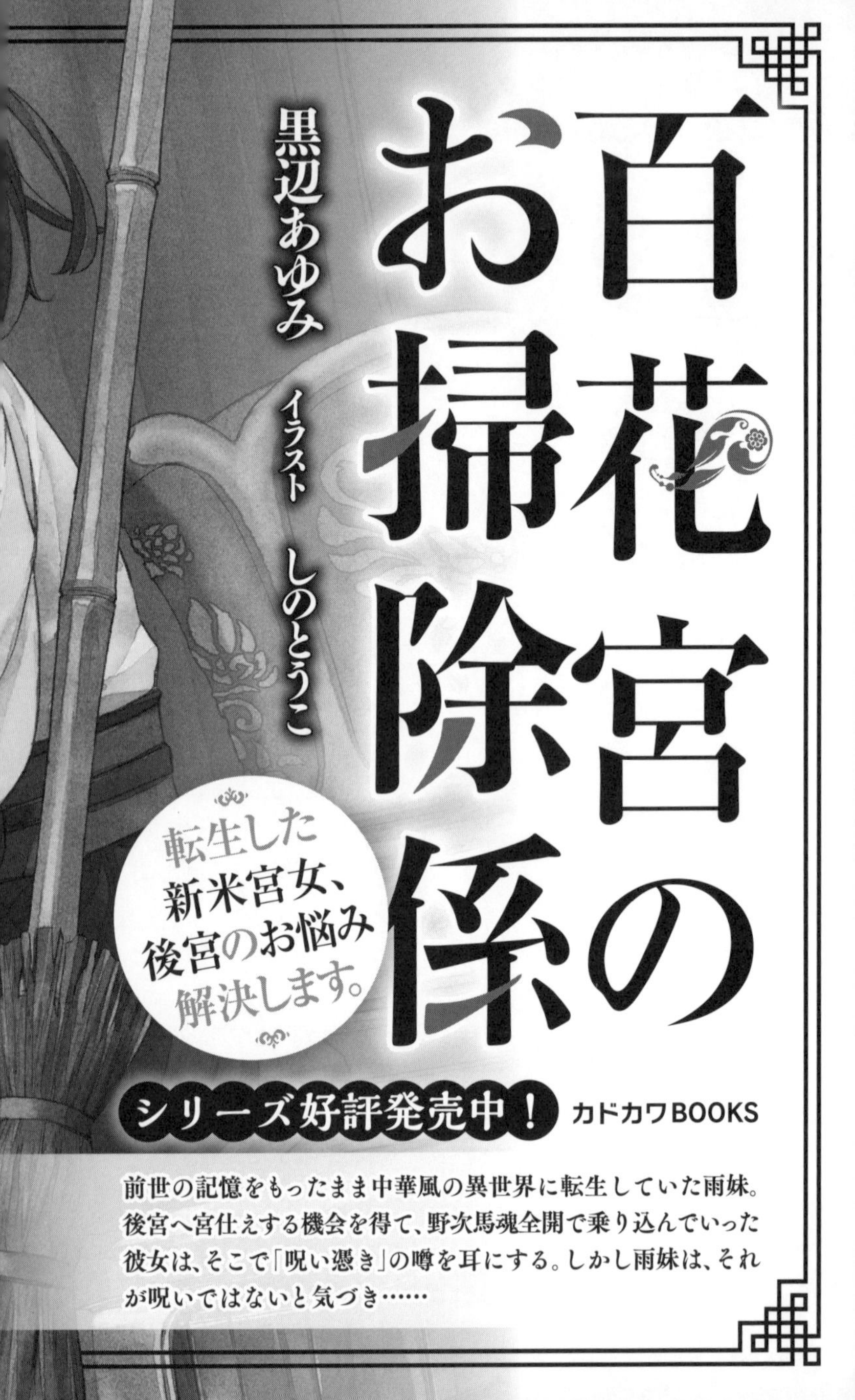
百花宮のお掃除係
黒辺あゆみ
イラスト　しのとうこ
転生した
新米宮女、
後宮のお悩み
解決します。
シリーズ好評発売中！
カドカワBOOKS
前世の記憶をもったまま中華風の異世界に転生していた雨妹。後宮へ宮仕えする機会を得て、野次馬魂全開で乗り込んでいった彼女は、そこで「呪い憑き」の噂を耳にする。しかし雨妹は、それが呪いではないと気づき……

FLOS COMICにて
コミカライズ連載中！
漫画・shoyu
憧れの後宮はトラブルだらけでした!?
新米宮女、医療チートで大活躍！
風邪の予防にアルコール消毒！
呪い信者の道士と医学論争!?
無害な化粧品づくり！
第4回カクヨムWeb小説コンテスト
キャラクター文芸部門
〈特別賞〉

魔王《ラスボス》よりも強いけど、平穏に暮らしたいんです。
B's-LOG COMIC＆
異世界コミックにて
コミカライズ
連載中!!!!
漫画：のこみ
カドカワBOOKS

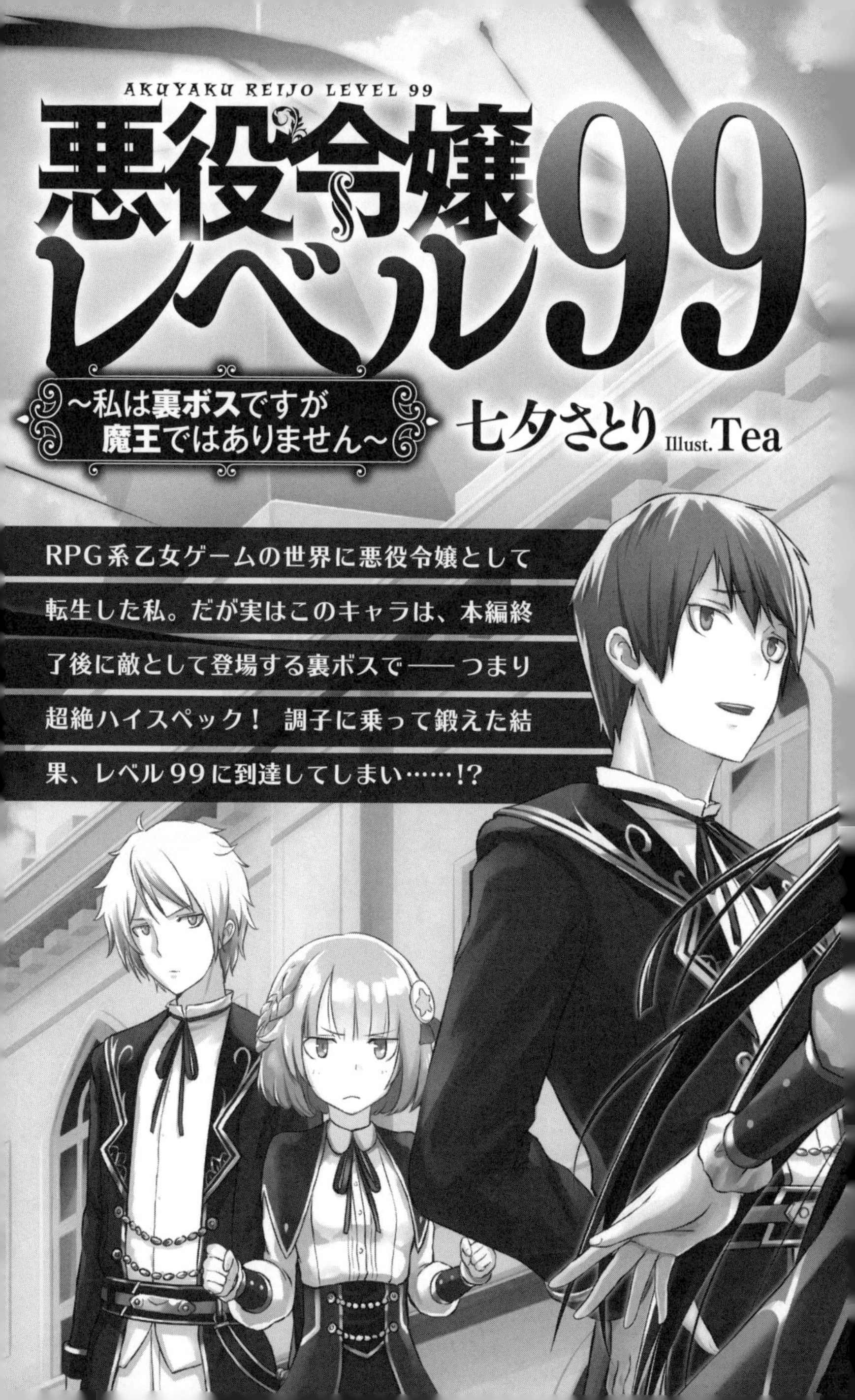
AKUYAKU REIJO LEVEL 99
悪役令嬢レベル99
～私は裏ボスですが魔王ではありません～
七夕さとり
Illust. Tea
RPG系乙女ゲームの世界に悪役令嬢として転生した私。だが実はこのキャラは、本編終了後に敵として登場する裏ボスで――つまり超絶ハイスペック！　調子に乗って鍛えた結果、レベル99に到達してしまい……!?

元社畜、異世界の端っこで
のんびりモノづくり生活、
はじめます。
WEBデンプレコミックほかにて
コミカライズ
連載中!!!
漫画：日森よしの
たままる ill キンタ
カドカワBOOKS
異世界に転生したエイゾウ。モノづくりがしたい、と願って神に貰ったのは、国政を左右するレベルの業物を生み出すチートで……!?　そんなの危なっかしいし、そこそこの力で鍛冶屋として生計を立てるとするか……。

鍛冶屋ではじめる異世界スローライフ
シリーズ好評発売中!!
第4回カクヨムWeb小説コンテスト
異世界ファンタジー部門〈大賞〉

1巻即重版の
人気シリーズ!!
魔物の魔石を食べて
強くなれるのは、
この世界でオレだけ！
コミックス
好評発売中!!
作画：菅原健二
魔石グルメ
結城涼
ILL. 成瀬ちさと
カドカワBOOKS
転生特典のスキル【毒素分解EX】が地味すぎて、伯爵家でいびられるアイン。しかし母の離婚を機に隣国の王子だと発覚！　しかもスキルのおかげで、魔物の魔石を食べてその能力を吸収できる体質らしく……？

魔石グルメ
魔物の力を食べたオレは最強!